साहित्य अकादमी पुरस्कार से सम्मानित आर.के.नारायण का जन्म 10 अक्टूबर, 1906 को हुआ था। उन्होंने पंद्रह उपन्यास, पांच लघु-कथा संग्रह, यात्रा-वृत्तांत आदि लिखे। उन्हें उनके उपन्यास 'गाइड' के लिए साहित्य अकादमी पुरस्कार दिया गया जिस पर उसी नाम से एक अत्यंत सफल हिन्दी फिल्म भी बनी। 'मालगुडी की कहानियां', 'स्वामी और उसके दोस्त', 'डार्क रूम', 'मिस्टर बी.ए.', 'इंग्लिश टीचर', 'महात्मा का इंतज़ार', 'मालगुडी का आदमखोर', 'मालगुडी का प्रिंटर', 'पेंटर की प्रेमकहानी' उनकी अन्य मशहूर रचनाएं हैं। 13 मई, 2001 को नारायण ने दुनिया से विदा ली, लेकिन अपने प्रशंसकों के दिलों में वे आज भी ज़िंदा हैं।

मालगुडी का मिठाई वाला

(आर.के. नारायण के अँग्रेज़ी उपन्यास
The Vendor of Sweets का अनुवाद)

आर. के. नारायण

राजपाल

अनुवाद

महेन्द्र कुलश्रेष्ठ

स्थापित 1912
100 वर्षों की श्रेष्ठ प्रकाशन परम्परा
राजपाल

₹ 265

ISBN : 9789350641088

पहला संस्करण : 2013, पाँचवाँ संस्करण : 2024

MALGUDI KA MITHAI WALA (Novel) by R.K. Narayan

मुद्रक : जी. एस. ऑफसेट, दिल्ली

राजपाल एण्ड सन्ज़

1590, मदरसा रोड, कश्मीरी गेट, दिल्ली-110006

फोन : 011-23869812, 23865483, 23867791

website : www.rajpalpublishing.com

e-mail : sales@rajpalpublishing.com

www.facebook.com/rajpalandsons

1

"जिह्वा पर विजय प्राप्त करो, तो तुम आत्मा पर भी विजय प्राप्त कर लोगे," जगन ने श्रोता से कहा, तो उसने पलटकर प्रश्न कर दिया, "लेकिन आत्मा पर विजय प्राप्त करने की क्या ज़रूरत है?"

जगन बोला, "यह तो मैं नहीं जानता, हाँ, हमारे ऋषि-मुनियों का यही उपदेश है।"

प्रश्न में श्रोता की रुचि ही समाप्त हो गई,.वह तो बातचीत को चलाए रहने के ही लिए जगन की कुर्सी के बगल में स्टूल डालकर बैठा हुआ था। जगन दीवाल पर लकड़ी के फ्रेम में मढ़ी देवी लक्ष्मी के चित्र के नीचे बैठा था, जिस पर वह हर सवेरे सबसे पहले चमेली के फूलों की माला चढ़ाता था, और दीवाल पर बने एक छेद में एक अगरबत्ती भी जलाकर लगा देता था। इनसे निकलती फूलों और धूप की खुशबू हॉल के दूसरी तरफ किचेन में बनती मिठाइयों की अपनी विशेष बू से मिल-जुलकर एक नया वातावरण पैदा कर देती थी।

श्रोता उसका कज़िन, दूर का भाई था, हालाँकि उसका यह रिश्ता किस तरह और कहाँ बनता था, यह बता पाना कठिन ही था, क्योंकि क़स्बे के दूसरे बहुत से लोगों को भी जिनमें से कई दूर-दूर तक उससे जुड़े नहीं होते थे—वह अपना कज़िन ही बताता था; और किसी के इस बारे में सवाल करने पर वह न जाने कहाँ-कहाँ से किस-किस के नाम बताकर क्षण भर में उसके सन्देह को समाप्त कर देता था। वह कस्बे का चलता-फिरता सबकी खबर रखने वाला आदमी था, जो सवेरे से देर रात तक बहुत से घरों और दुकानों पर घूमता रहता था, और शाम को करीब साढ़े चार बजे यहाँ आकर जगन के सामने ज़रा सा सिर हिलाकर सीधे हलवाई के मिठाई खाने में घुस जाता और दस मिनट बाद कंधे पर लटके तौलिया से मुँह पोंछते हुए बाहर निकल कर कहता, कि "चीनी के हालात पर नज़र रखने की ज़रूरत है। मैंने सुना है कि सरकार दाम बढ़ाने जा रही है। आज मैदे का भाव सही है। कल गोदाम

वाली सड़क से गुज़रते हुए मैंने उसके व्यापारी से बात की—अब यह मत पूछना कि वहाँ मैं क्या करने गया था। दरअसल इस शहर के हर आदमी से मेरी दोस्ती है और सब चाहते हैं कि मैं उनका यह या वह काम कर दूँ—और दूसरों की सेवा करने में मुझे कोई उज्र भी नहीं है। अगर हम दूसरों की सेवा वगैरह न करें, तो ज़िन्दगी का मतलब ही क्या रह जाएगा!''

जगन ने पूछा, ''आज हलवाई ने जो नई मिठाई बनाई है, उसे चखकर देखा?''

''हाँ, क्यों नहीं—स्वादिष्ट है।''

''अच्छा! मेरा तो ख्याल है कि पुरानी मिठाई का ही नया रूप है। और सभी मिठाइयाँ क्या एक सी ही नहीं होतीं? तुम्हारा क्या ख्याल है?''

''नहीं भाई जान,'' उसने जवाब दिया। ''मुझे तो हर मिठाई बिलकुल अलग चीज़ लगती है। मैं योगी नहीं बनना चाहता कि मिठाइयों का स्वाद ही न ले सकूँ।''

इसी बात को सुनकर जगन ने टिप्पणी की थी, ''स्वाद पर विजय प्राप्त करो, तो आत्मा पर भी विजय पा लोगे।'' इस तरह वे आधे घंटे तक गपशप करते रहे, जिसके बाद जगन ने पूछा, ''तुम जानते हो, मैं आजकल क्या खाता हूँ?''

''कोई नई बात?'' कज़िन बोला।

''आज सवेरे से मैंने नमक खाना छोड़ दिया है,'' जगन ने विजय की चमक दिखाते हुए कहा। श्रोता पर इसका प्रभाव पड़ता देखकर वह प्रसन्न हुआ, और इसके पीछे का दर्शन भी उसे बताया, ''आदमी को प्राकृतिक नमक का ही सेवन करना चाहिए।''

कज़िन ने सवाल किया, ''यह प्राकृतिक नमक क्या होता है? आदमी पीठ पर नमक रखकर धूप में दौड़ लगाये, तो यह उससे बनता है क्या?''

जगन ने इस टिप्पणी पर मुँह बिचकाया। पचपन साल की उम्र में उसका नज़रिया शरीर से स्वतंत्र आत्मा वाला हो चला था, जो जीवन की इस गंदगी से ऊपर उठकर रहने लगा था। उसका शरीर काफी दुबला गया था, भूरी त्वचा सख्त पड़ गई थी, भौंहें अखरोट के छिलके की तरह सिकुड़ गई थीं, सिर के बाल काफ़ी झड़ गए थे और बचे-खुचे गुच्छे से बने गर्दन पर लटकने लगे थे। ठोड़ी पर सफ़ेद-सफ़ेद बिंदियाँ चमकने लगी थीं, क्योंकि वह कई-कई दिन बाद शेव करता था—उसे लगता था कि रोज़ शीशे में अपनी शक्ल देखना यूरोप वालों की बुरी आदत है। वह धोती के ऊपर एक ढीला-सा कुरता पहनता था, जिनका सूत वह खुद अपने हाथों से कातता था—वह हर रोज़ एक घंटा सूत कातता था और अपनी ज़रूरत भर के लिए काफ़ी कात लेता था। वह अपने पास दो जोड़ी से ज़्यादा कपड़े नहीं रखता था, और बाकी सूत की गड्डियाँ बनाकर स्थानीय खादी समितियों को बेच देता था। इससे यद्यपि उसे हर महीने पाँच रुपए से ज़्यादा की अपनी आमदनी नहीं होती थी, लेकिन उसे आत्मिक

प्रसन्नता बहुत होती थी, क्योंकि बीस साल पहले जब महात्मा गाँधी यहाँ आये थे, तब उन्होंने जगन द्वारा काते गये सूत की प्रशंसा भी की थी। वह आँखों पर बादाम की शक्ल के शीशों का चश्मा लगाता था, जिसका पीले रंग का फ्रेम था, और जिसमें शीशों के ऊपर आँखें उठाकर वह बाहर की दुनिया पर नज़र डालता था। कंधे पर वह खद्दर की शाल डालता था जिस पर गहरे पीले रंग की धारियाँ पड़ी थीं। पैरों में वह जो चप्पल पहनता था, वह बूढ़े होकर अपनी मौत खुद मरे जानवर की खाल से ही बनी होती थी। वह अपने को गाँधी जी का अनुयायी मानता था और कहता था, ''मुझे यह पसन्द नहीं कि मेरे लिए जूता बनाने के लिए किसी जीवित पशु की गर्दन काटी जाए।'' ऐसे जानवर की तलाश में, जो अपनी मौत मर रहा हो, वह अक्सर किसी से सूचना पाकर दूरदराज़ के गाँवों में भी चला जाता था। ऐसी किसी गाय या बछड़े की खाल वह घर लेकर आता, उसे दवाओं के घोल में डुबोकर रखता, फिर अपनी पहचान के एक बूढ़े चमार को दे आता, जिसकी एलबर्ट मिशन के अहाते में छोटी-सी दुकान थी।

जब उसका बेटा छह साल का था, घर के पिछले वरांडे में वह इस काम में खुश होकर पिता की मदद करता था, लेकिन बड़े होने पर उसे चमड़े की काट-पीट के इस काम से घिन होने लगी, क्योंकि इसकी बदबू उसे पसंद नहीं आती थी। जगन की बीवी तो बेटे से भी ज़्यादा उसका विरोध करती थी, वह कमरे में अपने को बन्द करके बैठ जाती और जब तक यह काम खत्म नहीं हो जाता, बाहर नहीं निकलती थी। चूँकि काम के पूरा होने में काफी वक्त लगता था, सब कुछ हो जाने में कई दिन लगते थे, इसलिए जब कभी जगन अपना जूता बदलने के उद्योग में ध्यान लगाता, घर की व्यवस्था पूरी तरह अस्त-व्यस्त हो जाती थी। दरअसल यह काम कठिन ही नहीं, खतरनाक भी बहुत था। घर में चमड़े की मौजूदगी उसके पारिवारिक जीवन को नष्ट-भ्रष्ट कर देती, और इसे बनाये रखने के लिए वह चमड़ा सिझाने और उसे साफ़-सुथरा करने का काम लकड़ी और जलावन के गोदाम में पत्नी की पहुँच से दूर ही करता था, हालाँकि वहाँ चूहों से उसे काटे और खाये जाने का डर भी बना रहता था। जब वह मृत्यु-शय्या पर पड़ी थी, उसने जगन को अपने पास बुलाकर उससे फुसफुसाकर कुछ कहा। यह जगन की समझ में तो नहीं आया, लेकिन उसे लगा कि वह कह रही है, ''चमड़ा घर से बाहर फेंक दो।'' इसे पत्नी की अन्तिम इच्छा समझकर उसने चमड़े का आखिरी टुकड़ा मिशन वालों को दान कर दिया, और यह सोचकर प्रसन्नता महसूस की कि अब वह खुद नहीं तो कोई और अहिंसक जूता पहनने का सौभाग्य प्राप्त करेगा। इसके बाद वह एलबर्ट मिशन के मोची पर भरोसा करके उसका बनाया अहिंसक जूता पहनने लगा।

कज़िन द्वारा प्राकृतिक नमक सम्बन्धी प्रश्न पूछे जाने पर वह अचानक दुखी

हो उठा, और उसका चेहरा लाल पड़ गया। कज़िन को सन्तोष हुआ कि उसकी बात का इतना असर हुआ है, और उसे फिर से सामान्य करने के विचार से वह कहने लगा, "यह बड़ी अच्छी बात है कि तुमने अपना जीवन इतना सरल बना लिया है और पूरी तरह आत्म-निर्भर बन गए हो...मैं उस दिन कोआपरेटिव के रजिस्ट्रार से यही कह भी रहा था...।" जगन का चेहरा यह सुनकर खिल उठा और वह फिर चहकने लगा, "तुम यह तो जानते ही हो कि मैंने चीनी का प्रयोग बिलकुल बन्द कर दिया है—मैं गरम पानी में शहद की बीस बूँदें डाल लेता हूँ, जो मेरे लिए काफ़ी होती हैं। शरीर को चीनी देने का प्राकृतिक नियम भी यही है।"

कज़िन बोला, "तुमने बिलकुल कुछ नहीं के सहारे जीने में सफलता प्राप्त कर ली है।"

इससे जगन का उत्साह बढ़ा और वह बोला, "मैंने चावल भी छोड़ दिया है। बस, ज़रा सा कुटा हुआ गेहूँ उबालता हूँ और उसमें शहद और हरे पत्ते मिलाकर खा लेता हूँ।"

इस पर कज़िन ने टिप्पणी की, "यह ठीक है, तो मैं यह नहीं समझ पाता कि पैसा कमाने के लिए तुम इतनी खटपट क्यों करते हो?" यह कहते हुए उसने दुकान के सामने लगे मिठाई के थालों की दिशा में हाथ हिलाया। इसके आगे वह यह कहना चाहता था कि वह दूसरों से यह उम्मीद क्यों करता है कि वे तुम्हारी मिठाइयाँ खायें और तुम्हारी तिजोरी में पैसे भरें। उसे लगा कि उसने काफ़ी कुछ कह दिया है, इसलिए उठने की कोशिश की। अब जगन के लिए दिन भर की आमदनी गिनने का समय आ रहा था, और कज़िन जानता था कि वह यह काम किसी के सामने करना पसन्द नहीं करता।

छह बज रहे थे, बिक्री का समय खत्म हो रहा था, और लड़का थोड़ी ही देर में दिनभर में जमा पैसों से भरा डिब्बा लेकर आने वाला था। इस समय जगन अपने को राजा-महाराजा ही समझता था, जो सिंहासन पर बैठा अपनी प्रजा पर हुकुम चलाता—जो उसके यहाँ मिठाई बनाने वाले चार हलवाई और दुकान पर बिक्री करनेवाला एक लड़का था। यहाँ उसका सिंहासन एक सपाट सा तख्ता लगी लकड़ी की एक कुर्सी थी जिस पर एक पतली-सी गद्दी पड़ी थी, और जो ऊँचे-से चबूतरे पर इस ढंग से रखी रहती थी जहाँ बैठ कर वह दुकान के भीतर और बाहर मिठाइयों की इस दुनिया पर सब जगह और हर काम पर अपनी नज़र रख सके। यह कुर्सी करीब सौ साल पुरानी थी, जिसके हत्थे और सिरहाना काँसे के बने थे, इन पर कुछ कारीगरी का कार्य भी किया हुआ था, और इसे उसके पिता ने लॉली की मूर्ति के बगल में अपना यह मकान बनवाते समय खास तौर पर तैयार कराया था। वे सामान्य स्थिति में इसे बनवाने की तवालत न उठाते, क्योंकि घर के लोग ज़मीन के चिकने

फ़र्श पर ही बैठते थे, लेकिन ज़िले के कलेक्टर नोबल साहब उनसे ज्योतिष विद्या पढ़ने आते थे, उन्हें ज़मीन पर बैठने में तकलीफ होती थी और इससे भी ज़्यादा तकलीफ़ उन्हें शिक्षा खत्म होने पर पालथी से उठकर खड़े होने में होती थी, इसलिए उनके लिए विशेष रूप से यह कुर्सी बनवाई गई थी। उनका एक दस्तख़त किया हुआ फ्रेम में जड़ा, वक्त बीतने से पीला पड़ा फोटो परिवार की कीमती धरोहर था और टाँड़ पर रखी पुरानी चीज़ों के बीच सँभालकर रखा था, बाद में जिसका फ्रेम निकालकर उसमें देवीजी का चित्र लगाकर दीवाल पर बीच में लटका दिया गया था; और बड़ी-बड़ी, नुकीली मूँछों वाला कर्नल साहब का फोटो खाली पड़ी दीवाल पर लटका दिया गया था—उसकी मूँछें देख-देखकर बच्चे हँसते-हँसते लोट-पोट होते रहते थे। जब तेज़ गर्मी पड़ती तो लोग इसके पट्टे से हवा करते थे, फिर टूट-फूट जाने के कारण इसे परिवार के कबाड़खाने में फेंक दिया गया था।

इस कुर्सी पर बैठकर जगन को बड़े सन्तोष का अनुभव होता था। यहाँ से उसे दिखाई देता कि किचेन में से तरह-तरह की रंग-बिरंगी मिठाइयाँ बनकर थालों में सजी दुकान पर ले जाई जा रही हैं। इनके तले जाने से उत्पन्न चटर-पटर आवाज़ें और हर मिठाई की अलग तरह की खुशबुएँ उसके दिमाग़ में भरती रहतीं, लेकिन वह इनकी तरफ नज़र डाले बिना अपने सामने रखी भगवद्गीता की भूरी जिल्द-चढ़ी पोथी पर छपे संस्कृत के श्लोकों को ध्यान से देखता रहता था—लेकिन जब कभी किचेन की आवाज़ों में कुछ ज़रा-सा भी अन्तर सुनाई देता, वह किताब से आँखें उठाये बिना ही चिल्लाकर कहता, "क्या हो रहा है?" तो हलवाइयों का सरदार हमेशा की तरह अपनी जगह बैठे-बैठे ही जवाब में कहता, "कुछ नहीं, मालिक", जिसे सुनकर उसका मन शान्त हो जाता और वह फिर कृष्ण भगवान के वचन पढ़ने लग जाता। इसी तरह जब कभी दुकान पर चलने वाले काम में कोई कमी दिखाई देती, तो वह उधर मुँह घुमाकर चिल्लाकर आवाज़ लगाता, "कैप्टेन, देखो वह पीली फ्राक वाली लड़की कितनी देर से वहाँ खड़ी है—पूछो उससे कि क्या चाहिए।" उसकी आवाज़ सुनकर दुकानवाला लड़का और सामने स्टूल पर बैठा चौकीदार—जो पहले कभी सेना में रह चुका था और जिसे बैठे-बैठे सो जाने की आदत थी—सावधान हो जाते। या जगन कभी-कभी आवाज़ लगाकर कहता, "कैप्टेन, यह भिखारी यहाँ से हटाओ। शुक्र के दिन के अलावा यह यहाँ दिखाई नहीं देना चाहिए। यहाँ दान नहीं होता है।"

मालिक जब दिन भर की आमदनी गिनना शुरू करता तो वातावरण शान्त हो जाता था। हालाँकि दुकान पर बैठनेवाला लड़का ही सब पैसे जमा करता था, लेकिन उसे रकम जानने का अधिकार नहीं था। मिठाई की बिक्री से उसे जो भी सिक्के प्राप्त होते, उन्हें वह एक लम्बी गर्दन वाले बर्तन में डालता रहता था। छह

बजने पर वह इसे मालिक को दे देता, और एक-दूसरे छोटे से बर्तन में सात बजे तक होने वाली छिटपुट बिक्री के सिक्के जमा करता रहता था, इसके बाद दुकान का शटर बन्द कर दिया जाता था। लेकिन अभी जगन पैसों की गिनती शुरू नहीं करता था, बल्कि भगवान के वचन ही पढ़ता रहता था। परन्तु ऊपर देखे बिना ही उसे पता चल जाता था तलने का काम खत्म हो गया है, जब आग बुझती तो भट्ठी से उठती सूँ...की आवाज़ उसे सुनाई दे जाती, बर्तन धोये जाने और खड़खड़ाने का उसे पता चल जाता, इसके बाद चार मिठाई बनानेवालों के आगे बढ़ते दो-दो कदम सामने आकर खाली हुए थालों की उठा-धराई करते—जो दिन का आखिरी काम होता था। इसके बाद वे सब उसके सामने आकर खड़े हो जाते, तो वह रोज़ का साधारण सवाल पूछता, "क्या कुछ बचा है?"

"ज़्यादा नहीं।"

"सही-सही बताओ।"

"दो सेर मैसूर पाक।"

"यह कल बिक जाएगा।"

"आधा सेर जलेबी।"

"यह कल तक खराब हो जाएगी। ठीक है, जाओ।"

दुकान पर बैठने वाला लड़का बची हुई मिठाई के थाल चुपचाप भीतर रख आता और चला जाता। लेकिन हलवाई इंतज़ार करते खड़े रहते। जगन पूछता, "सब खिड़कियाँ बन्द कर दीं?"

"हाँ।"

अब जगन मुख्य हलवाई को आदेश देता, "कल जलेबी मत बनाना।...लेकिन बात क्या है?" उसे परेशानी होती कि इतना बच क्यों गया। उसे लगता कि माथे में कोई फाँस घुस गई है। उसे खाली, चमकते हुए थाल किचेन में वापस जाते देखना पसन्द था। इस पर तकरार होने लगती। जगन पूछता, "इस बची हुई मिठाई का क्या होगा?"

मुख्य हलवाई हमेशा की तरह धीरज बँधाता हुआ कहता, "इससे कल कोई नई मिठाई ट्राई करेंगे। आप फ़िक्र न करें। बची-खुची चीज़ों की कोई समस्या नहीं होती। उन्हें मिलाकर नई शक्ल दे देने से नई चीज़ तैयार हो जाती है।"

जगन दार्शनिक ढंग से कहता, "हर मिठाई में आटा, चीनी और खुशबू लगती हैं..., और फैसला करने की कोशिश करता, और व्यावहारिक बनकर मान लेता कि हर चीज़ की कीमत बढ़ती चली जाती है, इसलिए यही ठीक है।

जब उसके कर्मचारी चले जाते, तो वह धर्म की किताब बन्द करके रख देता और मेज़ की दराज़ आधी अपनी तरफ खींच लेता—इसमें एक तह किया तौलिया

रखा था जिससे उस पर डाले जाने से सिक्कों की आवाज़ न हो। फिर हारमोनियम बजानेवाले की चतुर उँगलियों की तरह बड़ी तेज़ी से सब तरह के सिक्कों को अलग-अलग कर लेता—अठन्नी, चवन्नी, पैसा, धेला, रुपया, सबकी ढेरियाँ बनाकर पन्द्रह मिनट में सबको गिन लेता। एक नोट बुक में वह यह सारी रकम दर्ज कर लेता, जो बाद में लेजर के बड़े रजिस्टर में, जिसे जो चाहे देख सके, विस्तार से लिख ली जाती। एक और छोटी नोट बुक में वह छह बजे के बाद जमा हुए पैसों का हिसाब दर्ज करता; इसे वह स्वतंत्र खाता मानता था—आज़ाद रकम, जिसका अर्थ भले ही कुछ भी हो, एक तरह की अपौरुषेय उत्पत्ति, स्वतः उत्पन्न, जिसे कोई भी टैक्स दिए बिना जीवित रहने का अधिकार है। इसे वह नए कड़कड़ाते नोटों में बदलकर उनकी गड्डियाँ बनाता और सुतली में सावधानी से बाँधकर ऊपर टाँड़ पर सँभालकर रखे नोबल साहब के फोटो के पीछे छिपाकर रख देता।

इसके बाद वह दराज़ में रखी रकम पर एक आखिरी नज़र डालता, सावधानी से उसका ताला लगाता, चार दफ़ा उसे खींचकर देखता कि अच्छी तरह बन्द हुआ या नहीं, फिर काफ़ी शोर करते हुए कुरसी भीतर धकेलता, और दरवाज़ा बन्द करके उस पर लोहे का बड़ा ताला लगाता। इसके बाद दुकान की चाभी अपनी जेब के हवाले करके वह चौकीदार से कहता, "कैप्टेन देखो, ताला ठीक से लगा है...।" कैप्टेन फौजी की तरह ताला कसकर पकड़ता और हिला-डुलाकर कहता, "मालिक, बड़ा मज़बूत ताला है। मैं अच्छी तरह जानता हूँ, किसी गाँव के लुहार ने बनाया है।" और वह लुहारों के बारे में बताने लगता। जगन उसकी बात को काटकर कहता, "ठीक है, ठीक है। सावधान रहना।" चौकीदार उसे सेल्यूट मारता, और वह घर का रुख करता।

2

साढ़े सात बजे के बाद जब वह घर वापस लौटता, तब मार्केट रोड पर सन्नाटा छाने लगता था। सड़क के पार कृष्णा डिस्पेंसरी से नीली रोशनी का एक बड़ा सा टुकड़ा ज़मीन पर पसरा नज़र आता। डॉ. कृष्णा किसी मरीज़ की गर्दन पर झुके उसकी जाँच करते दिखाई देते। सड़क के किनारे पड़े पत्थरों के ढेर पर एक कुत्ता लेटा पड़ा होता—ये पत्थर सन् 1947 में देश आज़ाद होने के बाद पहली म्युनिसपैलिटी बनने के बाद सड़क बनाने के लिए वहाँ डाले गए थे। सत्य मुद्रणालय के भीतर रोशनी जलती दिखाई देती, यद्यपि दुकानें खोलने-बन्द करने के कानून की इज्ज़त रखने के लिए उसके दरवाज़े बन्द होते। जगन जानता था कि अगर वह दरवाज़ा खटखटायेगा, तो नटराज बाहर आएगा, और उसे यह पूछने का अधिकार होगा कि उसकी किताब तैयार हुई या नहीं। प्राकृतिक चिकित्सा तथा भोजन पर उसकी महत्त्वपूर्ण रचना न जाने कितने वर्षों से यहाँ छपने के लिए पड़ी थी। जगन जानता था कि नटराज हमेशा की तरह यही कहेगा कि वह बढ़िया टाइप का इन्तज़ार कर रहा है, वह वहाँ कुछ देर कुर्सी पर बैठकर तत्कालीन राजनीति पर चर्चा कर सकता था। लेकिन उसने इस भावना को नियन्त्रित किया और आगे बढ़ गया। "मुझे घर पहुँचना चाहिए, बेटा अकेला होगा। आज नहीं रुकूँगा।"

वह सड़क के किनारे अपने में डूबा, कुछ विचार करता हुआ चुपचाप चला जा रहा था। उसके बगल से गाड़ियाँ गुज़र रही थीं, जिनके चालक घोड़ों को 'हटो-बचो, की आवाज़ें लगाते हाँकते चले जा रहे थे। फिर कुछ साइकिलें गुज़रीं, एक स्कूटर और उसके पीछे दो मोटरें ज़ोर-ज़ोर से हार्न बजाती आगे बढ़ गईं। इसके आगे सड़क खाली थी और वह समझ गया कि कबीर लेन निकल गई, क्योंकि किसी भी दुकान से रोशनी नहीं निकल रही थी। मार्केट रोड और लॉली एक्सटेंशन के चौराहे पर एक पुलिया थी, जिस पर हमेशा की तरह एक भिखमंगा बैठा आने-जाने वालों को घूर रहा था और सामने बहती नाली में थूकता जा रहा था। दीवार के साथ एक

गधा इस तरह खड़ा था जैसे कह रहा हो कि मुझ पर सवारी करो। जगन जानता था कि भिखमंगा किसका इन्तज़ार कर रहा है—कबीर लेन के घरों से खाना खाने के बाद फेंके जाने वाले पत्तों का, जिन्हें इकट्ठा करके वह उन पर पड़ा बचा-खुचा खाना और भात दोनों हाथों से समेट कर अपना पेट भरेगा। "इसका इलाज यही है कि देश अपनी आदतें बदले, पत्तों पर खाना खाने के बजाए प्लेटों में खाये, जिन्हें बाद में धो-पोंछकर वापस रखा जा सके। पत्तों पर खाने से उन्हें फेंकना ही पड़ेगा और भिखमंगे इसी तरह उन्हें इकट्ठा कर गन्दा-शन्दा खाना खाएँगे।" जगन विचारमग्न यह सोचने लग गया कि हमारे देश को अनेक दिशाओं में उन्नति करने की ज़रूरत है। लेकिन यदि इस तरह लोग पत्तों में खाना बन्द कर देंगे, तो पत्ता-व्यापार में लगे लोगों को नए काम की तलाश करनी पड़ेगी। पहले आँकड़े इकट्ठे करने होंगे कि कितने प्रतिशत लोग पत्तों में खाना खाते हैं, और कितने प्लेटों में?—और कैसी प्लेटों में—चाँदी की, अल्यूमिनियम की या किसी और धातु की? और कितने लोग मेम्पी के जंगलों में पत्ते इकट्ठा करके उन्हें एक-दूसरे से जोड़-सीकर पत्तलें बनाते हैं, और कितने खाने के लिए ही केले के पेड़ लगाकर उनके पत्ते तोड़कर बेचते हैं? यह काम जब तक व्यापक स्तर पर नहीं किया जाएगा, ऐसे भिखमंगे इसी तरह अपने पेट भरते रहेंगे। देर रात यह आदमी यहाँ से उठेगा और घर-घर आवाज़ लगाता घूमेगा, "अम्मा, भूखे को कुछ खाना दे दो..." इसकी आवाज़ बड़ी तीखी थी, जो घर के कमरों को पार कर रसोई तक पहुँच जाती थी; इसे सुनकर शैतान बच्चे भी डरकर चुप हो जाते, क्योंकि इसे 'तीन आँखों वाला भूत' बताया जाता था। जगन ने मन-ही-मन टिप्पणी की, "यह देश के लिए शर्म की बात है," और जब तक वह फ़र्लांगभर दूर खड़ी लॉली की मूर्ति के पास पहुँचा, उसके सिर में अनेक राष्ट्रीय और मानवीय समस्याएँ उछल-कूद करने लगी थीं। सर फ्रेडरिक लॉली की यह प्रतिमा शहर के सामने लगी थी, उसके पीछे का हिस्सा शहर के बाहर माना जाता था, जिस पर बस्ती नहीं बसेगी, लेकिन यह भविष्यवाणी ग़लत साबित हुई, और लॉली एक्सटेंशन, साउथ एक्सटेंशन और न्यू एक्सटेंशन बस जाने के बाद जगन का जो पुश्तैनी मकान पहले शहर का आखिरी मकान माना जाता था, वह अब नए शहर और कालोनियों का पहला मकान बन गया था।

जगन प्रतिमा की ओर बढ़ा तो उसका मन स्फूर्ति से भर उठा—लेकिन इसका कारण उसके सामने नेपोलियन की मुद्रा में खड़ी विशालाकार मूर्ति नहीं थी, जो मालगुडी के इतिहास और भाग्य पर एक शुभचिन्तक पूर्वज की नज़र डाल रही थी—दरअसल जगन ने चालीस वर्षों से इस मूर्ति पर ध्यान देना बन्द कर दिया था—बल्कि इस कारण कि यहाँ अपने बेटे माली की एक झलक दिखाई दी। प्रतिमा के चारों तरफ सीढ़ीदार बड़ा चबूतरा था, जिस पर पड़ोसी इलाके के बूढ़े और बच्चे बैठते और

खेलते-कूदते थे। पेंशनयाफ्ता लोग, बेवजह टहलने वाले, थके-मांदे मज़दूर, बीमारी से मुक्त हुए लोग जिन्हें उनके डॉक्टरों ने ताज़ी हवा में टहलने की हिदायत दी हुई थी, ये सब चबूतरे के उत्तर, दक्षिण, पूरब और पश्चिम खड़े, बैठे, चलते-फिरते नज़र आते थे। दक्षिण दिशा में बनी सीढ़ियों पर स्कूलों के छात्र अपनी साइकिलों पर बैठे नीचे एक पैर टिकाए, चुस्त पैंटें और रंगीन कमीज़ें पहने फिल्मी अदाकारों, क्रिकेट और नए बदलते फैशन आदि विषयों पर गर्मागर्म बहस कर रहे थे। जगन मूर्ति की उत्तर दिशा से आगे निकला जिससे उसे देखकर बेटा परेशान न हो, लेकिन वह निश्चित करना चाहता था कि बेटा वहाँ है या नहीं; उसने लड़कों के दल पर फुर्ती से एक उड़ती हुई नज़र डाली और पीली कमीज़ में माली को उनके बीच देखकर गहरी खुशी महसूस की। वह दबे पाँव पीछे से निकल गया और जैसे मन ही मन बुदबुदाया, "बेचारा, खेलने दो उसे!" उसे बेटे की लम्बाई, शरीर-यष्टि और आकृति पर गर्व महसूस होता था। "इन सबमें वही सबसे अच्छा लगता है...पता नहीं, उसके भाग्य में क्या लिखा है! उसे बढ़ने-पनपने का वक्त देना चाहिए।" यह सब सोचता हुआ वह अपने घर पहुँच गया।

घर में घुसकर उसने सामने वाले कमरे की बत्ती जलाई, कोट उतारकर दीवाल पर लगी कील में टाँगा और कुरता उतारकर दूसरे दिन धुलने के लिए बाल्टी में डाल दिया। तीन खंडों के बड़े-बड़े कमरों और वरांडों वाले इस पुराने घर में चक्कर लगाता वह पिछवाड़े के आखिरी दरवाज़े पर पहुँच गया और लोहे की छड़ों से बना फाटक खोल दिया। कुछ देर यहाँ खड़े रहकर वह ऊपर आसमान में चमकते सितारों को देखकर चमत्कृत होता रहा। "इनमें कौन रहता है, अभी तक पता ही नहीं चला। यह समस्या ज्यों की त्यों बनी है। शायद ये ही स्वर्ग के नगर हैं, जहाँ रह रहे हमारे प्राचीन ऋषि ऊपर से हमें देख रहे हैं। इन नक्षत्रों का रहस्य क्या है?" वह इनके बारे में कभी स्पष्ट नहीं हो पाया था। उसका ज्योतिर्विद्या का ज्ञान ध्रुव तारे तक ही सीमित था, जो सात तारों के साथ दिखाई देता है, और जिसके कारण स्काउट रहने के दिनों में उसे दूसरी श्रेणी का बैज भी पुरस्कार में मिला था। उसका तारों का ज्ञान इससे अधिक कभी नहीं बढ़ पाया था। ऊपर चमकते लाखों सितारों में से केवल दो के ही बारे में उसे जानकारी थी। इनके अलावा उसे कभी-कभी आसमान में पश्चिम की दिशा में फुलझड़ी की तरह झिलमिलाता एक तारिका-समूह दिखाई देता था, जिसे वह कभी बृहस्पति और कभी बुध मान लेता था, और उसे इस तरह चमकते देखकर उसे यह सोचकर प्रसन्नता होती थी कि वह स्वयं भी इसी अद्भुत सृष्टि का अंग है। यही सोचते, अनुभव करते वह पिछवाड़े बने बाथरूम में घुस जाता था।

बाथरूम एक छोटा-सा खोखा था जिस पर पट्टियों की ऊबड़-खाबड़ सी छत

थी, खोखा टीन के पत्तरों को लकड़ी में चारों तरफ से फिट करके बना दिया गया था, उसका दरवाज़ा पूरी तरह कभी बन्द नहीं होता था, उसमें हमेशा इतनी सड़ाँध पड़ी होती थी कि बाहर से कोई चाहे तो भीतर नहानेवाले को आराम से देख सकता था। लेकिन आरम्भ से ही घर की परम्परा थी कि कोई झाँका-झाँकी न की जाए। हमेशा से यह बाथरूम ऐसा ही चला आया था, इसमें कभी कोई परिवर्तन करना स्वीकार नहीं किया गया था, क्योंकि इसके लिए यह मान लिया गया था, कि ''किसी को इसमें रहना तो है नहीं, और हरेक को यही चाहिए कि जल्दी-से-जल्दी नहाना-धोना करके बाहर निकल आएँ जिससे परिवार के अन्य लोगों को भी अपनी सफ़ाई-सुथराई करने का समय मिल सके।'' इसके पीछे एक बहुत ऊँचा नारियल का पेड़ खड़ा था, जिसके पत्ते और शाखें टूट-टूटकर हमेशा नीचे गिरते रहते थे, जिनकी आवाज़ें जब तब सुनाई देती रहती थीं। घर की हर चीज़ को पवित्र माना जाता था, इसलिए भी कोई परिवर्तन करना संभव नहीं था। सब जानते थे कि जगन के पिता शुरुआत में बिलकुल एक सिरे पर बनी छोटी-सी झोंपड़ी में रहते थे। जगन को याद था कि बचपन में वह उसके सामने पड़े बालू के ढेर पर खेला करता था, झोंपड़ी का फर्श मिट्टी से पुता होता था, जिस पर गाल रखो तो गर्मी के दिनों में एकदम बड़ी ठंडक महसूस होती थी। उसके पिता ने पौधों की एक लतर भी लगाई हुई थी, जिसकी बढ़त को वह बड़े ध्यान से देखते रहते थे। जब कभी कुछ पैसा मिल जाता, वे बाथरूम की दीवाल रखवा देते, उस पर अपने हाथ से ईंटें रखते और गारा लगाते, और यहीं से मकान बनने की शुरुआत हुई। वे सड़क-पार के कुएँ से पानी भरकर लाते और केरोसीन तेल के डिब्बों और नाँदों में भरकर रखते। यहाँ से वे कमरे बनवाते हुए सामने तक ले गए, लेकिन बाथरूम बदलने के लिए वे कभी तैयार नहीं हुए। बच्चा होने के कारण जगन समझ नहीं पाया कि उनका भाग्य कैसे बदला और उन्होंने कैसे उन्नति की, लेकिन 'अपील', 'वकील', 'निचली अदालत' और 'बड़ी अदालत' जैसे शब्द उसके कानों में पड़ते रहते थे। फिर जब वह बड़ा हुआ, तो ये शब्द सुनाई पड़ने बन्द हो गए, इसलिए वह यह कभी नहीं जान सका कि मुकदमे वगैरह किसके खिलाफ़ होते थे और झगड़े क्या थे। फिर वह समय आया जब झोंपड़ी उखाड़कर फेंक दी गई और उसके अंजर-पंजर को बड़ी-सी भट्टी में जलाकर बाथरूम में पानी गरम कर लिया गया, और ठंडा, मिट्टी से लिपा फर्श तोड़कर उसमें नारियल के पेड़ उगाने के लिए क्यारियाँ बना दी गईं। इस सारे काम में जगन के पिता ने पूरा एक हफ्ता लगाया। जगन और उसके भाई टोकरियों में मिट्टी भर-भरकर बाहर ले जाते और चिल्लाते 'पहाड़ बनाएँगे, पर्वत बनाएँगे।' नारियल के पेड़ उगाने के बारे में पिता के अपने विचार थे, और उन्होंने क्यारियों में बड़े परिमाण में नमक डाला। वे रोज़ यह बात दोहराते, ''नमक ही वह चीज़ है जिससे नारियल उगता है। मुझे

एक भी आदमी बताओ जो सही ढंग से नारियल उगाता हो, लेकिन मैं तुम्हें ऐसा आदमी दिखा सकता हूँ।"

रोज़ सवेरे पाँच बजे जगन बिस्तर से उठता, और पिछवाड़े लगे नीम के पेड़ से उसकी एक टहनी उखाड़ कर दाँतों से उसका एक किनारा ढीला-मुलायम करता, फिर उससे रगड़-रगड़कर अपने दाँत साफ़ करता। वह टूथब्रश के उपयोग के विरुद्ध था। वह कहता, "इसे सुअर के बालों से बनाया जाता है...सवेरे उठते ही मुँह में सुअर के बाल डाले जाएँ, यह कहाँ की अच्छी बात है?" उसके इन अजीबोगरीब सिद्धांतों का मूल जान पाना सम्भव नहीं था, और इनमें से कौन-कौन सी उसने महात्मा गाँधी से प्राप्त की थीं और कितनी पिता से उसको प्राप्त हुई थीं, जिन्होंने अपना सारा जीवन शुद्ध रहन-सहन की खोज और उसे अपने, अपने परिवार तथा अपने पेड़-पौधों पर लागू करने में व्यतीत कर दिया था। नायलोन के धागों से बने टूथब्रशों का ज़माना आने के बाद भी उन्होंने इन्हें स्वीकार नहीं किया था, क्योंकि इनसे मसूढ़ों को क्षति पहुँचती है। "तुम विश्वास नहीं करते। मेरे पिता नब्बे की उम्र में स्वर्गवासी हुए थे और उनका एक भी दाँत नहीं हिला था।" जगन को नीम के गुणों में बहुत विश्वास था, और इसके कड़वे होने के बाद भी वे इसे 'अमृत' कहते थे, वह तत्व जिसे पीकर देवता जीवित रहते हैं; कभी-कभी इसे वे संजीवनी भी कहते थे, वह अद्‌भुत जड़ी जिसे सूँघने से पुराणों में लोग मरकर भी जी उठते थे। वह पिता का बहुत कृतज्ञ था जो नीम का बीज बोकर एक ऐसा विशाल वृक्ष लगा गए थे जिसकी शाखों से वह स्वयं ही नहीं, उसके बाद की कई पीढ़ियाँ भी दाँत साफ़ करती रहेंगीं। महीने में एक बार वह इसकी कड़वी पत्तियाँ भी चबा-चबाकर खाता था, क्योंकि इससे शरीर के सभी हानिकर कीटाणु नष्ट हो जाते थे—जब कभी तेज़ हवा चलती तो वह खुश होता क्योंकि नीम से गुज़रकर आनेवाली वह हवा म्यादी बुखार की नाशक थी, और गर्मी के मौसम में इसमें पीली-पीली सुन्दर फूलों की पत्तियाँ निकलती थीं, जो घर के सारे फर्श पर बिछकर उसे पवित्र कर देती थीं। वह इन फूलों को इकट्ठा करता, उन्हें घी में पकाता, और हर हफ्ते उनका सेवन करके अपने को शुद्ध, पवित्र करता था। लेकिन उसकी पत्नी उसकी इन बातों से सहमत नहीं थीं, और वह अपने अनुसार जीवन जीती थी। दोनों की पहली मुठभेड़ तब हुई जब उसे सिर में दर्द हुआ जिसका उपचार करने के लिए उसने एस्पिरिन की गोली की माँग की, और पति की इस सलाह को मानने से इनकार करने लगी कि नीम के फूल शुद्ध घी में तलकर खा ले। आँगन में लगे खम्भे से टिकी बैठी वह दर्द के मारे चीखती-पुकारती गोली की माँग करती रही—उसके सिर पर तौलिया कसकर बँधा था लेकिन दर्द था कि कम होने का नाम ही नहीं लेता था। जगन से उसका कष्ट देखा नहीं जा रहा था, लेकिन वह एस्पिरिन के बिलकुल खिलाफ़ था—उसका कहना था कि इससे ज़रा

भी लाभ नहीं होगा। पत्नी ने सिर उठाकर उसे देखा और बोली, "सिर दर्द से मुझे इतनी तकलीफ़ नहीं होती जितनी तुम्हारी बातों से होती है। तुम मुझे ज़िन्दा नहीं देखना चाहते।"

अब उसे गुस्सा चढ़ने लगा, "तुम दर्द की वजह से पागल हो रही हो।" तौलिये से बँधा सिर और चारों तरफ़ उड़ते हुए बाल देखकर उसे कोफ़्त हो रही थी। वह इस समय बिलकुल भूतनी लग रही थी, और दर्द से तड़प रही थी। अचानक जगन का विचार बदला और वह बोला, "ठीक है। तुम जो चाहे करो। बस कष्ट मत पाओ।" उसने अपने मन पर बड़ा दबाव डालकर अपने विचार बदले थे।

"तुम बस मुझे अकेला छोड़ दो," पत्नी ने कहा।

"तुम मुझसे इतनी चिढ़ती क्यों हो?" जगन पूछना चाहता था, लेकिन चुप रहा और माली के कमरे में चला गया। माली की ज़िद थी कि उसे अलग कमरा मिलना चाहिए, जो इतने बड़े घर में उसे देना मुश्किल भी नहीं था। उसे एक लम्बी गैलरी दी गई थी, जिसमें कोई खिड़की भी नहीं थी, और जिसे 'ठंडा कमरा' कहा जाता था। इसके बीचोंबीच पत्थर की एक गोल मेज़ थी जिसके साथ एक स्टूल रखा रहता था। माली को यह कमरा बहुत पसन्द था क्योंकि इसके बगल में किचेन था और सामने घर का बड़ा कमरा, और यहाँ से सबके साथ सम्पर्क बना रहता था–प्राइवेसी तो थी ही। यहाँ से उसे माँ-बाप के बीच होने वाली झड़प और मेहमानों से हो रही बातचीत, सब कुछ सुनाई पड़ता रहता था। मेज़ पर उसकी कुछ किताबें और घर बनाने के खिलौने पड़े रहते थे।

जगन ने उससे पूछा, "बेटे, तुम जानते हो, माँ अपनी दवाएँ कहाँ रखती है?"

"जानता तो हूँ, लेकिन वे मुझे छूने नहीं देतीं।"

"क्यों?"

"क्योंकि मैं उन्हें खा जाऊँगा। देखने में बड़ी अच्छी लगती हैं।"

जगन यह सुनकर डर गया। बोला, "बेटा, उनके पास मत जाना। उनमें ज़हर होता है।"

"ज़हर क्या होता है?" लड़के ने पतंग से सिर उठाकर, जिससे वह उलझ रहा था, बड़ी सादगी से पूछा।

"अरे," जगन को ताज्जुब हुआ। वह घर में कोई अशुभ शब्द बोलना नहीं चाहता था, लेकिन कोई उपाय नहीं था। वह बोला, "इसे खाकर लोग मर जाते हैं।"

माली ने ध्यान से सुना, फिर पूछा, "इसके बाद क्या होता है?"–जैसे कोई कहानी सुन रहा हो।

बात गलत दिशा में बढ़ती जा रही थी। जगन ने पूछा, "गोलियाँ कहाँ हैं?"

लड़के ने हॉल में रखी अलमारी की तरफ़ इशारा किया और बोला, ''वहाँ...सबसे ऊपर रखी हैं, जिससे मैं पहुँच न सकूँ।''

जगन को माली का एस्पिरिन के प्रति आकर्षण अजीब लगा। उसने कहा, ''मैं तुम्हें अच्छी-अच्छी खाने की चीज़ें ला दूँगा। इन्हें हाथ मत लगाना।''

इसके बाद उसने अलमारी के पास जाकर गोलियाँ उठा लीं। लेकिन यह कई साल पहले की बात है। माली अब बड़ा हो गया था।

3

माली ने एक दिन कहा, ''मुझे एक विचार आया है।''

जगन यह बात सुनकर डर-सा गया। पूछने लगा, ''क्या है तुम्हारा विचार?''

लड़का नाश्ता करते-करते रुक गया। बोला, ''मैं और नहीं पढ़ूँगा।''

पिता यह सुनकर चौंक उठा। ''किसी ने कालेज में तुम्हारे साथ कुछ बद्तमीज़ी की है?''

''कोई करके तो देखे!'' लड़का अकड़कर बोला।

''फिर क्या बात है...बताओ।''

''बात कुछ नहीं है,'' लड़का बोला। ''मुझे पढ़ने में मज़ा नहीं आता।'' यह कहकर वह आँखें नीची किए हुए नाश्ता करता रहा।

जगन ने उसे इतना गंभीर कभी नहीं देखा था। लगता था, वह अचानक बड़ा हो गया है। उसने अपने पिता से इस लहजे में पहले कभी बात नहीं की थी। जगन ने कहा, ''मैं क्या कर सकता हूँ, बताओ।''

''मैं पढ़ना नहीं चाहता, और कोई बात नहीं है,'' लड़के ने अपनी बात दोहराई।

सवेरे के सूरज की किरणें खिड़की से भीतर आकर माली के सामने रखी प्लेट पर पड़ रही थीं, जिनसे उसमें रखे उपमा में खुसी हरी मिर्च और तेल में एक अजीब-सी चमक पैदा हो गई थी। जगन उसे देखकर सोचने लगा कि उपमा बनाते समय कहीं उसने रवे में कोई ऐसा मसाला तो नहीं डाल दिया है जिससे माली का दिमाग उलटा चलने लग गया है। फिर उसने इस विचार को परे हटाते हुए कहा, ''ठीक है, मैं कालेज आऊँगा और लोगों से बात करूँगा।'' इस पर लड़का एकदम उत्तेजित हो उठा। उसने गुस्से में भरकर पिता को घूरा और उसका चेहरा लाल पड़ गया। जगन को ताज्जुब हुआ कि लड़का इतना गुस्सा हो रहा है। ''सवेरे-सवेरे ऐसा व्यवहार...क्या बात है?'' जगन शायद सोचता था कि गुस्सा करने का विशेष समय होता है। उसने कहा, ''ठीक है, अपना नाश्ता खत्म करो। ये बातें फिर करेंगे,'' जबकि उसे यह

कहना चाहिए था कि "खाना खत्म करके कालेज का रास्ता नापो।" वह दब्बू किस्म का बाप था और कालेज या क्लास की बात करने से बचता था। उसे डर था कि यह सुनकर बेटा खाना ही न फेंक दे या चीखने-चिल्लाने न लगे। जगन माँ की तरह बेटे के खाने-पीने पर ध्यान रखने का आदी था। वह घर पर हर वक्त बेटे के लिए ही खाना बनाता रहता था–उसकी यह आदत तब से पड़ी थी जब उसकी पत्नी अचानक दिमाग़ी बुखार की शिकार हो गई थी और उसे अस्पताल ले जाना पड़ा था। जब लड़का कुछ बड़ा हो गया और बातें समझने लगा तो एक दिन उसने पूछा, "अप्पा, आप खाना बनाने के लिए रसोइया क्यों नहीं रख लेते?"

"मुझे यह पसन्द नहीं है।"

"क्यों नहीं है?"

"कोई साँस लेने के लिए नौकर रखता है? खाना ऐसी ही चीज़ है।"

"अरे, अप्पा...यह क्या बात हुई? आप दुकान पर मिठाइयाँ बनाने के लिए आदमी नहीं रखते?"

"वह और बात है। दुकान फैक्टरी की तरह है और मिठाइयाँ बनाने वाले विशेषज्ञ होते हैं–तकनीकी लोग," जगन ने कल्पना की उड़ान भरते हुए जवाब दिया।

माली को यह अंतर समझ में नहीं आया और उसने चीखते हुए कहा, "मैं नहीं चाहता कि आप मेरे लिए खाना बनाएँ। हमारे कालेजों में कैन्टीन है। मैं वहाँ खा-पी सकता हूँ।" वह इस पर अड़ गया था, बस, पिता का बनाया नाश्ता वह कर लेता था। तब से यही ढर्रा चला आ रहा था, विशेष रूप से पत्नी की मृत्यु के बाद। परन्तु जगन बेटे के खाने-पीने को लेकर बहुत चिन्तित रहने लगा था। वह रात-दिन यही सोचता रहता, और रात को सोते समय माली से पूछता कि आज उसने क्या खाया, और यह भी कि कल वह क्या खाएगा। लड़का बहुत संक्षेप और हाँ-ना में हर सवाल का जवाब देता, और इसके बीच वह अचानक उठकर अपने कमरे में जाकर गहरी नींद में सो जाता। जगन का वाक्य अधूरा रह जाता और वह कई क्षण माली के कमरे का दरवाज़ा ताकता रहता। फिर वह चटाई उठाकर सामने वाले वरांडे में उसे बिछाता और उस पर पड़कर सो जाता। सवेरे नौ बजे जब तालुका दफ्तर का घंटा बजता, तब वह जागता और उठकर खड़ा होता।

अब वह परेशान हो रहा था कि पढ़ाई छोड़ने के बाद बेटा क्या करेगा, और तब कालेज की कैन्टीन भी उससे छूट जाएगी। उसने मूर्खों की तरह सवाल किया, "फिर तुम खाओगे कहाँ?"

लड़का मुस्कराकर बोला, "आप इसकी फ़िक्र क्यों करते हैं...आप तो हमेशा कहते रहते हैं कि आदमी को खाने की ज़रूरत ही नहीं है।" यह कहकर उसने पीली शर्ट पहनी और साइकिल उठाकर वहाँ से ग़ायब हो गया।

जगन को अपनी यह समस्या शाम को कज़िन के आने तक मन में ही दबाकर रखनी पड़ी। उसे देखते ही उसने ज़ोर से आवाज़ लगाई, ''जल्दी आओ!''—जिसे सुनकर कज़िन चकित रह गया। वह चाहता था कि पहले मिठाइयों का ज़ायका ले, फिर उसके पास बैठकर गपशप करे। इसलिए वह हाथ हिलाकर और यह कहकर भीतर चला गया, ''तुम ज़रा देर इन्तज़ार करो।'' जगन चुप बैठा उसे देखता रहा। ''कभी-न-कभी तो वापस आएगा ही, उस गर्मी को देर तक कौन बरदाश्त कर सकता है। देखें, कब उसका पेट भरता है।'' तभी स्कूल के बच्चों की छुट्टी होने से मार्केट स्ट्रीट की चहल-पहल बढ़ गई। इनमें से कुछ कंधे पर थैले लटकाए बाहर लगे शीशे में से भीतर सजी मिठाइयाँ देखने लगे। जगन भावहीन दृष्टि से उन्हें देखता रहा ''इनके माता-पिता को चाहिए कि इन्हें मिठाई खाने के लिए पैसे दें। मैं इन्हें मुफ़्त तो नहीं खिला सकता।'' उसे यहाँ इस तरह कुर्सी पर बैठकर पैसे जमा करते रहना अच्छा नहीं लगता था। जनता की सेवा के ज़माने के प्रभाव अभी तक उसपर बाकी थे—यदि लोग सहायता करें और चन्दा इकट्ठा करें तो वह अपने मुनाफ़े का कुछ हिस्सा इन मिठाई की दुकान पर झाँकने वाले बच्चों के लिए, उन्हें मुफ्त मिठाई के पैकेट देकर खर्च करने को तैयार था। ''लेकिन यह गरीबों का देश है। यहाँ प्रति व्यक्ति औसत आय तीन आने है।'' उसे यह आँकड़ा एक पुरानी किताब, *'पावर्टी एण्ड अनब्रिटिश रूल इन इंडिया'*, से मिला था, जो उसने कालेज के ज़माने में पढ़ी थी, और वह इसका हवाला अक्सर दिया करता था—लेकिन इस कारण वह उन लोगों को कभी नहीं रोकता था जो आठ आने की मिठाई अपने बच्चों के लिए अक्सर खरीदते थे। 'गरीब देश है हमारा, यहाँ के ज़्यादातर लोग रोज़ दो वक्त का चावल नहीं खरीद सकते। जब मैं व्यापार करना बन्द कर दूँगा, तो मैं...लेकिन चीनी एक रुपया तीस पैसे की किलोग्राम है, और आटा, घी—असली या नकली—सब तिगुने दाम में मिलते हैं। इनके अलावा मेवे वगैरह...केसर, बादाम—बाप रे, इनसे भी कई गुना कीमती। किसी ज़माने में सब बड़े सस्ते मिलते थे...और इनके बिना हलवा तो बन ही नहीं सकता।'

जब कज़िन भाई तौलिये से मुँह पोंछते बाहर निकले, तो जगन के दिमाग़ पर सामाजिक समस्याएँ भारी पड़ रही थीं, उन्होंने उसकी व्यक्तिगत परेशानियों को कुछ देर के लिए पीछे कर दिया था, इसलिए उसने पहली बात यह कही, ''जानते हो, ऐसे बहुत कम लोग हैं जो यह समझें कि समाज की परिस्थितियों को देखते हुए वे कितने भाग्यवान हैं!''

भाई ने सहमति में सिर हिलाया और सोचने लगा कि यह गम्भीर विचारक क्या कहना चाहता है। उसने ज़बान चाटते हुए कहा, ''हाँ, वे या तो भूल जाते हैं या उन्हें आदत पड़ जाती है—दुनिया का यही तरीका है।'' यह वक्तव्य कुछ ऐसा था जो किसी भी समस्या पर फ़िट हो सकता था।

"और खास तौर से जवान लोग," जगन बोला, "ये सब जगह समस्या हैं। कुछ ही देर पहले मैंने कहीं यह पढ़ा था।" यह कहकर उसने आधुनिक युवकों पर किसी रिपोर्ट का हवाला दिया, हालाँकि वह यह नहीं बता सका कि यह उसने कहाँ पढ़ी थी।

"इसका परिणाम अच्छा नहीं होगा," भाई ने मिठाइयों का मुँह में बचा-खुचा मज़ा लेते हुए कहा।

बातचीत सही दिशा में जा रही थी, कि जगन ने अचानक कहा, "माली अजीब बातें करने लगा है।"

कज़िन ने उपयुक्त प्रतिक्रिया व्यक्त करने के लिए आँखें चौड़ी कीं, हालाँकि वह यह नहीं तय कर सका कि समस्या कितनी गम्भीर है। जगन ने उसे बात बताई। भाई ने अपना मत निश्चित कर लिया और बोला, "आज हमारी शिक्षा-पद्धति की जो स्थिति है, उसे देखते हुए लड़के का विचार पूरी तरह जान लेना चाहिए।" शिक्षा ही ऐसा विषय है जिस पर कभी भी हमला किया जा सकता है।

"मैं हमेशा सोचता था कि वह ग्रेजुएट बनेगा, क्योंकि आज के ज़माने में यह हरेक के लिए ज़रूरी डिग्री है—तुम्हारा क्या ख्याल है?" यह कहकर जगन ने एक ठंडी साँस ली और कहा, "अगर मैं बी.ए. पास कर लेता, तो पता नहीं, क्या-क्या और कर सकता था।"

"हाँ, यह तो नहीं हुआ, लेकिन तुम्हारी आज की स्थिति में कमी क्या है?"

"जब गाँधी जी ने कालेज छोड़ने का नारा लगाया, तब मैंने भी कालेज छोड़ दिया। छात्र जीवन का मेरा ज़्यादातर वक्त तो जेलों में बीता," कुछ हीरो की भावना से उसने यह बात कही—और यह बात वह आसानी से दरगुज़र कर गया कि बी.ए. में वह कई दफ़ा फ़ेल हुआ था, उसने कालेज जाना छोड़ दिया था और गाँधी जी के आन्दोलन से काफ़ी पहले ही उसने प्राइवेट इम्तहान देना शुरू कर दिया था। "आज के इन छात्रों के पास कालेज छोड़ने के लिए क्या बहाना है?" उसने सवाल किया?

भाई ने सतर्कता बरतते हुए कहा, "बेटे से खुद इस बारे में पूछना चाहिए। तुम उससे बात क्यों नहीं करते?"

"तुम ही बात करो," जगन ने निरर्थक चुनौती-सी फेंकते हुए कहा और भावुक होकर बोला, "जब से उसने बोलना शुरू किया है, वह तुम्हें चाचा कहता है।"

"इसी अकेले का मैं कज़िन नहीं हूँ," भाई ने टिप्पणी की और दोनों हँस पड़े। फिर गम्भीर होकर जगन बोला, "तुम ही उससे बात करो और फिर मुझे बताओ।"

उसी रात कज़िन जगन के घर पहुँचा और धीरे से दरवाज़ा खटखटाया। जगन जैसे इन्तज़ार ही कर रहा था—पहली दफ़ा वह नौ बजे के बाद भी जागता रहा था। बेटा पहले ही अपना कमरा बन्द करके सो गया था, जिससे जगन उससे कुछ पूछताछ न कर सके। जगन ने उसके कमरे में रोशनी देखी और उसका मन हुआ कि बाहर से झाँककर देखे कि वह क्या कर रहा है। कज़िन ने कहा कि "तुम्हें ज़रूर देखना चाहिए था कि वह क्या करता है।" दोनों हलके कदमों से घर से बाहर निकले और टहलते हुए लॉली की प्रतिमा के नीचे बने चबूतरे पर आराम से बैठ गए। रात की ठंडी हवा उनके चेहरों पर पड़ रही थी। सर फ्रेडरिक उनके ऊपर सितारों को देखते अकड़कर खड़े थे।

"तुम्हारा क्या मतलब है?" जगन ने पूछा और सर फ्रेडरिक की साया में लेट-सा गया। उसके मन में तरह-तरह के भयंकर विचार आना शुरू हो गए थे—लड़का जाली नोट बना रहा है या किसी की हत्या करना चाहता है? उसने कसकर कज़िन की बाँह पकड़ ली और बोला, "मुझे सच-सच सब कुछ बताओ...कुछ छिपाना नहीं बिल्कुल।"

कज़िन ने बाँह छुड़ा ली और बोला, "वह लिखता है, और कुछ नहीं। राइटर बनना चाहता है।"

जगन के कोश में 'राइटर' शब्द का एक ही अर्थ था—"क्लर्क, जो अंग्रेज़ों के ज़माने से चला आ रहा था, और जिसे मैकाले ने ईस्ट इंडिया कम्पनी के रोज़ाना के कामकाज के लिए कर्मचारी पैदा करने के लिए शिक्षा का अंग बनाया था। जगन यह सुनकर परेशान हो उठा। वह तो चाहता था कि उसका बेटा धनी-मानी बने, साइकिल पर सवारी करे, कालेज में पढ़े, धारियोंवाली शर्ट पहने, वगैरह, वगैरह, और वह था कि 'राइटर' बनना चाहता था। वाह!

"वह राइटर क्यों बनना चाहता है?" उसने पूछा।

"पता नहीं। यह तो तुम्हीं को पूछना होगा।"

"वह काम कहाँ करना चाहता है? यह तो बड़ी शर्म की बात है?" मैंने कितने पापड़ बेलकर यह सब पैदा किया है, अपना रुतबा बनाया है!" यह कहकर उसने सिर पीट लिया।

कज़िन को यह नहीं सूझा कि जगन ने 'राइटर' शब्द का गलत अर्थ लिया है। उसने चिन्तित होते हुए कहा, "तुमसे बात होने के बाद मैं फ़ौरन उसकी तलाश में चल पड़ा। कालेज के फाटक पर इन्तज़ार करता रहा..."

"अच्छा, तो वह कालेज गया था," जगन ने खुश होकर कहा। "इसका अर्थ यह था कि उसने कैन्टीन में खाना खा लिया होगा।

"हाँ, गया था," कज़िन बोला। "यह उसका आखिरी दिन था। वह दोस्तों के साथ बाहर निकला जो उसे शुभकामनाएँ दे रहे थे, पीठ थपथपा रहे थे, वगैरह...

दो-एक टीचर भी बाहर आए और उसे देखकर कुछ कहने लगे। मैंने सुना कि माली ने उनसे कहा, ''कि मेरे पिता की कुछ और योजनाएँ हैं। वे मुझे अमेरिका भेज रहे हैं।''

''वाह!'' जगन बोला, ''क्या बात है...अमेरिका में वह करेगा क्या?''

''गलत मत समझो,'' भाई ने कहा! ''कालेज छोड़ते हुए उसे कुछ तो कहना ही था। जब तक वह तुमसे अमेरिका जाने की बात न करे, इसपर ध्यान मत दो।''

''क्या-क्या विचार आते हैं!'' जगन निराशा से लबालब पत्थर पर उँगलियों से ताल देने लगा।

''क्या पता, लड़का किसी दिन दूसरा भारती, टैगोर या शेक्सपियर बनकर दिखा दे। अभी से क्या कहा जा सकता है।''

अब जगन की समझ में आया कि 'राइटर' का क्या अर्थ लिया जा रहा है। वह बोला, ''अरे, मैं कितना बेवकूफ़ हूँ। हाँ, राइटर यानी लेखक। ठीक है। मैं तो बिलकुल अपढ़ हो गया हूँ।'' वह प्रसन्नता से खिल उठा। उसे यह जानकर अच्छा लगा कि उसका बेटा, जैसा वह समझ रहा था, वैसा राइटर बनने नहीं जा रहा है।

कज़िन ने पूछा, ''और तुम क्या समझ बैठे थे?...मैंने तो सुना है कि आजकल राइटर बहुत अच्छा कमाने लगे हैं। वे मशहूर भी हो जाते हैं।''

''वह लिखना क्या चाहता है?''

''यह तो मैं नहीं जानता। शायद कविता, क्योंकि यह लिखना सबसे आसान है, या कहानियाँ। यही सब तो लिखते हैं लोग।'' कज़िन बोला, वह लेखन के अजाने समुद्र में ज़्यादा डुबकी नहीं लगाना चाहता था। ''दरअसल उससे इतना जान पाना भी मुश्किल हुआ। मैं उसके स्कूल गया था...''

''स्कूल नहीं, कालेज,'' जगन ने उसकी गलती सुधारी और इस बात से कोफ़्त महसूस की।

''हाँ, हाँ, मेरा कालेज से ही मतलब था। बात यह है कि मुझे हमेशा माली बच्चा ही लगता है, स्कूल जाने वाला बच्चा। तो हाँ, कालेज के फाटक पर जब टीचरों ने उसे छोड़ा, तब उसने मुझे देखा और पूछने लगा कि मैं क्यों आया हूँ। मैं ज़्यादा गम्भीर नहीं दिखना चाहता था, इसलिए सादा-सा जवाब देकर उससे कहा कि वह कहीं कॉफ़ी पीने चलना चाहेगा?'' उसने कहा, ''सिर्फ कॉफ़ी नहीं, मैं कुछ खाना भी चाहूँगा।''

''बेचारा सचमुच भूख से बेचैन होगा,'' जगन ने दुखी होकर कहा।

''यह बात नहीं है। जवान लड़के भूखे नहीं रहते, फिर भी खाते रहते हैं।''

''ठीक कहते हो,'' जगन ने खुश होकर कहा। ''उसे कोई खाने से नहीं रोकता, वह दिन-भर खाए और चाहे जितना खाए।''

"तुम उसे काफ़ी पैसा देते हो?"

"क्यों नहीं दूँगा," जगन ने कहा। "क्या उसने कोई शिकायत की?"

"अरे नहीं, बिलकुल भी नहीं। वह इस किस्म का लड़का नहीं है। अगर तुम उसको खाने-पीने को बिलकुल भी न दो, भूखा ही रखो, तो भी वह कुछ नहीं कहेगा।"

जगन को अपने बेटे की यह प्रशंसा सुनकर बहुत अच्छा लगा। वह कुछ सोचने-सा लगा, आसमान में चलते सितारे अपनी जगह रुक गए। दो कुत्ते दुलकी चाल से एक-दूसरे का पीछा करते नज़र आए। भिखमंगा अपने ठिकाने पर सोते-सोते कुछ बड़बड़ाया, फिर सो गया। जगन ने अपने चारों तरफ़ नज़र डाली और टिप्पणी की, "यह शर्म की बात है कि हमारा देश इन भूखों के लिए कुछ नहीं करता। मुझे जब भी वक्त मिलेगा, कुछ ज़रूर करूँगा।"

कज़िन देश की इस समस्या पर ध्यान दिए बिना कहता रहा, "मैं उसे आनन्द भवन ले गया—तुम जानते हो यह होटल, जहाँ लाउड स्पीकर हर वक्त चीखता रहता है।"

"तुम मुझे आनन्द भवन के बारे में मत बताओ, मैं बेटे के बारे में जानना चाहता हूँ।"

"अरे हाँ, धीरज रखो। मैं जानता हूँ, तुम्हें वहाँ का ज़िक्र पसन्द नहीं है। उन लोगों ने तुम्हें सेल्स टैक्स में झटका दिया था।"

"बात से हटो मत। उन्होंने मेरे लिए क्या किया या नहीं किया, इससे मुझे मतलब नहीं है। मैं तो बेटे के बारे में जानना चाहता हूँ। क्या वह दुखी था?"

"हाँ भी और नहीं भी। खुश इसलिए क्योंकि वह राइटर बनने जा रहा था, दुखी इसलिए क्योंकि तुम चाहते हो कि वह स्कूली..."

"स्कूली नहीं, कालेज की पढ़ाई करे," जगन ने उसकी बात सही ढंग से पूरी की।

भाई ने कहा, "अरे हाँ, कालेज की, कालेज की, कालेज की। लेकिन यही शब्द उसे पागल कर देता है, जो तुम्हें इतना पसन्द है। उसे किताबों से नफ़रत है, क्लासों से नफ़रत है, टीचरों से नफ़रत है। इनका ख्याल ही उसमें गुस्सा भर देता है। जानते हो, उसने क्या किया? उस वक्त किताबें उसके पास थीं। जब हमने दोसे का आर्डर दिया, और उसके आने का इन्तज़ार कर रहे थे, तो उसने सब किताबें फाड़ीं और वेटर को पकड़ा दीं, कि उन्हें भट्ठी में डाल दे।"

"और तुमने उसे रोका भी नहीं? उससे यह नहीं कहा कि ये देवी सरस्वती का रूप होती हैं और इनकी इज़्ज़त की जानी चाहिए? यह लड़का बी.ए. कैसे पास करेगा?"

"यह तो मैं नहीं बता सकता," कज़िन ने भी दुखी होकर कहा। "मुझे तो सूझा भी नहीं कि इस पर उससे बात करूँ, करता भी तो क्या होता!"

''तुम पागल तो नहीं हो गए? जानते नहीं कि...''

''नहीं,'' कज़िन बोला। ''जब उसने किताबें फाड़ीं तो मुझे ठीक ही लगा, क्योंकि शिक्षा की आज जो स्थिति है, उसमें...''

''बन्द करो यह बकवास! कहीं तुमने खुद ही तो उसे नहीं उकसाया?''

कज़िन ने इस आरोप को नज़रंदाज़ करते हुए कहा, ''मालूम है, किताबें भट्ठी के हवाले करवाते वक्त उसने क्या कहा? उसने उसी वक्त एक कविता बनाई : ''अग्नि देवता को नमस्कार, उसका उपकार, कि इनसे अब वह नहीं करेगा मुझे बेज़ार...'', ऐसी ही कुछ कविता। मुझे तो वह बहुत अच्छी लगी। उसने दोसा और बहुत-सी चीज़ें खाईं, कुल बिल तीन रुपये हुआ।''

''वाह बेटा!'' जगन को भी उसकी कविता पसन्द आई और डटकर खाना भी बहुत अच्छा लगा, ''मैं यह पैसा तुम्हें दे दूँगा। कल दुकान पर याद दिलाना।''

''कोई जल्दी नहीं है, कोई नहीं...। तुम जब चाहो, वापस कर देना,'' कज़िन ने उदारता से कहा।

विषय पर बात करना सम्भव नहीं हो रहा था, क्योंकि शायद विषय कोई था ही नहीं, जिस पर लौट-फिर कर वापस आया जा सके। वे इस तरह इधर-उधर की बातें करते रहे, जब तक तालुका दफ्तर के घंटे ने बारह नहीं बजा दिए। चारों तरफ के शान्त वातावरण में ये आवाज़ें ज़ोर से गूँजने लगीं। जगन कहने लगा, ''इस वक्त तक चोर भी सो चुके होंगे, लेकिन हम तो किसी फैसले पर नहीं पहुँचे। मुझे यह समझ नहीं आ रहा कि वह कालेज की पढ़ाई करने के साथ-साथ राइटर भी क्यों नहीं बन सकता।''

भाई ने बात को साफ़ करते हुए कहा, ''उसने कहा कि दोनों काम साथ नहीं चल सकते।''

कुछ देर बाद जगन ने अचानक पूछा, ''शेक्सपियर ने क्या बी.ए. किया था?''—यह ऐसा सवाल था जिसका जवाब वहाँ नहीं दिया जा सकता था।

लेकिन कज़िन ने जवाब दिया, ''इतनी दूर जाने की क्या ज़रूरत है। मैं जानता हूँ, कालिदास कालेज में नहीं पढ़ा था।''

''क्योंकि तीन हज़ार साल पहले कालेज थे ही नहीं,'' जगन बोला।

''यह तुम्हें कैसे पता कि कालेज थे या नहीं?''

''कालेज हों या न हों, मैं यह ज़रूर जानता हूँ कि कालिदास एक गाँव का मूर्ख लड़का था, भेड़-बकरियाँ चराता था, और जब सरस्वती देवी ने उसकी जीभ पर लकीर खींची, तब वह ''श्यामल-दंडकम्'' गाने लगा और ''शकुन्तला'' वगैरह किताबें लिखीं। यह मशहूर कहानी है। मैंने कई दफ़ा सुनी है,'' जगन ने कहा।

इस पर कज़िन ने उसे समझाते हुए कहा, ''तुम्हें यह कहानी पता है, और

इसमें तुम विश्वास भी करते हो, तो हो सकता है, माली भी एक दिन ऐसा ही बनकर दिखा दे।''

इसके बाद जगन ने माली के कमरे की सँध से झाँककर भीतर देखना शुरू कर दिया, कि वह क्या कर रहा है—क्योंकि उसका दरवाज़ा ज़्यादातर बन्द ही रहता था। उसे लगता था कि बेटा उससे बचना चाहता है। वह नाश्ता तैयार करके हाल की मेज़ पर रख देता, और प्लेट के नीचे पाँच रुपए का एक नोट भी दबा देता जिससे वह जब चाहे कुछ भी खा-पी सके। माली घर से बाहर जाता तो रात को काफ़ी देर से लौटता, और फिर दरवाज़ा बन्द कर लेता। जगन अपनी दुकान पर चला जाता और बाहर से यही दिखाता कि उसे कोई परेशानी नहीं है, लेकिन भीतर ही भीतर वह बहुत दुखी रहने लगा था। वह समझ नहीं पाता था कि बेटा कहाँ जाता है और क्या करता है, और खाता क्या है। उसे यह नहीं पता था कि बेटे को पढ़ाने का उसका आग्रह उसे उससे इतना दूर कर देगा। अब वह उसके साथ मेलजोल कर लेना चाहता था।

जगन ने सँध से देखा कि माली के कमरे की रोशनी जल रही है, और वह मेज़ पर कुहनी टिकाये हाथ पर अपना सिर झुकाए बैठा है और आँखें बन्द करके कुछ सोच रहा है। उसे यह देखकर निराशा हुई कि लड़का कुछ लिख नहीं रहा है। उसने तो कल्पना की थी कि राइटर लड़का देर रात तक रोशनी जलाए प्रेरणा के प्रभाव में तेज़ी से कागज़-पर-कागज़ काले करता जा रहा होगा और मेज़ पर उनके ढेर लग गए होंगे। कालिदास की तरह वह भी ऐसे गीत लिख रहा होगा जिनसे इस पुराने घर की दीवारें गूँजने लगेंगी और उसके गाने हज़ारों साल तक लोगों की ज़बान पर थिरकते रहेंगे। लेकिन जो वह अपने सामने देख रहा था, वह उसकी कल्पना से एकदम भिन्न था। लगता था, लड़का निराशा में डूबता जा रहा है और बोरियत से जूझ रहा है। उसे इससे बाहर निकालना ज़रूरी है।

जगन ने महसूस किया कि अब उसे शिक्षा वगैरह की बात भूलकर बेटे के अपने उद्देश्य को पूरा करने पर ध्यान देना चाहिए, कम-से-कम उस समय तक, जब तक वह अपनी इस उदासी से बाहर न निकल आए।

जगन ने यह निश्चय करके दरवाज़े को ज़ोर-ज़ोर से भड़भड़ाना शुरू किया, क्योंकि इसके सिवा उसे कोई उपाय नहीं सूझ रहा था।

लड़के ने दरवाज़ा खोलते हुए कहा, ''क्या आफ़त आ गई जो इस तरह आसमान सिर पर उठा लिया है?''

जगन तेज़ी से भीतर गया और कहने लगा, ''बेटा, मुझे तुम्हारा विचार पसन्द है। आओ, इस पर बात करते हैं।'' वह फुर्ती दिखाता हुआ इधर-उधर घूमा और

एक स्टूल पर बैठ गया। लड़का चुपचाप उसके पीछे चला, उसके सन्देह अभी समाप्त नहीं हुए थे। जगन ने उसे सहज करने के लिए अपनी भौंहों पर हाथ फेरा और चेहरे पर हलकी-सी मुस्कान लाने की कोशिश की, जिससे लड़के को लगे कि पिता का पूरा समर्थन उसे प्राप्त है। फिर दोनों ने क्षण भर के लिए एक-दूसरे को घूरा, और बेटा गोल मेज़ के साथ पड़े एक स्टूल पर आकर बैठ गया।

जगन ने मुलायम लहजे में पूछा, ''तुम्हें एक अच्छी मेज़ चाहिए?''

''किसलिए?'' लड़के ने संदेह और विश्वास के बीच लटकते हुए प्रश्न किया।

ज़रा भी गलत दबाव पड़ने से बात बिगड़ सकती थी। इसलिए जगन ने कहा, ''राइटर को अपनी कापियाँ रखने के लिए काफ़ी जगह की ज़रूरत पड़ती है। ये बहुत कीमती होती हैं।''

लड़के को यह सोचकर अच्छा लगा कि नई मेज़ कालेज की किताबें रखने के लिए नहीं लाई जाएगी। ''यह आपको कैसे पता लगा?''

''ये बातें पता लग जाती हैं। राइटर को खुद बताना चाहिए।'' जगन खुद अपने वक्तव्यों पर चकित हो रहा था।

''मैं इस सबकी परवाह नहीं करता।''

जगन ने चारों तरफ़ देखा। कहीं कुछ लिखे जाने का निशान नहीं था। मेज़ एकदम खाली थी, उस पर एक भी किताब नहीं थी। उसे ज़रा-सी उत्सुकता भी हुई, लेकिन कुछ सोचकर वह चुप रह गया। अब उसका यह कार्य नहीं था।

''तुम चाहो तो मैं सफेद मोटा कागज़ खरीद दूँ? तुम्हारा कलम भी बढ़िया होना चाहिए। मैं सोचता हूँ कि तुम्हें ऐसी मेज़ ला दूँ जिसमें बहुत सी दराज़ें हों।'' अब दोनों के बीच शान्ति और समझ पैदा होने लगी थी, और वे लेखन की दुनिया में घूमते यह सोचने लगे थे कि दूसरा उससे ज़्यादा जानता होगा। जगन ने उससे कुछ इस तरह, जैसे अखबार का रिपोर्टर किसी का इण्टरव्यू ले रहा हो, पूछा, ''आजकल क्या लिख रहे हो?''

''एक उपन्यास,'' लड़के ने गम्भीरता से उत्तर दिया।

''वाह! बड़ी अच्छी बात है! तुमने उपन्यास लिखना कहाँ से सीखा?''

माली ने उत्तर नहीं दिया तो जगन ने दोबारा यही प्रश्न पूछा।

''आप इम्तहान ले रहे हैं मेरा?'' माली का उत्तर था।

''अरे नहीं। सिर्फ जानने के लिए। कौन सी कहानी लिख रहे हो?''

''अभी कुछ नहीं बता सकता। कविता भी लिखी जा सकती है। पता नहीं।''

''तो जब तुम लिखने बैठते हो, पता नहीं होता कि क्या लिखोगे?''

''हाँ,'' लड़के ने अकड़कर कहा। ''यह आपकी दुकान में मिठाइयाँ तलने की तरह नहीं है।''

रिपोर्टर को यह बात बड़ी रहस्यात्मक लगी। उसने दयनीयता दिखाते हुए कहा, "मेरी कुछ मदद चाहिए तो बताना।"

लड़के ने चुपचाप बात सुन ली।

"तुम्हारे कोई दोस्त लोग भी राइटर हैं?"

"कैसे हो सकते हैं? वे सिर्फ पढ़ाकू हैं और डिग्री लेना चाहते हैं। इससे ज़्यादा क्या!" जगन ने प्रयत्नपूर्वक उनके लिए अपना समर्थन का भाव मन में ही दबा लिया। लड़का बोला, "सब साधारण लड़के हैं, उनमें कुछ विशेष करने की योग्यता ही नहीं है।"

"मेरा ख्याल था कि तुम्हें अपने दोस्त अच्छे लगते हैं," जगन बोला और अपने बेटे को अच्छी तरह समझने की कोशिश करने में लग गया। वह सोचता था कि जिस तरह माली साइकिल के सहारे फव्वारे पर अपने दोस्तों के साथ खड़ा ज़ोर-ज़ोर से बातें किया करता था, उससे तो कुछ और ही लगता था। लेकिन यह बात जानकर उसे अच्छा भी लगा क्योंकि वह सोचता था कि दोस्तों के बहकावे में आकर ही वह पढ़ाई छोड़ रहा है। अब उसे लगा कि बेटे का यह दूसरा रास्ता पकड़ने का कारण वह खुद है। वह सोचने लगा, "बीस साल से यह एक ही छत के नीचे मेरे साथ रह रहा है, लेकिन मैं उसे कितना कम जानता हूँ। लड़का कुछ करके दिखाना चाहता है। आज नहीं तो कल, यह ज़रूर सफल होगा।"

माली ने बताया, *आनन्द विकटन* में मैंने उपन्यासों की प्रतियोगिता का एक विज्ञापन देखा था। सबसे अच्छे उपन्यास को पच्चीस हज़ार रुपया इनाम दिया जाएगा।

"और क्या शर्तें हैं?"

"बस यही कि कूपन भरकर 30 सितम्बर तक उपन्यास भेज देना चाहिए।"

जगन ने दीवाल पर लटके कैलेण्डर पर नज़र डालकर तारीखें देखीं। अभी तो मई ही था।

"पाँच महीने हैं लिखने के लिए," लड़का बोला।

"तुमने लिखना शुरू कर दिया?" जगन ने धीरे से पूछा।

"मैं पूरा करने से पहले किसी को कुछ बताने वाला नहीं हूँ।"

"लेकिन कहानी क्या है?" जगन ने जानने की ज़िद की।

इस पर लड़के ने पहले की तरह गुर्राकर कहा, "आप मेरा इम्तहान ले रहे हैं?"

"नहीं, यह बात नहीं है।"

"मैं जानता हूँ, आप मुझ पर विश्वास नहीं करते," माली ने निराश भाव से कहा।

जगन क्षण-भर के लिए परेशान हो उठा। वह अपने बेटे की योग्यता में अपना पूरा विश्वास जताने की कोशिश कर रहा था, लेकिन वह यह सोचकर परेशान था कि उन दोनों के बीच खड़ी दीवार टूट नहीं पा रही। उसने अपनी याद में बेटे से कभी कठोर व्यवहार नहीं किया था। पिछले बीस सालों में उसने जो कुछ भी माँगा था, वह सब उसे ला दिया था, और उसकी माँ की मृत्यु के बाद के दस सालों में तो वह उसके प्रति बहुत ज़्यादा ही उदार रहा था। वह भयंकर दिन जगन की स्मृति में अभी तक ताज़ा है—जब डाक्टर कृष्णा ने उसकी साँस का मुआयना करके कहा, ''अब कोई डाक्टर कुछ नहीं कर सकता; बड़ी खास तरह का ब्रेन ट्यूमर है, अगर कोई जान पाता कि यह कैसे हुआ, तभी वह इसका इलाज कर सकता था।'' आधी रात हो रही थी और डाक्टर अड़तालीस घंटे से लगातार सुई, आक्सीजन और थैला लिए, और जो कुछ भी ज़रूरी था, वह सब सँभाले, उसके उपचार में लगा रहा था। वह खुद थकान से पस्त पड़ चुका था। और जगन के इस इशारे पर, कि प्राकृतिक चिकित्सा से इसका इलाज सम्भव था, वह अपना आपा ही खो बैठा था। ''प्राकृतिक चिकित्सा,'' उसने चिल्लाते हुए मरीज़ के बिस्तर पर उसका इलाज करते-करते ही कहा था, ''प्रकृति अब हम सबको मार कर ही रहेगी। इनके मस्तिष्क में जो फोड़ा है, उसका अभी तक कोई इलाज नहीं निकला है...।'' यह सुनकर जगन ने तुरन्त अपना मुँह बन्द कर लिया था, और सोचने लगा था कि उसके सिद्धान्तों का यह समय नहीं है। फिर भी जब डाक्टर हार मानकर वहाँ से निकला और अपनी कार की तरफ़ बढ़ा, तो उसने धीरे से फिर एक बार अपनी बात कह दी, ''आप देखेंगे डाक्टर साहब, जब इस विषय पर मेरी किताब निकलेगी। मैंने सब कुछ मसाला इकट्ठा कर लिया है।''

इस पर डाक्टर ने चीख कर कहा, ''अब बन्द करो यह सब। अपनी बीवी के पास वापस जाओ, अब कुछ ही घंटों की मेहमान है। तुम्हारा बेटा देख रहा है।'' जगन कार से मुड़ा तो देखा कि माली अबूझ नज़रों से उसकी तरफ़ देख रहा है। उसके छोटे से दुबले-पतले शरीर को इस तरह देखकर उसे धक्का लगा—दरअसल अपनी अठारहवीं सालगिरह के बाद वह अचानक लम्बा-चौड़ा होने लगा था। लड़के ने पूछा, ''डाक्टर साहब क्या कह रहे हैं?'' वह पिछले कई हफ़्ते से माँ की सेवा में लगा था। जब कभी उसकी आँख खुलती, वह बेटे को अपने पास बुलाती और जो भी वह उसे खिलाता, खा लेती। वह स्कूल खत्म होते ही दौड़कर घर आ जाता और दोस्तों के साथ खेलने भी नहीं जाता था। बेटे के सवाल पर जगन ने उसका हाथ कसकर पकड़ लिया और फूट-फूटकर रोने लगा। माली ने अपना हाथ छुड़ा लिया और दूर खड़े होकर देखता रहा कि यह क्या हो रहा है।

समय बीतता गया लेकिन जगन उस क्षण को नहीं भुला सका—माली का वह

चेहरा उसके सीने में पत्थर बनकर बैठ गया था जो हमेशा दर्द देता रहता था। यह दीवाल उसी दिन से खड़ी होनी शुरू हो गई थी।

"अरे, नहीं," जगन ने माफ़ी-सी माँगते हुए कहा। "मुझे विश्वास है, तुम किसी दिन बहुत अच्छा कुछ लिखोगे। मुझे तुम्हारी योग्यता पर ज़रा भी सन्देह नहीं है। मैं सिर्फ जानना चाहता था कि कहानी क्या है। तुम जानते नहीं, मुझे कहानियों का कितना शौक है! याद है, हर रात मैं तुम्हें कहानियाँ सुनाया करता था। वह काले बन्दर की कहानी तो तुम्हें बहुत पसन्द थी।" उन दिनों बच्चे की उसने पूरी ज़िम्मेदारी उठा ली थी और उसे वह 'पंचतंत्र' की कहानियाँ सुनाया करता था। लेकिन इन दिनों बच्चे को उस समय की कुछ भी याद नहीं थी, और न उसको उन बातों में कोई रुचि थी। उसने पिता की बातों पर कोई प्रतिक्रिया व्यक्त नहीं की। जगन बोला, "तुम्हें पता है, मैं भी एक तरह से लेखक हूँ। तुम्हें तब पता चलेगा जब सत्य प्रेस से मेरी किताब छपकर निकलेगी।" यह कहकर वह खोखली हँसी हँसा।

लड़के ने सादगी से कहा, "अप्पा, आप समझते नहीं। मैं कुछ नया लिखना चाहता हूँ।"

"हाँ, हाँ, वही तो...मेरी मदद चाहिए तो बताना?"

कढ़ाही में बिना कुछ तले या पकाये पच्चीस हज़ार रुपये कमाने का यह बहुत आसान उपाय था। वे एक बजे रात तक बात करते रहे–जगन को हर मिनट कोई नई बात पता चलती थी। उसे पता चला कि लड़के ने कालेज लायब्रेरी की मैगज़ीन से चुपचाप इनाम का कूपन काट लिया था–अगर पकड़ा जाता तो उसकी बेइज्ज़ती होती और सज़ा भी हो सकती थी। माली ने मुस्कराते हुए बताया, "मैंने लायब्रेरियन की नाक के नीचे ब्लेड से वह कूपन काट लिया।"

जगन ने चिन्तित होकर कहा, "यह तो नहीं करना चाहिए था।"

"ठीक है, लेकिन फिर मुझे कूपन कैसे मिलता?" लड़के ने पूछा, फिर अपनी पाकेट डायरी से कूपन निकालकर दिखा दिया।

जगन ने कूपन ध्यान से देखा और कहा, "अगर यह *विकटन* का है, तो तुम चार आने में इसकी एक या जितनी चाहे, प्रतियाँ खरीद सकते थे।

"यह तो कोई भी कर सकता है," लड़का बोला। फिर रहस्यमय ढंग से कहा, "मैं तो उस लायब्रेरियन को एक सबक़ सिखाना चाहता था; अपने को पता नहीं क्या समझता है!"

जगन को अपना बेटा लेखक के रूप में बताने में विशेष सुख प्राप्त होने लगा। दूसरे दिन सवेरे अपनी दुकान जाते समय रास्ते में उसने तीन लोगों को रोककर बताया कि माली लेखक बन रहा है। चौथा व्यक्ति जिसे उसने यह बात बताई, उसका प्रधान

रसोइया था। वह जैसे ही दुकान में दाखिल हुआ, उसे उसने अपने सिंहासन के पास बुलाया और कहा, "मेरा बेटा एक किताब लिख रहा है।" रसोइया, उस दिन क्या मिठाइयाँ बनानी हैं, इस पर विचार कर रहा था, लेकिन उसने लड़के की प्रगति पर सन्तोष व्यक्त किया और कहा कि यह तो बहुत बड़ी खबर है।

"इससे उसे पच्चीस हज़ार रुपये प्राप्त होंगे, और वह सितंबर से पहले इसे खत्म कर देगा, ताज्जुब की बात है! मुझे तो पता ही नहीं था कि वह इतना प्रतिभाशाली है! सच बात तो यह है कि उसे जितना रुपया चाहे, मैं दे सकता हूँ, इस पच्चीस हज़ार की क्या कीमत है! लेकिन अभी मैं उसे यह नहीं करने देना चाहता। दरअसल हम लोग गाँधी जी के ज़माने के हैं, अब दुनिया बदल रही है।"

"इतना पैसा होते हुए भी आप बहुत साधारण आदमी हैं। खाना तक नहीं खाते।"

"नहीं, मैं उतना ही खाता हूँ जितना ज़िन्दा रहने के लिए ज़रूरी है," उसने संशोधन किया। मेरी किताब भी छप रही है। मैं भी लेखक ही हूँ।"

"इसीलिए तो आपका बेटा इतनी आसानी से लेखक बन रहा है," रसोइये ने कहा।

शाम को कज़िन भी आया, तो उसे भी यह खबर सुनाई गई। अंत में उसने कहा, "मेरा ख्याल है कि वह भी सादा जीवन, उच्च विचार के आदर्शों पर चलेगा। गाँधी जी की यही शिक्षा थी, जिसका मैं पालन करता हूँ।"

"ठीक है, बिलकुल ठीक...लेकिन मैं यह नहीं समझ पाता कि तुम फिर व्यापार क्यों करते हो, पैसा क्यों कमाते और जमा करते हो।"

"मैं जमा नहीं करता, वह प्राकृतिक रूप से उगता है," जगन बोला–"इसमें मैं क्या कर सकता हूँ? मैं तो सिर्फ कर्म करता हूँ, क्योंकि यह हर आदमी का कर्तव्य है।" यह कहकर उसने दराज़ खोलकर भगवद्गीता निकाली और पढ़ने लगा, "कर्मण्येवाधिकारस्ते..." इसके अलावा–उसने आवाज़ ऊँची की और बोला, "वह आदमी, और दूसरा वाला, और यहाँ वाला भी, सबको इसका समर्थन है। अगर यहाँ के सभी तैयार न हों, तो प्रधान रसोइया अकेला क्या कर सकता है?"

"उसे किसी और हलवाई के यहाँ काम मिल जाएगा। अपने हुनर का उस्ताद है वह, कभी बेकार नहीं रह सकता।"

"भैया, यह बात नहीं है। मेरी दुकान देश-भर में सबसे बड़ी है। तुम्हें इसमें कोई सन्देह है?"

"बिलकुल भी नहीं। और तुम्हारे यहाँ की मिठाई भी सबसे स्वादिष्ट होती है।"

जगन इस तारीफ़ से खुश नज़र आया। उसने कहा, "शायद इसीलिए माली कोई और काम करना चाहता है। एक के बाद दूसरी पीढ़ी में परिवर्तन होता रहता

है। ऐसा न हो, तो प्रगति ही रुक जाएगी।'' वह फिर सिद्धान्त बघारने में लग गया, जो उसके सत्याग्रह वाले दिनों का असर था। यह चर्चा भी उसे किचेन में से उठती घी, केसर, जायफल की बू की तरह खुशबूदार लगती थी। अचानक वह बिना किसी आवश्यकता के कहने लगा, ''मैं किसी तरह के एसेंस वगैरह का इस्तेमाल नहीं करता, रंग देने के लिए भी नहीं। तुम जानते ही हो कि आजकल जर्मनी से हर किस्म की खुशबुएँ मिल जाती हैं, जिनसे हर किसी को धोखा दिया जा सकता है।''

''कितना गलत काम है यह,'' कज़िन ने दार्शनिक ढंग से समर्थन किया।

''जब तक मैं इस दुकान का स्वामी हूँ, इनका कभी इस्तेमाल नहीं होने दूँगा,'' जगन ने भरोसा दिलाते हुए कहा। कज़िन हर शाम इसी शुद्धता का ज़ायका चखता था, उसने भी इस वक्तव्य को अपना सम्पूर्ण समर्थन प्रदान किया।

4

पिता और पुत्र के बीच इतनी कम बातचीत होती थी कि घर पर शान्ति का साम्राज्य छा गया था। माली इस स्थिति से काफ़ी खुश नज़र आने लगा था कि अब उसे पढ़ने के लिए नहीं कहा जाएगा। जगन को भी इस बात का सन्तोष था कि बेटे ने स्वयं अपना रास्ता बनाने का फैसला कर लिया है। वह गर्वपूर्वक अक्सर यह सोचता, 'वह दूसरों की किताबें पढ़ने के स्थान पर उनके पढ़ने के लिए किताबें लिखने जा रहा है।' उसे लगता 'इस तरह वह दूसरों की सेवा करने का काम करेगा।' 'सेवा' शब्द का विचार आने पर उसे लगता कि इससे कार्य को महत्ता प्राप्त होती है। यह शब्द उसे उत्तेजित कर देता था, इसकी कल्पना से उसके सारे शरीर में झनझनाहट पैदा हो जाती थी। यह शब्द उसने पहली दफ़ा सन् 1937 में सुना था जब महात्मा गाँधी मालगुडी आए थे और नदी किनारे रेत के मैदान में उन्होंने बहुत बड़ी सभा को सम्बोधित किया था। इसमें उन्होंने 'सेवा' शब्द की विवेचना की थी और बताया था हर मानवीय कार्य जब इसकी भावना से किया जाता है, तब उसे एक विशेष अर्थ प्राप्त हो जाता है। इस परिभाषा से प्रेरित होकर जगन ने देश को विदेशी शासन से आज़ाद कराने के आन्दोलन में भाग लिया था, पढ़ाई, घर-बार और सामान्य जीवन का परित्याग कर दिया था, और उस समय के ब्रिटिश कानूनों को तोड़ा था। लगातार जेल-यात्रा और पिटाई वगैरह को इसी कारण सहन किया था कि वह देश की सेवा के लिए किया जा रहा है। उसने अपने आप से कहा, 'हर आदमी को यह आज़ादी मिलनी चाहिए कि वह मानवता की सेवा कर सके।' फिर इसमें जोड़ा, 'माली भी किताबें लिखकर मानव जाति की सेवा ही करेगा।' लेकिन माली लिखता क्या है, यह वह अक्सर सोचता रहता था। कहानियाँ? किस तरह की कहानियाँ? कविताएँ? या दर्शन की बातें लिखता है? वह सोचता, ऐसी चीज़ें लिखने के लिए उसे जीवन का कितना अनुभव प्राप्त है? अक्सर जब कभी वह भगवद्गीता पढ़ता होता, उसके मन में बहुत से प्रश्न खड़े होते रहते। माली के लेखन पर विचार करते समय गीता

के विचार उसके मन से दूर होने लगते और उसके अपने विचार उन पर हावी हो जाते। वह जानना चाहता था कि माली अंग्रेज़ी में अपनी रचनाएँ लिखता है या तमिल भाषा में? अगर वह तमिल में लिखेगा तो अपने प्रदेश में जाना जाएगा, अंग्रेज़ी में लिखेगा तो दूसरे देशों के लोग भी उसे पढ़ेंगे। लेकिन क्या वह इतनी अंग्रेज़ी, या तमिल या कोई और भाषा जानता है? वह चिन्तित हो उठा, उसके मन में अनेक सवाल जाग उठे। उससे आमने-सामने कोई प्रश्न पूछना तो व्यावहारिक नहीं था। लेकिन उन्हें बात भी क्या करनी है? माली दुनिया से विरक्त होता जा रहा था, किसी से भी बात नहीं करता था। दोनों का आपसी सम्बन्ध अब सिर्फ उस पाँच रुपये का बचा था जिसे जगन रोज़ माली के नाश्ते के साथ रख देता था, और बाद में देख लेता था कि उसे उसने उठा लिया है या नहीं। लड़का शायद आनन्द भवन में खाना खाता होगा, लेकिन उसे यह पसन्द नहीं था कि उसका पैसा यहाँ की गुल्लक में जाए। लेकिन इसका कोई उपाय भी नहीं था, और आनन्द भवन शहर का सबसे अच्छा रेस्तराँ माना जाता था—हालाँकि जगन जानता था कि यहाँ शुद्ध घी का इस्तेमाल नहीं किया जाता, उसकी जगह सादा टिनों में भरे साफ़ किए तेल का ही प्रयोग किया जाता है—वे लोग यह मानकर चलते थे कि सादा, बिना लेबिल लगे टिनों से लिया जानेवाला पदार्थ घी होता है, और लोग इसका विश्वास कर लेंगे।

सितम्बर की 30 तारीख न जाने कब की निकल चुकी थी, और जगन यह जानने के लिए कुछ भी देने को तैयार था कि माली की किताब भेजी गई या नहीं। उसे कुछ भी पता नहीं चल रहा था। लड़के की गतिविधियाँ इस तरह निश्चित और संचालित थीं कि एक घर में रहते हुए भी लगता था कि दोनों अपनी-अपनी अलग दुनिया में रह रहे हैं। जब कमरे में रोशनी दिखाई देती तब जगन को पता चलता कि वह वहाँ मौजूद है। उसे दरवाज़ा खटखटाने की भी हिम्मत नहीं होती थी। दोनों अलग-अलग समय पर घर आते थे और बहुत कम ही ऐसा होता था कि हॉल में दोनों एक साथ टकरा जाएँ। सूचना की कमी के कारण जगन बहुत चिन्तित रहता था। जब कज़िन शाम को जगन से मिलने आता, तो वह उसे इतना परेशान दिखाई देता, कि उसके चेहरे पर खुशी लाने के लिए कहता, "तुम भाग्यशाली हो कि तुम्हें जीवन में सब कुछ प्राप्त हुआ है—तुम्हें इतना धन मिला है जितना नब्बे फीसदी लोगों को प्राप्त नहीं होता, फिर भी तुम्हारे पास वह धन है जो सौ फीसदी लोगों को नहीं मिलता—सन्तोष। लेकिन एक चीज़ तुम्हें अभी भी प्राप्त नहीं हुई है—प्रसन्नता। तुम हमेशा चिन्तित ही दिखाई देते हो।"

"अगर कोई चिन्तित दिखाई देता है, तो उसका कारण भी होना चाहिए। तुम इन दिनों माली से मिले?"

"नहीं...बिलकुल भी नहीं। काफी दिन पहले मैंने उसे विनायक स्ट्रीट पर साइकिल पर जाते हुए देखा था। अब यह मत पूछना कि मैं वहाँ क्या करने गया था। मैं इससे भी दूर जाता हूँ—काम हो तो, सेवा का कोई काम, इसका तुम विश्वास कर सकते हो। मैं खुद अपने लिए कुछ नहीं करता।

"उसने तुम से बात की?"

"नहीं? मैंने कहा नहीं कि वह साइकिल पर था।"

"इतनी दूर वह क्या करने गया था?"

"उसी से क्यों नहीं पूछते?" कज़िन ने कहा।

"वह जवाब नहीं देगा," जगन बोला।

"कोशिश की है?"

"नहीं।"

"तो करके देखो।"

"उसे अच्छा नहीं लगेगा, कहेगा, मैं दखल दे रहा हूँ।"

"अगर तुम कहो तो मैं कोशिश करके देखूँ।"

"नहीं, बिलकुल नहीं। वह सोचेगा कि मैंने तुमको भेजा है।"

"यह तो ठीक ही है। मैं भी उससे यही कहूँगा।"

यह सुनकर जगन बहुत डर गया। उसके माथे पर पसीना छूटने लगा। कज़िन ने टिप्पणी की, "मुझे ताज्जुब हो रहा है। इतना डरते क्यों हो?"

"मैं उसे अपसेट नहीं करना चाहता। बस, इतनी बात है। ज़िन्दगी में कभी भी मैंने उसे परेशान नहीं किया है।"

"इसका मतलब यह है कि तुम उससे काफ़ी बातें कर चुके हो, और उससे आगे नहीं जाना चाहते।"

"यह बात तो नहीं है," जगन ने इस तरह यह कहा, मानो इसे स्वीकार नहीं करना चाहता हो।

"मुझे यह बताओगे कि आखिरी दफ़ा तुम उससे कब मिले थे?"

जगन पिछले दिनों की बातें सोचने लगा। कज़िन धीरे-धीरे मिठाई का स्वाद लेता हुआ उसे ध्यान से देखता भी जा रहा था। उसे याद आया कि साढ़े तीन महीने पहले दोनों की आखिरी बात हुई थी। वह हॉल में बैठा अखबार पढ़ रहा था, कि लड़का अपने कमरे से बाहर आया।

"बाहर जा रहे हो?"

"हाँ..."

जगन को यह सुनकर डर सा लगा लेकिन उसने और कोई सवाल नहीं पूछा। कहा, "आज का अखबार देखा?"

''नहीं।''

''देखना भी नहीं चाहते?''

''उसमें मेरे लिए कुछ नहीं होता,'' यह कहकर वह हॉल से बाहर निकल गया। जगन को उसके साइकिल उठाने की आवाज़ सुनाई दी, फिर दरवाज़ा बन्द करने की। वह अखबार पर आँखें गड़ाए बैठा रहा। 'ईश्वर को धन्यवाद कि उसके कमरे में से बाहर के लिए कोई दरवाज़ा नहीं है, जैसा कि उसके पिता एक दफ़ा बनवाना भी चाहते थे, नहीं तो बहुत दिन पहले ही मैं अपने बेटे की शक्ल तक भूल जाता।'

यह सब कज़िन को बताना उचित नहीं था, इसलिए उसने कहा, ''समस्या यह है कि हमारे आने-जाने का समय बिलकुल अलग है। जब मैं पूजा-प्रार्थना करके अपनी आँखें खोलता हूँ, वह जा चुका होता है। हमारे घर की परम्परा है कि जब मैं पूजा करता होऊँ, कोई मुझे परेशान न करे। लेकिन यह महत्त्व की बात नहीं है। हम विषय से भटक रहे हैं। मैं तुम्हारी सहायता चाहता हूँ। मेहरबानी करके अपनी तरफ़ से ही इस बात का पता लगाओ कि वह जाता कहाँ है और उसके उपन्यास का क्या हुआ। किताब पूरी हुई या नहीं? उससे मिलने की कोशिश करो और मुझे खबर लाकर दो। इसके लिए मैं तुम्हारा बड़ा आभार मानूँगा।''

''अरे नहीं, तुम्हारे लिए कुछ करना तो मेरा कर्तव्य है। आभार वगैरह की कोई ज़रूरत नहीं है। मैं देखता हूँ कि तुम्हारी क्या सेवा कर सकता हूँ।'' वह इस कार्य की गम्भीरता और महत्त्व से पुलकित हो उठा। जगन को भी अच्छा लगा।

कज़िन चार दिन बाद आया और जगन के सिंहासन के बगल में जमकर बैठ गया। फिर बोला, ''तुम्हारे लिए नई बातें हो रही हैं। बेटा अमेरिका जाना चाहता है। काफ़ी पहले ही मैंने इशारा किया था कि वह यह करना चाहता है।''

जगन को इस बात से ऐसा धक्का लगा कि कुछ समय के लिए उसका दिमाग़ ही सुन्न पड़ गया। उसकी तो यह सोचकर साँस ही रुक गई कि उसका बेटा उससे इतनी दूर चला जाएगा। वह जैसे पागलों की तरह कहने लगा, ''अमेरिका? अमेरिका क्यों जाएगा? और उसकी किताब का क्या हुआ? वो लिख ली क्या? या नहीं लिखी?''

''वह सोचता है कि उसे यह कला अमेरिका में सीखनी होगी।''

जगन इस विचार के लिए गुस्से से भर उठा। यह बहुत अद्भुत बात थी, फिर यह राष्ट्रीय प्रतिष्ठा के भी खिलाफ़ था।

''कहानी लिखना सीखने के लिए वहाँ जायेगा। यह तो उसे गाँव की दादियों से सीखना चाहिए।'' यह कहते हुए उसकी देशभक्ति जाग्रत हो उठी।

कज़िन ने कहा, ''मैंने भी उससे यही बात कही थी।''

"क्या वाल्मीकि ऋषि 'रामायण' लिखना सीखने के लिए अमेरिका या जर्मनी गए थे?" जगन ने उत्तेजित होकर प्रश्न किया–"आजकल के इन लड़कों को अजीब-अजीब ख्याल आने लगे हैं।" यह बात उसने अपने बेटे का नाम लिए बिना कही। इसी समय प्रधान रसोइया किचेन की खुशबुएँ बिखेरते हुए वहाँ आया और कहने लगा, "केसर खत्म हो गई है। सिर्फ एक दिन के लिए बची है।" जगन ने उसकी तरफ़ मुँह उठाकर देखा, वह समझ नहीं पाया कि विषय क्या है। उसकी तरफ़ से कज़िन ने जवाब दिया कि "ठीक है, जल्द आ जाएगी।" जब वह भीतर चला गया, जगन ने पूछा, "तुमने पता किया कि दिन कहाँ बिताता है?"

"हाँ, पब्लिक लायब्रेरी में।"

"यह कहाँ है?" जगन ने प्रश्न किया, वह नहीं जानता था कि कस्बे में लायब्रेरी भी है। कज़िन को भी निश्चय से पता नहीं था, इसलिए उसने नदी की दिशा में हाथ हिला दिया। फिर कहने लगा, "यह वही होगी, जिसके लिए पत्थर रखा गया था। जब भी कोई मंत्री-वंत्री आता है, यही सब कर लिया जाता है।"

"अगर यह महत्त्वपूर्ण जगह होती तो मुझे ज़रूर पता होता। वे उसे वहाँ रहने देते हैं?"

"उसे वहाँ अच्छा लगता है। शायद कुछ कार्य भी करता है।"

"क्या काम करता होगा?" जगन ने पूछा, और लड़का वहाँ असिस्टेंट का काम कर रहा होगा, यह सोचकर परेशान हुआ। "लेकिन उसकी किताब का क्या हुआ?" उसने निराश होते हुए पूछा।

"वह अमेरिका में इसे लिखेगा," कज़िन ने जवाब दिया।

यह सुनकर जगन विचलित हो उठा। उसे लगा कि विरोधी शक्तियाँ उसे चारों ओर से घेरे ले रही हैं–"किताब लिखने से अमेरिका का क्या सम्बन्ध है?"

"उसने लायब्रेरी की एक मैगज़ीन में पढ़ा कि अमेरिका में एक ऐसा कालेज है जहाँ उपन्यास लिखना सिखाया जाता है।"

जगन को फिर एक बार वाल्मीकि और दादी का तर्क कहने की इच्छा हुई, लेकिन उसने अपने को रोक लिया "और उस इनाम का क्या हुआ?"

"इसका तो पता नहीं। दरअसल उसने किताब ही नहीं लिखी," कज़िन ने जवाब दिया। "और किताब इस तरह थोड़े ही लिखी जाती है।"

"ठीक कहते हो," जगन बोला। उसे अचानक लड़के की उस दिन कही बात याद आ गई, लेकिन बात को आगे बढ़ाने के लिए कहा, "फिर भी किताब तो लिखी जानी चाहिए।"

इस तरह कुछ देर तक दोनों किताब लिखने की प्रक्रिया पर विचार-विमर्श करते रहे। "लेकिन अमेरिका में ही क्यों?" जगन ने, दिन-भर का जमा पैसा उसके

सामने लाए जाने को नज़रअंदाज करते हुए पूछा। कज़िन भी वहाँ से जाने का नाम नहीं ले रहा था।

"क्योंकि शायद यही ऐसा देश है जहाँ इस तरह के काम सिखाए जाते हैं।"

"वहाँ तो गाय और सुअर का ही माँस खाते हैं। मैं एक अमेरिका के आदमी को जानता हूँ, जिसने मुझे बताया..."

कज़िन ने इसमें अपना ज्ञान भी जोड़ते हुए कहा, "वे शराबें भी तरह-तरह की पीते हैं, पानी और दूध नहीं पीते।...औरतें भी वहाँ की आज़ाद हैं।" कुछ देर बाद वह बताने लगा, "मैंने उनकी कुछ फिल्मी मैगजीनें देखी हैं, वहाँ की औरतें मर्दों के साथ दोस्ती करती हैं, जब चाहे शादियाँ तोड़ देती हैं, और नंगी होकर धूप में लेटी रहती हैं।"

जगन ने आश्चर्य से प्रश्न किया, "यह सब तुमने कहाँ देखा?" कज़िन ने किसी दिशा में हाथ हिलाकर बताया, तो वह कहने लगा, "लेकिन सब बातें सही भी नहीं हो सकतीं—उसे यह सोचना नागवार लगा कि माली भी इसी तरह शराब, गोश्त और औरतों का शिकार हो जाएगा, जिससे उसका शरीर ही नहीं, आत्मा भी भ्रष्ट हो जाएगी। वह जैसे निश्चय करके बोला, "लेकिन यह नहीं होना चाहिए। माली यहीं रहेगा।"

कज़िन सन्देह से उसकी तरफ़ देखने लगा। उसे लगा कि माली की योजना में इसका भी हाथ हो सकता है—लेकिन शीघ्र ही यह सन्देह मिट गया। वह बोला, "उसने जाने की पूरी तैयारी कर ली है।"

जगन चीखा, "मेरी अनुमति या सहायता के बिना ही..."

"लायब्रेरी में टाइपराइटर है जिसका वह इस्तेमाल करता है।"

कुछ तो प्रशंसा के भाव से, और कुछ लायब्रेरी के विरोध के कारण जगन अचानक, यह जाने बिना कि वह क्या कह रहा है, चिल्ला उठा, "अगर ऐसे ग़लत कामों के लिए लायब्रेरी का इस्तेमाल किया जाता है, तो..."

कज़िन पूछने लगा, "तुम्हें पता है, वह कुछ दिन के लिए मद्रास भी हो आया है?"

"अरे...नहीं तो? मेरी आज्ञा या सहायता के बिना, मुझे कुछ भी बताए बिना...मैं तो सोचता था कि कमरे में ही होगा।" तभी उसे याद आया कि कई दिन तक पाँच रुपए के नोट उसने नहीं उठाए थे। उसने सोचा कि लड़का पिछली रकम से ही काम चला रहा होगा, इसलिए ये पैसे उसने वापस उठा लिए थे और अगले कई दिन तक नोट नहीं रखे थे।

"उसने पासपोर्ट और दूसरी चीज़ों का भी इन्तज़ाम कर लिया है।"

"वह किराया कहाँ से देगा?"

"उसने कहा कि इन्तज़ाम हो गया है। उसने बताया कि वह जानता है कि पैसे कहाँ रखे जाते हैं।"

जगन को यह सुनकर ज़बरदस्त धक्का लगा, लेकिन उसकी चतुराई से प्रसन्न भी हुआ। जैसे खुश होकर कहने लगा, "लड़का बहुत व्यावहारिक है।" कुछ देर इसी तरह सोचते रहकर उसने खुशी ज़ाहिर करते हुए कहा, "देखो, कितना आत्मनिर्भर बन गया है! मैं हमेशा मानता रहा हूँ कि व्यक्ति को अपना विकास स्वयं करने देना चाहिए। उसे किसी की सहायता नहीं लेनी चाहिए। गीता में भी तो कहा है, "हर आत्मा भगवान होती है..."।

"और भगवान हमेशा अपनी देखभाल खुद कर सकता है," कज़िन ने विचार पूरा किया।

जगन बोला, "यही तो असली बात है। इसीलिए जब उसने पढ़ाई छोड़ी, तो मैंने उसके निश्चय में कोई दखल नहीं दिया। मैंने अपने को समझाया–शायद वह ज़िंदगी के स्कूल में शिक्षा प्राप्त करना चाहता है–और उसे पूरी आज़ादी दे दी–इसमें उसने खुद जो इधर-उधर की कुछ चीज़ें पढ़ी थीं और ज़िन्दगी से थोड़ा-बहुत उलटा-सीधा सीखा था, उस सबका सार जैसा कुछ करने की कोशिश की।

कज़िन ने आँखें चमकाकर कहा, "मेरा भी जीवन का यही उसूल है। मैं इस दुनिया, इसके लोगों और उनकी समस्याओं के बारे में काफ़ी कुछ जानता हूँ। मैं तो जीवन की कला सीखने के लिए कभी किसी कालेज में नहीं गया।"

"इसीलिए मुझे ताज्जुब होता है कि लिखने की विद्या सीखने के लिए वह अमेरिका के कालेज जा रहा है।" यह कहकर उसने नाक-भौं सिकोड़ी। फिर कहा, "तुम मेरे अच्छे भाई की तरह उसे समझाओ और रोकने की कोशिश करो। मैं अकेला इस घर में कैसे रह पाऊँगा? यह विचार ही मुझे दुखी कर देता है।"

"हाँ, मैं उसे समझाऊँगा," कज़िन ने मशीनी ढंग से कुछ इस तरह कहा, जैसे उसे इसका विश्वास ही न हो रहा हो। "लेकिन तुम जानते हो कि उसने हर तरह की पूरी छानबीन करके सारी तैयारी की है? उसने मद्रास में अमेरिकी ढंग के कपड़े सिलवाए हैं।"

"मैं तो उसे हमेशा बहुत कपड़े बनवाने की सलाह देता रहा हूँ। विदेशों में तो जूते और टाई लगाना भी ज़रूरी है, और वह भी चौबीसों घंटे। और भी बहुत-सी चीज़ें हैं। इन सबके लिए उसे मेरी मदद की तो ज़रूरत नहीं है?" जगन ने बड़े दयनीय भाव से कहा और आग्रह किया कि कज़िन को इसमें पूरा सहयोग देना चाहिए।

"इसके लिए तुम क्या कर सकते हो?" कज़िन ने पूछा।

"मद्रास में मेरा एक दोस्त है, बेलारी जेल में मेरा साथी था, अब डिप्टी मिनिस्टर है।"

"उसकी सहायता लेने में कोई हर्ज़ नहीं है, लेकिन माली तो हम से कोई सहायता चाहता ही नहीं। लायब्रेरियन का एक भाई हवाई जहाज़ की कम्पनी में काम करता है, वह माली के लिए यह सब कर रहा है।"

"वह हवाई जहाज़ से जाएगा?" जगन ने डर के भाव से कहा।

"आजकल कौन नहीं जाता?"

जगन जैसे रोने को हो आया, "उससे कहो कि पानी के जहाज़ से जाए। इसमें कोई डर नहीं है। मुझे हवाई जहाज़ पसन्द नहीं है।"

"उसने टिकट का पैसा करीब-करीब भर दिया है," कज़िन ने उसकी परेशानी का मज़ा लेते हुए बताया।

"इसका किराया तो बहुत ज़्यादा होगा?" जगन ने बच्चे की तरह पूछा।

"लेकिन उसे पैसा मिल गया होगा," कज़िन बोला।

"और क्या! मेरे लिए पैसे की क्या कीमत है? सब उसी के लिए तो है। वह जो चाहे, ले ले।" यह कहकर जगन ने तय किया कि घर जाकर सबसे पहला काम टाँड पर रखे पैसे को गिनने का करना चाहिए। उसने यह भी सोचा कि सब पैसा वहाँ से निकालकर पूजा घर में लगी मूर्तियों के पीछे सँभालकर रख देना चाहिए।

काफ़ी रात होने पर उसने सीढ़ियाँ लगाकर टाँड़ पर रखा पैसा उतारा और गिना। बंडलों में बाँधकर रखे नोटों में से पूरे दस हज़ार कम थे। उसने दिमाग़ में मोटा हिसाब लगाया, "चार या पाँच हज़ार रुपए किराए के दिए होंगे, बाकी कपड़े और दूसरी चीज़ों में...। उसे और भी ज़रूरत हो तो माँग ले, फिर मैं महीने की किस्त बाँध दूँगा। यह उसी के लिए तो है?" तभी दरवाज़ा खड़कने की आवाज़ आई और उसने टार्च बुझा दी। फिर चुपचाप तब तक वहाँ बैठा रहा—अपने ही घर में चोर की तरह—जब तक माली अपने कमरे में नहीं चला गया और भीतर से दरवाज़ा बन्द नहीं कर लिया।

5

उसने कभी नहीं सोचा था कि इसके कारण वह अपने को इतना श्रेष्ठ समझने लगेगा। अब उसे लगने लगा कि इतना पैसा और बेटे से उसका अलगाव व्यर्थ नहीं गया है। रोज़ वह कम-से-कम एक दर्जन बार, खुशी और गर्व से भरकर, अपने मिलने वालों से कहता, "मेरा बेटा अमेरिका में है।" इससे उसकी दिनचर्या भी बिगड़ गई थी। दुकान जाते हुए जब भी रास्ते में कोई मामूली परिचय वाला भी मिलता, तो वह उसे एक तरह से ज़बरदस्ती रोक लेता, और हमेशा की तरह मौसम और राजनीति की बातें करने के बजाए, वह बातचीत को धीरे से मोड़ देकर अमेरिका की तरफ ले आता और बताता कि बेटा इन दिनों वहीं है। काफ़ी समय तक इन्तज़ार करने के बाद एक दिन अचानक जब उसका एक रंगीन लिफ़ाफा उसे प्राप्त हुआ, तब उसे इतनी खुशी हुई कि पत्र नहीं, बेटा खुद उसके पास आ गया है। उत्साह के कारण उसने यह भी नहीं पढ़ा कि 'खोलने के लिए यहाँ से काटिए'—और देसी लिफ़ाफों की तरह ऊपर से फाड़ने लगा जिससे पत्र के कई टुकड़े हो गए, और पढ़ने के लिए उसे एक-दूसरे से मिलाकर जोड़ना पड़ा। उसमें सिर्फ इतना लिखा था : "पहुँच गया। न्यूयार्क बहुत बड़ा शहर है। इमारतें बहुत ऊँची-ऊँची हैं, हमारे यहाँ की तरह नहीं। सड़कों पर हज़ारों कारें दौड़ रही हैं। खाने की परेशानी है। मैं एक होस्टल में हूँ। अगले हफ्ते स्कूल जाऊँगा।" पत्र सवेरे की डाक से आया था। वह हॉल की बेंच पर बैठा उसे घंटे भर तक बार-बार पढ़ता रहा और कल्पना करता रहा कि वहाँ के वातावरण में माली किस तरह रह रहा होगा। जगन को खुशी हो रही थी, लेकिन 'स्कूल' शब्द से उसे काफ़ी कोफ़्त हुई, यह 'कालेज' क्यों नहीं है। यह समाचार उससे अपने तक सीमित नहीं रखा जा रहा था। वह सबसे पहले जहाँ जा सकता था, वह था सत्य मुद्रणालय। सामने ही नटराज बैठा था, जो आगंतुकों का हमेशा स्वागत करता था। दरवाज़ा आधा खुला था, और जगन के भीतर घुसने से रोशनी कम हुई, तो नटराज ने सिर ऊपर उठाया, और प्रूफ़ एक तरफ सरका

कर उसके स्वागत में मुस्कराया। जगन ने तुरन्त घोषणा की कि "माली पहुँच गया है..."

"क्या तार आया है?"

"नहीं, वह ज़रा चतुर है–जो काम दस सैंट में हो जाए, उसके लिए वह दस रुपये खर्च नहीं करेगा। अच्छा, एक सैंट कितने रुपये का होता है, मालूम है..."

नटराज ने फुर्ती से हिसाब लगाया। एक डालर पाँच रुपए का होता है, ब्लैक मार्केट में सात का, जो किसी ग्राहक ने उसे बताया था–एक डालर में सौ सैंट होते हैं,...यह हिसाब उससे लग नहीं सका, इसलिए उसने बात बदलने में ही अपनी भलाई समझी। बोला, "तुम्हारी किताब के प्रूफ बहुत जल्द मिलना शुरू हो जाएँगे।"

"अच्छा...ठीक है। मैं जानता हूँ कि तुम काम लोगे तो उसे पूरा करके ही छोड़ोगे। तुम तो जानते ही हो कि यह मैं सेवा की दृष्टि से कर रहा हूँ, इसमें मेरा कोई लाभ नहीं है।" यह कहकर वह फिर अमेरिका की चर्चा पर लौट आया। "इस देश में बहुत बड़ी-बड़ी इमारतें हैं और हज़ारों गाड़ियाँ। मैं चाहता हूँ कि बेटे को पहली मंज़िल पर ही कमरा मिल जाए, उसे ऊपर न चढ़ना पड़े।"

"हमारे लड़के बहुत योग्य हैं, वे दुनिया में कहीं भी सफल हो सकते हैं," नटराज ने कहा।

यह धीरज बँधाने वाली बात सुनकर जगन दरवाज़े से पीछे मुड़ा और अपनी दुकान की तरफ़ बढ़ चला। रास्ते में कबीर लेन के मोड़ पर मुकदमे की तारीख़े बढ़वाने वाला वकील दिखाई दिया, तो उसे ताली बजाकर रुकने का इशारा किया। वह उसके साथ यह आज़ादी ले सकता था क्योंकि एक पीढ़ी पहले दोनों एलबर्ट मिशन स्कूल में एक साथ पढ़े थे और आज़ादी के आन्दोलन में भी साथ रहे थे (हालाँकि वकील बड़ी चतुराई से जेल जाने से बच निकला था)। वकील, जिसका एक दाँत ही बाकी रह गया था और ठोढ़ी पर हलकी सफेदी भी छा गई थी, उसे देखकर मुस्कराया, और उसके खाली मसूढ़े बाहर निकल आए। वह बोला, "मुझे जल्दी घर पहुँचना है; एक पार्टी मेरा इन्तज़ार कर रही है।"

"मैं एक मिनट से ज़्यादा नहीं लूँगा," जगन ने कहा। "मुझे लगा कि तुम्हें माली की खबर सुनकर खुशी होगी।"

"उस का तार आया है?"

यह लोगों को क्या हो गया है? जगन को कोफ़्त हो रही थी कि लोग तारों के इतने दीवाने क्यों हैं!

"दस सैंट में काम चल जाए तो दस रुपये खर्च करने की क्या ज़रूरत है? खत भी तो चार दिन में पहुँच जाता है।"

"चार दिन?" वकील बोला। "नहीं, नहीं, तुम्हें कुछ गलती लगी है। इससे ज़्यादा दिन लगते हैं। कम से कम पच्चीस दिन।"

यह तो हद हो गई! यह इतने घमंड से कह रहा है, जबकि मैं असली बात बता रहा हूँ। लोगों की धारणाएं तय होती हैं। बेवकूफ होते हैं सब। कुएँ के मेंढक!

सामने ही उसे केमिस्ट दिखाई दिया, जो दरवाज़े पर ही खड़ा था। उसने गर्मजोशी से जगन का स्वागत किया। "आज देर हो रही है?" उसने गहरी दोस्ती दिखाते हुए कहा।

"हाँ, जानता हूँ, आज देर हो गई," वह आगे बढ़ते हुए बोला। "दरअसल पोस्टमैन को आने में देर हो गई। जब किसी का बेटा इतनी दूर रहता हो..."

"अमेरिका अच्छी तरह पहुँच गया?"

"हाँ, दो-तीन दिन तो मैं काफी परेशान रहा। दूसरे लड़के तार से खबर देते, लेकिन चिट्ठी में भी दो दिन ही ज़्यादा लगते हैं। बहुत समझदार है लड़का।"

"कितनी टिकट लगती है? मैं वहाँ से सियर्स रोबक का फ्री केटेलॉग मँगाना चाहता हूँ। बड़ी अच्छी किताब है। इससे बहुत से नए-नए विचार मिलते हैं।" फिर वह पूछने लगा, "पचास सैंट के कितने रुपए होते हैं, इतने का टिकट लगता है केटेलॉग का," तो जगन के हाथ-पैर फूलने लगे।

वह आगे बढ़ा। कज़िन से अच्छा कोई आदमी नहीं था, जो जितने पैसे की मिठाई खाता, उससे कहीं ज़्यादा का समय उसे दे देता था। उसके अलावा शहर के और सब लोग अपनी धारणाओं के गुलाम थे, एकदम अज्ञानी थे और अमेरिका के बारे में अपना ज्ञान बढ़ाने से परहेज़ करते थे। जब वह दुकान पर पहुँचकर अपनी कुर्सी पर बैठ गया, तो प्रधान हलवाई उस दिन की मिठाइयों के बारे में बात करने आया। जगन ने अपना रोज़ का फार्मूला दोहरा दिया और अंत में अपनी बात पर आ गया, "माली दूसरी दुनिया में बड़े आराम से पहुँच गया है, जो मेरे लिए बड़ी खुशी की बात है। बहुत बड़ा देश है वह, गाड़ियाँ भी हज़ारों हैं, हर आदमी के पास अपनी कार है।" हलवाई ने ध्यान से उसकी बात सुनी और धीरे से वापस चला गया। जगन को अच्छा लगा कि उसने न तार के बारे में कुछ कहा और न सैंट की कीमत ही पूछी।

अब साढ़े चार बजे तक उसे शान्ति से बैठना था, जब कज़िन आया और सीधे मिठाइयाँ चखने किचेन में घुस गया। जब वापस लौटा तो जगन ने ज़रा ज़्यादा ही सीधे होकर कहा, "लड़का आराम से अमेरिका पहुँच गया है।" उसने विशेष कृपा के रूप में एयरलेटर का लिफ़ाफ़ा उसके सामने लहराया, जबकि दूसरे किसी को उसने इसे नहीं दिखाया था।

"शानदार ख़बर है! मैं जानता था कि वह अच्छी तरह ही पहुँचेगा," उसने ज़बान चाटते हुए कहा।

"उसने तार नहीं भेजा।"

"ठीक है, तार की क्या ज़रूरत है! आजकल चिट्ठियाँ भी बड़ी जल्दी पहुँचती हैं। कोने वाले मन्दिर में गणेशजी को दो नारियल चढ़ाओ।"

"ज़रूर चढ़ाऊँगा। यह कोई कहने की बात है," जगन ने यह कुछ इस भाव से कहा जैसे उसके और भगवान के बीच उसके बेटे को सुरक्षित रखने का कोई समझौता है—"आज शाम को ही चढ़ा दूँगा।"

"मैं यहाँ आते हुए नारियल खरीद लाऊँगा," कज़िन ने उत्साह से कहा, तो जगन ने तुरन्त दराज़ खोलकर पैसे निकाले और उसे पकड़ा दिए।

"आज मेरे मन से एक भारी बोझ उतर गया। यह कुछ ऐसा है कि कोई बहुत लम्बी तीर्थ-यात्रा पर जाए, और वह भी हवाई जहाज़ पर बैठकर, तो मन में डर तो लगा ही रहता है, भले ही आदमी ऊपर से कुछ न कहे।"

"मैं समझता हूँ, समझता हूँ," कज़िन ने कहा, "वह अपने बारे में क्या कहता है?"

"उसे नया अनुभव पसन्द आ रहा है। बड़ी-बड़ी इमारतें हैं, गाड़ियों से सड़कें भरी पड़ी हैं। अब मुझे यही डर है कि कहीं वह किसी गाड़ी से टकरा न जाए, उसे देखभाल कर चलना पड़ेगा...वह कहता है, खाना अच्छा है। मैं सन्तुष्ट हूँ। जानते हो, वह करोड़पतियों का देश है। वहाँ हर आदमी पैसे वाला है।"

विदेश पहुँचकर माली बहुत वाचाल हो गया, और यद्यपि कभी-कभी वह बहुत रुक्ष, असम्बन्धित और असम्पृक्त हो जाता था, परन्तु जिस सभ्यता में वह रह रहा था, उसके बारे में बहुत विस्तार से उसने बताना शुरू कर दिया। उसके भेजे नीले एयरमेल पत्रों की एक फाइल ही बनती जा रही थी। बस, अगर वह पत्रों के शुरू में थोड़ा सा मार्जिन छोड़ देता, तो जगन सत्य मुद्रणालय में जाकर उनकी ज़िल्दबन्द किताब बनवा लेता, उसे विश्वास है कि नटराज को इन पत्रों का महत्त्व समझ में आ जाता और वह यह काम बड़ी जल्दी करवा देता। जगन उन पत्रों को अपने कुरते की जेबों में भर लेता, और मिलनेवालों को उनमें से चुने हुए हिस्से पढ़कर सुनाता, कज़िन को भी, जो उसका सबसे बड़ा मित्र और श्रोता था। कुछ समय बाद उसका गीता पढ़ना बन्द हो गया, और उसकी जगह इन पत्रों ने ले ली। इनके अध्ययन से अमेरिकी जीवन और संस्कृति का वह एक छोटा-मोटा विशेषज्ञ ही बन गया। वह किसे यह सब बता रहा है, इस पर वह ध्यान नहीं देता था, सड़क से जा रहे हर आदमी को वह अपना श्रोता मान लेता था। उसके परिचित डरकर यह सोचने लगे कि वह किसी

बोलने की बीमारी से तो पीड़ित नहीं हो गया है। घर से बाहर निकलकर वह सामने दूर तक नज़र डालता और देखता कि कौन उसका श्रोता हो सकता है, फिर उसे ज़बरदस्ती रोककर उससे बात करने लगता था; एक दिन तो उसने चबूतरे पर बैठे भिखमंगे को ही पकड़ लिया और उसे अमेरिका के मशहूर ग्रैंड केन्यान के बारे में बताने लगा। उसने यह कहकर अपनी कहानी समाप्त की कि 'इस जैसी कोई भी चीज़ सारी दुनिया में नहीं है,' और शान्तिपूर्वक सब कुछ सुनने के लिए उसे पाँच पैसे भी दिए। बहुत भाग्यवान व्यक्ति ही उसका शिकार बनने से बच पाता था। जगन देखता कि हर श्रोता उसे देखते ही परेशान हो उठता था और भागने की कोशिश करता था, लेकिन जगन तेज़ी से ही सही, अपनी कहानी सुनाए बिना उसे छोड़ता नहीं था। दुकान पर बैठकर वह बड़ी बेचैनी से कज़िन का इन्तज़ार करता रहता था, क्योंकि वही अमेरिकी ज्ञान का सबसे बड़ा ग्राहक था, और उसे जितना भी बताओ, काफ़ी नहीं होता था।

कज़िन माली के पत्रों को देखना चाहता था, परन्तु जगन उन्हें पवित्र धरोहर की तरह छिपाकर रखता था, और किसी को छूने भी देने से परहेज़ करता था।

कज़िन ये सब समाचार और ज्ञान इकट्ठा करके अपने परिचितों को बताता, और बहुत जल्द मालगुडी का हर आदमी जान गया कि अमेरिका में हर साल पचास हज़ार आदमी सड़क दुर्घटनाओं के शिकार होते हैं; और किस तरह केनेडी की हत्या की खबर पाकर लोग रोने लगे और ट्रांजिस्टर रेडियो वाले हर आदमी को घेर कर इसका समाचार सुनने लगे। जगन इस घटना को इस तरह बयान करता जैसे उसने अपनी आँखों से सब कुछ देखा हो, जैसे डलास में केनेडी की मोटरकेड के साथ वह खुद चल रहा था और सारा वाकया उसके अपने सामने ही हुआ—इसी तरह उसने बाद में ओसवाल्ड की मृत्यु का नज़ारा भी पेश किया।

जगन ने सिर्फ एक खत कड़ाई के साथ सबसे छिपाया—जिसमें तीन वर्ष अमेरिका में रहने के बाद माली ने लिखा था कि उसने गोमाँस खाना शुरू कर दिया है, और इससे उसे कोई नुकसान भी नहीं हुआ है। यह काफी स्वादिष्ट और रसदार होता है। "अब मैं यह भी कहना चाहता हूँ कि आप लोग भी गोमाँस खाना क्यों नहीं शुरू कर देते? इससे हमारे देश में बेकार पशुओं की समस्या सुलझ जाएगी और अमेरिका से अन्न की भीख नहीं माँगनी पड़ेगी। जब भी भारत अमेरिका से मदद माँगता है, तो मुझे बड़ी शर्म आती है। इसकी जगह बेकार गाय-बैलों को, जो सड़कों पर घूमते रहते हैं और रास्ते रोककर बैठ जाते हैं, पकड़कर उनका माँस खाने से यह समस्या सुलझ जाएगी।" यह पढ़कर जगन क्रोधित हो उठा। शास्त्रों में पाँच पाप बताए गए हैं, जिनमें सबसे पहला गोहत्या ही है।

वह सोचने लगा कि बेटे का दिमाग़ बदलने के लिए वह शास्त्रों और गाँधीजी

के वचनों में से गोहत्या के ख़िलाफ़ उद्धरण इकट्ठा करे और उन्हें उसे भेजे, कि तभी एक सवेरे उसे माली का केबिल प्राप्त हुआ : ''लौट रहा हूँ। साथ में कोई और भी है।'' वह प्रसन्न हुआ और चक्कर में भी पड़ गया, यह दूसरा कौन होगा? क्या हो सकता है यह व्यक्ति? उसे ज़बरदस्त परेशानी हुई, और कज़िन को भी यह बात बताने में हिचक महसूस हुई, क्योंकि वह बात की बात में 'दूसरे' की यह खबर सारे शहर में फैला देता। उसका यह सन्देह एक शाम सही साबित हो गया जब एक शाम मालगुडी स्टेशन पर मद्रास की गाड़ी माली, दूसरे व्यक्ति और ढेर सारे सामान को प्लेटफार्म पर उतार कर धुआँ उड़ाती आगे बढ़ गई। करीने से लगे हुए बक्से, सूटकेस और रस्सियों से बँधे डिब्बे इत्यादि का नज़ारा देखकर जगन हक्का-बक्का रह गया और उसे अपने छोटेपन का अहसास होने लगा। स्टेशन का बूढ़ा कुली इतना सामान कैसे उठा सकेगा, यद्यपि वह साधारण लोगों का सामान बेझिझक कंधे पर लादकर और बाँह में लटकाकर चल पड़ने का आदी था। अब उसे सिगरेट-बीड़ी की दुकान से सहायता के लिए लड़के को बुलाना पड़ा। माली बिना सिर या ओंठ ज़्यादा हिलाए हिदायत दे रहा था, ''सँभालकर उठाना, कुछ टूट न जाए, कीमती चीज़ें हैं। हवाई किराए में बहुत पैसा खर्च हुआ है।'' जगन पीछे हो गया और कज़िन को उसने बातचीत और इन्तज़ाम करने को आगे कर दिया। बेटे का रूप-रंग देखकर वह चकित रह गया था : वह पहले से कहीं लम्बा, हृष्ट-पुष्ट और गोरा हो गया था, और लम्बे-लम्बे कदम रख कर चलता-फिरता था। वह काला सूट पहने था, जिस पर एक ओवरकोट लदा था, और हाथों में एयरबैग, कैमरा, छाता और न जाने क्या-क्या था।

जगन को लग रहा था कि वह किसी अजनबी के पीछे-पीछे जा रहा है। जब माली अपना हाथ बढ़ाकर उसकी ओर बढ़ा तो वह संकुचित होकर जैसे कज़िन के पीछे जाकर छिप गया। जब भी वह बेटे से कुछ बात करता, तो बड़ी मुश्किल से उसे 'सर' कहकर सम्बोधित करने से रोक पाता था।

माली ने जब अपनी बगल में खड़ी लड़की का उससे परिचय कराया, ''यह है ग्रेस। हमारी शादी हो चुकी है। ग्रेस, माई डैड!'' तो स्थिति एकदम बेकाबू हो उठी। शादी? कब हुई शादी? मुझे तो बताया ही नहीं! क्या तुम्हें पिता को बताने की ज़रूरत नहीं थी? और यह है कौन? कुछ चीनी जैसी लग रही है। तुम नहीं जानते, आजकल चीनियों से शादी करना सही नहीं है। उन्होंने हमारे देश पर हमला किया है...। हो सकता है, जापानी हो इसका पता कैसे लगाया जाए? कोई सवाल पूछना इस कैमरा लटकाए व्यक्ति को नागवार हो सकता है। जगन ने डर से कज़िन की तरफ देखा और बाहर खड़ी गफ़ूर की टैक्सी पर सामान लदवाने के बहाने बाहर खिसक लिया। आँखें फाड़कर देखती लोगों की भीड़ उनके पीछे-पीछे चल रही थी,

"अमेरिका से आए हैं।" माली ने गफूर को पहचान कर कहा, "जलोपी (नशा) तेज़ है?" गफूर मुस्कराया लेकिन यह शब्द समझ नहीं पाया जो जगन की दुकान पर बनने वाली मिठाई, जलेबी, की तरह सुनाई पड़ रहा था। जगन और कज़िन दोनों सामने की सीट पर बैठ गए, और पीछे की सीटें माली और ग्रेस के लिए छोड़ दीं। गफूर ने सिर घुमाए बिना पूछा, "मेरे लिए एक कार क्यों नहीं ले आए?" जगन को लगा कि गफूर का अपनापन माली को क्रोधित न कर दे, लेकिन लोकतन्त्री वातावरण में रहकर आए लड़के ने हँसकर कहा, "बताया क्यों नहीं, मैं आने से पहले अपनी पॉन्टिएक ही बेचकर आया हूँ।" गफूर गाड़ी चलाते-चलाते देश की हालत उसे बताने लगा कि यहाँ फिएट खरीदने के लिए पाँच साल इन्तज़ार करना पड़ता है, एम्बैसेडर के लिए तीन साल, वगैरह-वगैरह, लेकिन बाहर से गाड़ी नहीं लाई जा सकती और कैसे पिछले दिनों एक नई प्लाईमाउथ गाड़ी कस्टम ने पकड़ ली और उसे वहीं तोड़-फोड़कर बरबाद कर दिया—और यह सब सुनकर माली परेशान होता रहा।

माली ने चारों तरफ नज़र डालकर कहा, "कुछ नहीं बदला है। सब कुछ वैसा ही है।" ग्रेस बाज़ार की रौनक देखकर बोली, "ओह, चार्मिंग, चार्मिंग!"

माली ने कहा, "हनी, अब तुम्हें यहीं रहना है।" यह सुनकर जगन सोच में पड़ गया कि लड़की को ग्रेस कहकर बुलाए या हनी। इस पर विचार करना पड़ेगा। जब वे मूर्ति के पास पहुँचे, ग्रेस ने पूछा, "यह कौन है?" किसी ने जवाब नहीं दिया। जगन सोचने लगा घर के सामने का हिस्सा कितना गन्दा है! गाड़ी रुकने पर वह कूद कर नीचे उतरा और तेज़ी से दरवाज़े पर पहुँचकर उसे खोलने लगा। पिछले पन्द्रह दिन उसने घर के भीतर और बाहर की अच्छी तरह सफाई और मरम्मत करने पर लगाए थे, जिससे अमेरिका से लौटने वाले बेटे को परेशानी का सामना न करना पड़े और उसकी ज़रूरतें पूरी हो सकें। कज़िन के परिचित एक डाक्टर की पत्नी की सहायता से उसने माली के लिए उसके कमरे से लगा एक आधुनिक टायलेट और बाथरूम बनवा दिया था और दीवालों को घिसकर उनपर नया रंग-रोगन चढ़वा दिया था, और नई मेज़-कुर्सियाँ भी रखवा दी थीं। माली घर पहुँचते ही सीधा बाथरूम में चला गया। गफूर और कज़िन ने सामान उतरवाकर दालान में रख दिया। ग्रेस अकेली इधर-उधर देखती हॉल में खड़ी थी। जगन को सूझ नहीं रहा था कि उससे क्या कहे, इसलिए उसने कहा, "तुम कुर्सी पर बैठ जाओ।" इसके बाद कहने लगा, "मुझे बताओ, तुम्हें क्या चाहिए। तुम जो चाहोगी, तुम्हें ला दूँगा। मैं नहीं जानता कि तुम्हें क्या अच्छा लगेगा।"

वह बहुत खुश होकर बोली, "आप कितने काइंड हैं!" फिर एक कुर्सी उसके आगे बढ़ाकर बोली, "आप भी बैठिए। थक गए होंगे।"

"अरे नहीं," जगन ने कहा—"मैं बहुत ऐक्टिव आदमी हूँ। आदमी की ताकत का राज़ यह है..." वह कुछ कहने लगा था कि लड़की के चेहरे पर परेशानी देखकर रुक गया और बोला, "अब मैं चलता हूँ...दुकान पर पहुँचना है..."नहीं तो..."

"जी हाँ, ज़रूर जाइए और अपना काम देखिए।"

"आराम करो," ज़रा ज़ोर से यह कहकर वह बाहर निकला, माली अभी बाथरूम में ही था।

अब जगन लोगों से कतराने लगा था। उसे चिन्ता थी कि वकील या मुद्रक या कोई और रास्ते में मिल गया तो पहला सवाल वह नई आई बहू के बारे में ही करेगा। वह आँखें नीचे झुकाए तेज़ी से दुकान चला जाता। कज़िन से मिलते समय भी वह देर तक चुप्पी साधे बैठा रहता। उसे अपने बेटे के बारे में बात करते हुए परेशानी होती थी। उसके बारे में हर बात एक सवाल बन गई थी जिनका जवाब देना उसके लिए सम्भव नहीं था। कज़िन जानना चाहता था कि वह अमेरिका से क्या पढ़कर आया है, अब वह क्या करने जा रहा है, और, सबसे ज़्यादा यह कि उसके साथ आई बिना जात वाली यह लड़की कौन है। वह यह जानने के लिए बेचैन था कि उसके आने के बाद घर पर खाना क्या पकता है, और कहीं गोश्त तो नहीं बनता। उसने टेढ़े ढंग से यह सवाल पूछा, "उसे अब भी काफ़ी ही पसन्द है या अब उसे चाय वगैरह पसन्द आने लगी है?"

जगन उसके इस सवाल का मन्तव्य समझ गया और उसने हमेशा के लिए खाने-पीने की यह पूछताछ खत्म करने के लिए जवाब दिया, "कोई क्या खाता या पीता है, इसमें मुझे कोई रुचि नहीं है। मैं दूसरों की ज़िन्दगी में क्यों दखल दूँ? घर में किचेन है और ये जो भी खाना-पीना चाहें, पकाएँ और खाएँ।"

"माली के लिए तो यह ठीक है, लेकिन मैं लड़की के बारे में सोचता हूँ..."

"अरे, वह बिलकुल ठीक है। वह पहले भी उसके लिए खाना बनाती थी, और अब भी यह उसी का काम है।" लेकिन अचानक उसे महसूस हुआ कि कज़िन को कुछ जानकारी ज़रूर देनी चाहिए, इसलिए उसने कहा, "मैं तो उन्हें वही दे सकता हूँ जो मैं खुद खाता हूँ। अगर उन्हें यह पसन्द न हो तो वे जहाँ चाहे जाएँ और खाएँ-पिएँ।"

"मैंने सुना है कि न्यू एक्सटेंशन के पैलेस होटल में यूरोपीय ढंग का खाना मिलता है।"

"जो हो, आदमी एक सीमा तक ही अपना कर्तव्य कर सकता है। गीता में भी यही बात कही है। उसमें आदमी के कर्तव्यों का पूरा ज्ञान दिया गया है।"

कज़िन ने बातचीत का विषय बदल दिया। उसने गीता की इतनी चर्चा सुनी

थी कि अब उसे थकान होने लगी थी। जब तक माली के नीले एयरलैटर आते थे, तब गीता का महत्त्व घट गया था। अब गीता फिर वापस आने लगी थी, जिसका मतलब यह था कि जगन का मन फिर परेशान रहने लगा है।

कभी-कभी माली के पुराने दोस्त उससे मिलने आ जाते थे, वह उसे हॉल में बिठाता और सभ्य व्यक्तियों की तरह धीमी आवाज़ में बात करता रहता, जिससे जगन को पता ही नहीं चलता था कि वे क्या बातें कर रहे हैं। शायद माली उन्हें ग्रैंड कैन्यॉन या नियाग्रा या स्टेच्यू ऑफ लिबर्टी या न्यूयार्क की भीड़भाड़ के बारे में बताता होगा, और वह खुद भी इस सब में शामिल होना चाहता था परन्तु बिना बुलाए यह करने की उसकी हिम्मत नहीं होती थी। माली दोस्तों को टेप रिकार्डर पर ग्रामोफोन लगाकर गाने सुनवाता, या पोलरॉयड कैमरा या कोई और नई चीज़ दिखाता होता, तो वह भी हॉल से होकर गुज़रता। वह जगन के लिए भी कई चीज़ों का एक डिब्बा भेंट के तौर पर लाया था, जिसे ग्रेस ने उसे देते हुए कहा था, "पापा, यह आपके लिए है।" यह हलके पीले रंग का एक गोल बड़ा डिब्बा था जिसमें चम्मच, फोक और चाकू वगैरह रखने के लिए खाने बने हुए थे। उसने इसे उलट-पुलटकर देखा और कहा, "बहुत खूबसूरत है। लेकिन यह है क्या?"

ग्रेस ने बताया, "यह पिकनिक हैम्पर है। माली को लगा कि यह आपके लिए उपयोगी होगा।"

"अच्छा, मुझे बहुत अच्छा लग रहा है," जगन ने उत्तर दिया, लेकिन यह नहीं समझ पाया कि इसका उपयोग कैसे किया जाए। उसने उसे अलमारी में बन्द कर दिया।

माली घर पर धोती नहीं पहनता था; वह गहरे रंग की पैंट, ऊपर सफेद कमीज़ और पैरों में स्लीपर पहनकर ही ज़्यादातर अपने कमरे में रहना पसन्द करता था। न वह घर के किसी और भाग में जाता, और न बाहर निकलता था। जब कभी वह बाहर जाता, हमेशा दिन ढलने का इन्तज़ार करता और फिर जूते-मोज़े, जैकेट और टाई लगाकर ग्रेस के साथ न्यू एक्सटेंशन के खाली पड़े भाग में टहलता रहता, मूर्ति के इर्द-गिर्द मार्केट प्लेस से वह हमेशा बचता था। वह अपने को विशेष व्यक्ति मानकर व्यवहार करता, जो सामान्य नागरिकों से मिलना-जुलना पसन्द नहीं करते।

एक दिन सवेरे ग्रेस घर को दो हिस्सों में बाँटनेवाला पीले रंग का परदा हटाकर जगन के रहने वाले हिस्सों में आई और वहाँ चारों तरफ़ सफ़ाई की। जगन को इस तरह के कार्य की उससे अपेक्षा नहीं थी, इसलिए जब उसने उसकी सोने की चटाई फटकने के बाद गोल लपेटकर एक तरफ रख दी और तकिया भी झाड़ना शुरू किया, तब उसे बहुत अटपटा लगा। फिर ग्रेस ने किचेन में घुसकर

बर्तन धोए और सजाकर अलमारी में रख दिए। जगन ने इस सबका विरोध किया परन्तु ग्रेस ने कोई ध्यान नहीं दिया। फिर उसने झाड़ू उठाकर कमरे का एक-एक कोना रगड़-रगड़कर साफ़ किया, और जगन से बोली, "पापा, आपका ख्याल है कि मुझे यह अच्छा नहीं लगता? यह बात नहीं है; मैं अब एक भारतीय घर की बहू हूँ।"

जगन की समझ में नहीं आया कि इस बात का क्या जवाब दूँ, उसने बुदबुदाकर कहा, "यह बात तो सही है।" ग्रेस इस समय पौंछा लेकर ग्रेनाइट के फर्श को धीरे-धीरे साफ कर रही थी–उसने साड़ी पहनना सीख लिया था और उसे घुटनों से ऊपर करके, जिससे हाथी दाँत की तरह चमकता उसका घुटना दिखाई पड़ रहा था, इस पर नज़र पड़ते ही जगन बोल उठा, "ग्रेस, ग्रेस, यह काम तुम मत करो! यह अच्छा नहीं लगता। मैं अपना काम खुद करना पसन्द करता हूँ।"

ग्रेस बोली, "लेकिन मुझे यह पसन्द नहीं है कि आप यह काम करें। मुझे काम करना अच्छा लगता है। दिन-भर और करूँ भी क्या?"

जगन पूजा घर में पूजा कर रहा था, लेकिन अब वह हाथ से ही माला सरकाता ग्रेस के पीछे-पीछे घूम रहा था। वह बोला, "लोग यह देखकर क्या कहेंगे कि अमेरिका में रही-बसी लड़की यहाँ ये काम कर रही है? और माली को भी यह अच्छा नहीं लगेगा।"

"उन्हें इससे क्या वास्ता?" ग्रेस बोली! "वे खत लिखते रहते हैं, मैं घर का काम सँभालूँगी। मैंने अपनी ज़िन्दगी में इतना प्यारा घर कभी नहीं देखा।"

"यह पुराने ढंग का और धूल-धक्कड़ से भरा नहीं है?"

"नहीं, यह बहुत सुन्दर है। मैं सारी ज़िन्दगी ऐसे घर में रहने की कामना करती रही हूँ।"

अब वह देर से दुकान जाने लगा, क्योंकि सवेरे वह ग्रेस का इन्तज़ार करता था, अब उसे घर की सफाई और सजावट, और उसमें नारी का स्पर्श अच्छा लगने लगा था।

"मैं चाहती हूँ कि आप मुझे अपने लिए खाना भी बनाने की इजाज़त दें।"

"अरे नहीं, यह सम्भव नहीं है। मैंने कुछ व्रत लिया हुआ है।"

उसने ग्रेस को बताया कि उसने अपने ही हाथों से बनाए भोजन के सहारे ही जीवित रहने का व्रत लिया है।

"अच्छा, यह तो बहुत बड़ी बात है," ग्रेस ने ज़ोर से कहा। यह पहला अवसर था जब किसी ने जगन की आदतों की प्रशंसा की थी। इससे उत्साहित होकर उसने नमक और चीनी से मुक्त अपने भोजन के बारे में ग्रेस को विस्तार से बताया, और अन्त में कहा : कि इस विषय पर उसने किताब लिखी है जो शीघ्र ही सत्य प्रेस

से प्रकाशित होने की आशा है। ग्रेस ने आँखें फाड़कर कहा, "अच्छा, यह तो फिर बैस्टसैलर होगी।"

इसे अच्छा अवसर जानकर जगन ने धीरे से पूछा, "माली ने क्या...? मेरा मतलब है, मैं यह जानना चाहता हूँ कि माली ने अमेरिका में क्या पढ़ा है और क्या डिग्री हासिल की है?"

ग्रेस एक बर्तन रगड़ रही थी, उससे सिर उठाकर पूछने लगी, "आपको यह पता ही नहीं?"

जगन को लगा कि उसे बेटे के साथ अपने सम्बन्धों की स्थिति को इस तरह नंगा नहीं करना चाहिए, इसलिए बात को उसने दूसरे ढंग से रखा, "दरअसल माली से ये सब बातें करने का मुझे वक्त ही नहीं मिला, इसलिए..."

"हाँ, हाँ, मैं समझती हूँ," ग्रेस बोली। "लेकिन उन्हें खुद आपको बताना चाहिए था।"

"अरे नहीं," जगन ने कहा, "इस तरह मत लो। मैं शिकायत नहीं कर रहा..."

"यह तो है ही," ग्रेस बोली। "फिर भी उन्हें बताना चाहिए था। आप कहें तो मैं उनसे यह बात करने को कहूँ। यह ज़रूरी है। अगर आपसे बात नहीं करेंगे तो आगे की योजना कैसे बनायेंगे?"

"मैं भी यही सोच रहा था। मैं उसकी योजनाएँ जानना चाहूँगा।"

"ज़रूर, ज़रूर...," ग्रेस ने कहा।

"मेरा ख्याल था कि चिट्ठियों में इसके बारे में कुछ लिखेगा, लेकिन उनमें तो तुम्हारे देश वगैरह के बारे में ही लिखता रहा।"

यह सुनकर वह ज़ोर से हँसी और उठकर कहने लगी, "पापा, मुझे कोई खत दिखाइए तो मैं आपको बताऊँगी..."

"क्या?" जगन ने ताज्जुब करते हुए पूछा, "तुम्हारा क्या मतलब है इससे?"

"एक खत मुझे दीजिए, तो मैं बताती हूँ।"

जगन अलमारी के पास गया जिसमें वह एक डिब्बे में खत सँभालकर रखता था। डिब्बा निकालकर उसमें से खत बाहर निकाले और पूछा, "तुम्हें कौन सा खत दूँ?" वह संकोच कर रहा था क्योंकि इन्हें वह पवित्र धरोहर मानता था, लेकिन ग्रेस से तो वह मना नहीं कर सकता था।

"वाह, ये तो बहुत सारे हैं," ग्रेस ने कहा और उनमें से एक बाहर निकाला। उसके हस्ताक्षर दिखाते हुए पूछा, "इसे पढ़ सकते हैं आप?"

जगन ने चश्मा तलाश किया और उसे आँखों पर चढ़ाकर पढ़ा, "जी एम...यही है न?"

"जी...यह आपने पहले नहीं देखा। मेरा ख्याल था कि आप जानते होंगे। "जी

एम'' यानी ग्रेस और माली। मैं और वह। हम दोनों...के बाद...हम,'' यह कहकर वह रुकी और फिर बोली, ''खत मैं ही लिखती थी हालाँकि दस्तखत दोनों के होते थे।''

''अच्छा, तुम लिखती थीं,'' जगन ने गले का थूक निगलकर कहा। ''मुझे कैसे पता चलता? मैं तो यह भी नहीं जानता था कि तुम भी वहाँ थीं।''

''यह भी माली ने आपको नहीं बताया?''

जगन चुप रहा। यह तो बात गलत होती जा रही थी—उसने गाँधीजी से मन में माफ़ी माँगी कि वह झूठ बोलने जा रहा है, फिर कहा, ''यह तो बताया था, पर यह नहीं कि खत भी तुम्हीं लिखती हो।''

''माली ने मेरे बारे में क्या बताया था? आपको यह जानकर धक्का लगा होगा?''

''उसने तुम्हारा वर्णन नहीं किया था...कोई किसी की तस्वीर कैसे खींच सकता है? शब्दों से एक सीमा तक ही जाना जा सकता है, इसीलिए शायद वह इसमें ज़्यादा काम करने के लिए राइटर बनना चाहता था!'' इस तरह वह देर तक कुछ-न-कुछ कहता रहा, कि ग्रेस अपना झाड़ू-पौंछे का काम खत्म करके और हाथ-पैर धोकर उसके पास आकर सीढ़ी पर बैठ गई और पैर हिलाने लगी। जगन कह रहा था, ''तुम्हारे बारे में मुझे ज़्यादा जानकारी नहीं मिली।'' फिर उसने कल्पना उड़ाते हुए कहा, ''उसने यही बताया कि वह शादी करने जा रहा है। तुम्हारे बारे में कभी कुछ नहीं बताया। अभी भी मैं तुम्हारे बारे में इसके अलावा और कुछ नहीं जानता कि तुम अच्छी लड़की हो।''

''इस से ज़्यादा जानने की ज़रूरत भी क्या है? आप क्या सोचते हैं—हमें बहुत ज़्यादा क्यों पूछना और जानना चाहिए?''

जगन यह मौका गँवाना नहीं चाहता था, इसलिए उसने अगली बात यह कही, ''इस देश में यह रिवाज है कि कौन कहाँ पैदा हुआ, कहाँ का रहने वाला है, माँ-बाप कौन हैं, वगैरह सब कुछ जाना जाए, जिससे आगे की कार्यवाही हो सके।''

''दूसरे देशों में सिर्फ पासपोर्ट और कस्टम वाले लोग ये सब सवाल पूछते हैं। खैर, मैं अब चूँकि हिन्दुस्तानी हूँ, मुझे इन बातों की आदत डालनी चाहिए और आपको भी बताना चाहिए। मेरी माँ कोरिया की हैं और पिता अमेरिकी सिपाही थे जो दूसरी बड़ी लड़ाई में पूरब में लड़े थे। न्यूजर्सी में पैदा हुई जब मेरे पिता छुट्टी पर घर आए थे और माँ को भी साथ लाए थे। मैं पेट में ही थी कि पिता को वापस बुला लिया गया और फिर...,'' यह कहकर वह चुप हो गई। थोड़ी देर बाद बोली, ''फिर वे वापस नहीं आए। माँ ने अमेरिका में ही रहने का फैसला किया और मैं मार्गरिट्स में पढ़ी। इसके बारे में आप जानते हैं?''

"नहीं," जगन ने कहा—"क्या है यह?"

"लड़कियों का स्कूल है। मुझे उसकी बड़ी याद आती है।"

"बहुत अच्छी जगह होगी," जगन ने कहा। उसकी आदत थी कि अमेरिका की थोड़ी-सी भी जानकारी हासिल करके उसपर कल्पना की दुनिया खड़ी करता।

"इसके बाद मैंने मिशीगन में डोमेस्टिक साइंस पढ़ी और वहीं माली अपना क्रिएटिव राइटिंग का कोर्स करने आया। एक फुटबाल के मैच में हम एक-दूसरे के बगल में बैठे थे। अरे, बड़े शानदार होते हैं ये खेल! आपने यहाँ कभी ये खेल देखे हैं?"

"हाँ, हाँ, यहाँ भी फुटबाल खेली जाती है। सब स्कूली बच्चे खेलते हैं।"

"मैं सोचती थी कि यह सब उसने आपको लिखा होगा। तो उन्होंने कुछ नहीं बताया?"

"ज़रूर लिखा होगा। लेकिन तुम जानती हो, कभी-कभी पत्र खो भी जाते हैं। उस दिन मेरे सामने एक आदमी पोस्टमास्टर से शिकायत कर रहा था कि उसे खत ठीक से नहीं मिलते।"

अचानक वह पूछने लगी, "आप तो इससे खुश हैं?" जगन ने सिर हिलाया।

वह बोली, "मैंने इस देश में जात-पाँत के बारे में बहुत सुना था। मैं यहाँ आते हुए डरती थी, और जब पहली दफा स्टेशन पर आप लोगों से मिली, तो मैं डर से काँप रही थी। मैं सोचती थी कि मुझे स्वीकार नहीं किया जाएगा। जो बहुत अच्छा साबित हुआ है। मुझे अपने साथ लाकर उसने बड़ी हिम्मत का काम किया है।"

जगन बोला, "अब जात-पाँत के बारे में ज़्यादा ध्यान नहीं दिया जाता। महात्मा गाँधी ने इसे खत्म करने की शिक्षा दी है।"

"अब यह ख़त्म हो गई?" ग्रेस ने सादगी से पूछा।

"हो रही है," जगन ने राजनीतिज्ञ की तरह उत्तर दिया। "अब इस बारे में लोग ज़्यादा नहीं सोचते।" वह चाहता था कि लड़की और ज़्यादा सवाल-जवाब न करे।

माली एक दिन अचानक उसके सामने आकर खड़ा हो गया और बोला, "क्या घर में फोन नहीं लग सकता?"

जगन ने कहा, "मैंने इस बारे में कभी सोचा नहीं।"

"हाँ, यही बात है। इससे पिछड़ापन झलकता है। टेलीफोन के बिना कोई बिज़नेस कैसे कर सकता है?"

जगन कहना चाहता था, ''मालगुड़ी छोटा-सा शहर है, यहाँ किसी को भी आवाज़ देकर बुलाया जा सकता है।''

''आपके बिज़नेस में भी,'' माली कहता रहा, ''अगर फोन होता तो ज़्यादा बिज़नेस किया जा सकता था। लोग फ़ोन से भी आर्डर देते।''

जगन ने सिर्फ इतना कहा, ''मैंने सोचा ही नहीं,'' हालाँकि कहना वह यह चाहता था कि ''टेलीफोन के बिना ही मेरी बिक्री इतनी है कि...जिससे साफ़ है कि जो मिठाई खाना चाहता है वह टेलीफोन का इन्तज़ार नहीं करता।''

लड़का बोला, ''मुझे शर्मिंदगी होती है जब मैं अपने सहयोगियों को फ़ोन नम्बर नहीं दे पाता।''

''तुम्हारे सहयोगी कौन हैं? कोई एसोसिएशन है?''

''ग्रेस,'' माली ने आवाज़ दी। ''यहाँ आ जाओ। हम बिज़नेस की बातें कर रहे हैं।''

जगन को यह सोचकर पसीना छूटने लगा कि माली से बिज़नेस की बात होने जा रही है, हालाँकि उसे यह खुशी भी हुई कि आखिर उसने बात करना तो शुरू किया। वह इस वक्त बात करने के लिए उतावला लग रहा था। जगन ने महसूस किया कि वह यह ग्रेस के कहने पर कर रहा है, क्योंकि वह अपने को इससे दूर दिखा रही थी। माली बोला, ''पापा, हम हॉल में चलते हैं। वहाँ कुर्सियाँ हैं।'' जगन दुकान जाने के लिए तैयार हो रहा था, लेकिन इस वक्त यहाँ रुकना ही उसने सही समझा। आजकल कभी किसी और कभी किसी कारण से उसका टाइम टेबिल गड़बड़ाने सा लगा था।

जगन आज्ञाकारी व्यक्ति की तरह बेटे के पीछे-पीछे गया और हॉल में रखी एक कुर्सी पर बैठ गया—वह यहाँ कई हफ्ते से नहीं आया था। उसने देखा कि ग्रेस ने पर्दे-वर्दे लगाकर और मेज़पोश बिछाकर उसे एकदम नया रूप दे दिया है। दीवालों पर दो आधुनिक पेन्टिंग भी टँगी हैं। जगन को ये बहुत अनोखी लगीं, लेकिन जब ग्रेस ने कहा, ''कितनी शानदार हैं!'' तो उसने ''हाँ'' में सिर हिला दिया। बाँस की नए ढंग की कुर्सियों पर रंगीन कुशन बिछे हुए थे। मेज़ के बीच एक सुराही में नीम की एक डाली फूलों के साथ सजी थी। उसे देखकर जगन का दिल धड़कने लगा। वह बोला, ''तुम जानती हो, ग्रेस, नीम को वेदों में अमृत कहा गया है?''

ग्रेस ने डाली को जैसे गले से लगा लिया और बोली, ''कितनी बढ़िया बात है! वे यह कैसे जानते थे? वेदों के लोग सब कुछ जानते थे, है न यह सच?''

''बिलकुल सच है। क्योंकि वेद भगवान के पैरों से उत्पन्न हुए थे।''

''वाह, क्या विचार है!'' ग्रेस चीखकर बोली। उसे हर बात उत्तेजित कर देती थी। हर बात उसके मन में कविता जगा देती थी।

माली ने चेतावनी दी, ''माई डियर, अब इसकी पत्तियाँ खाना मत शुरू कर देना।''

लेकिन जगन ने कहा, ''यह नुकसान नहीं करतीं। नीम प्रकृति की दवा है, कीड़े मारता है, खून साफ़ करता है, आयरन बढ़ाता है...'' नीम की पत्तियों का बखान करते हुए उसकी आँखें चमक रही थीं। ''अपनी किताब में मैंने यह विस्तार से बताया है। उसे पढ़ोगी तो आराम से समझ जाओगी...।'' ग्रेस अब फूल-पत्तियों को ध्यान से सजाने लगी, जैसे किसी भारतीय के साथ शादी करने के इनाम के रूप में उसे यह अमृत मिला हो।

काफी दिन के बाद जगन अपने बेटे का चेहरा इतने पास से देख पा रहा था। उसे लगा कि अमेरिका से लौटते समय उसके मुँह पर जो ताज़गी और चमक थी, वह अब नहीं रही है; वह अब औसत से भी कुछ कम दिखाई दे रहा था। उसने दक्षिण भारतीय खाना फिर से खाना नहीं शुरू किया था, बल्कि सीलबन्द डिब्बों की ही चीज़ें वह अब भी खाता था। इस बारे में जगन ने कुछ कहा तो नहीं, लेकिन उसने देखा कि माली की आँखों के नीचे काले निशान पड़ गए हैं। उसे कोई चिन्ता सता रही है? वह माली के बोलने का इन्तज़ार करने लगा। उसने देखा कि वह सैंडिल के नीचे मोज़े पहने है, तो उसे यह चिल्लाकर कहने का मन हुआ कि 'मोज़े कभी नहीं पहनना चाहिए, क्योंकि पैरों के तलवों में जो प्राकृतिक लहरें उठती हैं, उन्हें यह खून तक पहुँचने नहीं देते और गर्मी पैदा करते हैं, और इसलिए भी ज़मीन की चुम्बक को ये पैरों तक नहीं पहुँचने देते जो बहुत लाभदायक होती है। मैंने अपनी किताब में बताया है कि यह भी एक कारण है—या हो सकता है—कि यूरोप के लोगों को दिल के इतने दौरे पड़ते हैं।' वह इन विचारों में डूब-उतरा रहा था, लेकिन वह देख रहा था कि माली कुछ कह रहा है—हालाँकि वह इतने धीमे बोल रहा था कि उसके शब्द समझ में ही नहीं आ रहे थे। वह इस मीटिंग की आशा काफ़ी दिन से कर रहा था, और अब उसे लगा कि उसने ध्यान न देकर बहुत कुछ गँवा दिया है। अब वह आँखें पूरी तरह खोलकर सारी बातें सुनने लगा, और तभी माली ने आखिरी बात कहकर अपना वक्तव्य खत्म कर दिया : ''आप समझ गए न?'' जगन ''हाँ'' कहे या ''ना'', कुछ फैसला नहीं कर सका, और गले में कुछ आवाज़ें करके उसने उत्तर देने की कोशिश की।

माली बोला, ''मैंने सब आँकड़े दे दिए हैं, इस पर विचार करना।'' फिर वह घड़ी पर नज़र डालकर यह बुड़बुड़ाता हुआ उठ गया ''आज बाकी सामान आने वाला है, मुझे स्टेशन जाकर पता करना है। अगर फोन होता...।'' वह दरवाज़े की तरफ बढ़ा और ग्रेस की तरफ मुड़कर बोला, ''लंच के लिए इन्तज़ार मत करना।'' इसके बाद उन्हें स्कूटर की धड़कनें सुनाई देने लगीं।

जगन चुप बैठा इस बात का मज़ा लेता रहा कि उसके बेटे ने उससे इतनी लम्बी बात की। जब वह जाने के लिए उठा तो ग्रेस ने उसके लिए दरवाज़ा खोला और पूछने लगी, "माली के लिए कोई सवाल तो नहीं है? सब योजना समझ में आ गई?"

जगन ने जवाब दिया, "ज़रूरत पड़ने पर फिर बात की जा सकती है। है न?" यह कहकर वह मुस्कराया। ग्रेस ने कहा, "हाँ, हाँ।"

6

अब कज़िन को लगने लगा था कि जगन ने बेटे के बारे में बात करना बन्द कर दिया है, परन्तु मिलने पर चुप तो रहा नहीं जा सकता था, इसलिए उसने कहा, "तुमने सुना कि आज मार्केट में लड़ाई हो गई? गुड़वाले ने हमेशा की तरह माल स्टॉक कर रखा था, कि..."

जगन अपने सिंहासन पर बैठा तले जाते घी की खुशबू ले रहा था, कहने लगा, "हमारे व्यापारी आजकल बेरहम हो गए हैं।"

"तुम देखना इन चावल वालों का क्या होता है। ये आग से खेल रहे हैं।"

"आदमी को लाभ कमाना तो है ही, उसे उसमें भी सेवा की भावना रखनी चाहिए। चीनी का संकट होने पर भी मैंने मिठाइयों के दाम नहीं बढ़ाए हैं?"

कज़िन ने उसकी तारीफ की, "हर आदमी तुम्हारी तरह नहीं होता," और अपनी चुटिया पर हाथ फेरा।

बड़ाई करना ज़िन्दगी में उसका आदर्श था और जब वह मज़ाक करता या विरोध जताता, तब भी उसका उद्देश्य यही होता था। उसने कहा, "अकेले तुम ही पैसा कमाना नहीं जानते। लेकिन अगर तुम बेईमान होते, तो जाने कितनी इमारतें खड़ी कर लेते, कौन जानता है?"

"इतनी इमारतों का आदमी करेगा क्या?" जगन ने पूछा और तमिल की एक कविता सुनाई कि आपके दिमाग में आठ करोड़ विचार दौड़ते रहें, आप दो गज़ से ज़्यादा कपड़ा नहीं पहन सकते और एक समय में दो मुट्ठी से ज़्यादा भात नहीं खा सकते।

"वाह," कज़िन ने तारीफ़ में कहा और एक चुटकी तम्बाकू मुँह में डालते हुए बोला, "इसीलिए तो मैं कहता हूँ कि तुम कमाने और मौज से जीने की कला नहीं जानते, फिर भी धन-दौलत की देवी तुम पर कृपा करती है।"

जगन यह सुनकर खुश हुआ, और यह सोचकर कि उसे माली के बारे में

कुछ बताया जा सकता है, बोला, "मैं आज देर से आया क्योंकि माली अपनी योजनाओं पर बात करना चाहता था।" अपने बेटे के बारे में इतनी महत्त्वपूर्ण बात बताते हुए उसे अच्छा लग रहा था। कज़िन सचेत होकर बैठ गया जिससे हर शब्द पूरा और सही सुन सके। जगन घोषणा करने के बाद ज़रा देर रुका, तो कज़िन ने बताया, "आज सवेरे मैंने उसे स्कूटर पर जाते हुए देखा था। खरीद लिया है क्या स्कूटर?"

"मैंने सुना है, किसी दोस्त का है। आने-जाने के लिए कुछ तो चाहिए ही।"

कज़िन अन्दाज़ा लगाने लगा, "यह दोस्त कौन हो सकता है? स्कूटर चलाने वाले लड़के कौन-कौन हैं–एक तो वह मिट्टी के तेल वाले का बेटा है, दूसरा वह जो पंजाब से आया है और बटन की फैक्ट्री लगाना चाहता है। एक और भी है जो ज़िला जज का भतीजा है–वह लड़का जो पब्लिक वर्क्स डिपार्टमेंट में काम करता है और पहाड़ियों में नई सड़कें बनाने का काम देखता है।"

"लड़कों को आजकल पैदल चलना अच्छा नहीं लगता, गाड़ी के बिना उनका काम नहीं चलता," जगन ने टिप्पणी की। "लेकिन मैं हमेशा पैरों से ही चलना पसन्द करता हूँ। जमाना तेज़ी का आ गया है, लोग एक से दूसरी जगह जल्द से जल्द पहुँचना चाहते हैं। उन्हें हमारी तुलना में काम भी ज़्यादा करना होता है; तुम्हारा क्या ख्याल है? माली को कभी पैदल चलना पसन्द नहीं था, हमेशा साइकिल से चलता था। मैंने उसके लिए पहली साइकिल तब खरीदी थी जब वह सात साल का था, और वह जहाँ चाहता घूमने-फिरने लगा था। मैंने कई दफा उसे साइकिल पर एलामन स्ट्रीट तक जाते हुए देखा, जहाँ इतनी भीड़-भाड़ रहती है।"

"हाँ, मार्केट रोड पर तो शाम को बड़े लोग भी साइकिल चलाने से बचते हैं।"

"लेकिन यह लड़का निडर होकर सब कुछ करने लगा था–उस उम्र में और बच्चों की बहुत देखभाल की जाती है।"

"बेचारे की माँ कितनी बीमार रही।"

"इसीलिए तो मैं उसका दिमाग़ दूसरी चीज़ों में लगाने की कोशिश करता हूँ।"

बातचीत दूसरी दिशा में जाने लगी थी, इसलिए कज़िन ने उसे राह पर लाने की कोशिश की। "तुम मुझे माली की योजनाओं के बारे में बता रहे थे। इनसे तुम्हें सुकून महसूस होने लगा होगा।"

"हाँ, यह तो ठीक है, लेकिन मैं जानता था कि सब कुछ ठीक ही होगा। कोई परेशानी नहीं होगी।"

"तुम्हें उसकी योजनाओं की कुछ जानकारी है?"

"है। आज सवेरे उसे स्टेशन पहुँचने की जल्दी थी, इसलिए वह ज़्यादा नहीं

बता पाया। बाद में तो बताएगा ही।'' अपने अज्ञान को ढंकने के लिए जगन यही कह सका।

कज़िन ने झपाटे से पूछ लिया, ''तो तुम्हें उसकी स्कीम पसन्द है?''

''कौन सी स्कीम?'' जगन ने ताज्जुब दिखाते हुए पूछा। उसे किसी स्कीम की उम्मीद नहीं थी। कज़िन क्षण-भर के लिए रुका, तभी बगल के स्कूल की छुट्टी हो गई और बच्चों का शोर सुनाई देने लगा। हमेशा की तरह कुछ बच्चे दुकान के सामने लगे शीशे से पीछे रखी मिठाइयों को देखने लगे। ''कैप्टेन, यहाँ भीड़ को खड़े मत होने देना। रास्ता रुक जाता है।'' जगन की वास्तविक चिन्ता आवागमन रुकने की नहीं थी—मार्केट पर और भी रुकावटें थीं। इस दूधवाले की दो गायें अपने खाली वक्त में हमेशा सड़क के बीचोंबीच खड़ी रहती थीं, एक काफी ताकतवर साँड़ कभी-कभी इन गायों से रोमांस करने के ख्याल से उन्हें इधर-उधर दौड़ाता रहता था, जिससे लोगों में भगदड़ मच जाती थी; गाड़ियाँ और साइकिलें दुकानों की सीढ़ियाँ कुचलते चलते चले जाते; गाँवों से अनाज और फल वगैरह लाकर शहर में बेचने वाले जहाँ जगह मिलती, अपनी टोकरियाँ रखे आवाज़ लगाते रहते; साइकिलें, बैलगाड़ियाँ और मोटरकारें बिना दूसरों को और खुद को भी चोट पहुँचाए आगे-पीछे निकलते रहते थे। इनकी कोई न परवा करता था, न शिकायत, लेकिन जगन इन्हें रुकावटें मानकर परेशान होता, और दुकान के सामने खड़े बच्चे उसे कभी-कभी अपराधी भी महसूस कराने लगते थे। वह चाहता था कि ये सब मिठाइयों पर भूखी नज़रें डाले बिना आगे निकल जाएँ। इसलिए जब कभी उसे परेशानी महसूस होती, वह कैप्टेन को आवाज़ मारकर यह बात हमेशा दोहरा देता था।

कज़िन समझ गया कि जगन को 'स्कीम' शब्द से ख़ासी परेशानी हो रही है, इसलिए वह ध्यान से उसका चेहरा देखने लगा। उसे यह अच्छा नहीं लग रहा था कि जगन उससे माली की सारी बातों को कोशिश करके छिपा रहा है। उसकी नज़र में इसका मतलब यह था कि अब जगन उसे बाहरी आदमी समझने लगा है, जो उसे बहुत नागवार गुज़रता था, इसलिए उसने अब सारा हिसाब-किताब बराबर करने का फैसला कर लिया। वह बोला, ''मैं तुम्हें बिना ज़रूरत परेशान नहीं करना चाहता था, लेकिन मुझे खुशी है कि बेटा जब भी मुझे मिलता है, तो 'अंकिल' ही कहकर बुलाता है; हालाँकि वह दुनिया के दूसरे छोर तक हो आया है लेकिन अपने अंकिल को अभी तक याद रखे है। देखो, उसके वापस लौटने के बाद मैंने खुद कभी उससे बात भी करने की कोशिश नहीं की। बाहर जाकर तो लोग बदल ही जाते हैं, खास तौर पर विदेश जाकर। मैं एक आई.सी.एस. अफसर को जानता हूँ जो विदेश होकर आया तो उसने स्टेशन पर अपने माता-पिता को भी स्वीकार करने से इनकार कर दिया।''

"राक्षस रहा होगा वह, एकदम पागल। माली तो बिलकुल ऐसा नहीं है।"

"मैं जानता हूँ, जानता हूँ, और यही तो मैं तुम्हें बता रहा हूँ। पिछले हफ्ते मैं रजिस्ट्रार साहब के घर गया था, वहाँ माली उनके बेटे से बात कर रहा था। न्यू एक्सटेंशन में उनका मकान है, तुम जानते होंगे! मैंने उन्हें एक रसोइया दिलाने का वादा किया था, इसलिए जाना पड़ा—लेडी साहिबा की सेहत ठीक नहीं रहती।

"मेरा भी ख्याल है कि रजिस्ट्रार साहब का बेटा और माली दोस्त हैं।"

"हाँ, और क्या! दोनों सामने वाले वरांडे में बातें कर रहे थे। मैं वहाँ से गुज़रा तो माली ने ही मुझसे कहा, "अंकिल, जाने से पहले कुछ मिनट मुझे देना।" मैंने कहा।

"हाँ, हाँ, माली बेटे! मैं तो तुम्हारी सेवा के लिए ही हूँ।" मैं भीतर अपना काम खत्म करके निकला तो माली ने कहा, "मैं आपके साथ चलूँगा।" "

"वह पैदल चला? मैं तो सोचता हूँ, पैदल चलना उसे पसन्द नहीं है।"

"सिर्फ फाटक तक। शायद वह अपने दोस्त के सामने बात करना नहीं चाहता था।"

"क्या बात की उसने?" अब जगन पूरी तरह कज़िन के काबू में था।

"वह कहानी लिखने की मशीनें बनाना चाहता है", कज़िन ने बताया।

यह सुनकर वह एकदम हक्का-बक्का रह गया और यह समझ ही नहीं पाया कि अपना ताज्जुब क्या कहकर व्यक्त करे। उसने उलटे-सीधे कुछ सवाल पूछे और फिर मुँह बन्द कर लिया।

कज़िन ने उसकी परेशानी का लुत्फ़ उठाने का फैसला किया, और भोला-भाला चेहरा बनाकर पूछने लगा, "तुमने कहानी लिखने की मशीनों के बारे में पहले कभी नहीं सुना?" जैसे यह रोज़मर्रा के इस्तेमाल की चीज़ हो। अमेरिकी ज्ञान के बारे में यह उसकी छोटी-सी जीत थी। जगन ने सोचा कि अब हार मानने में भी भलाई है, इसलिए उसने 'नहीं' कह दिया। कज़िन ने घाव में नमक छिड़कते हुए कहा, "मैं सोचता था कि उसने तुम्हें सब कुछ बता दिया होगा। तो फिर आज सवेरे उसने तुम्हें क्या बताया?"

जगन ने बड़प्पन दिखाकर बचते हुए कहा, "हमने और भी बहुत-सी बातें कीं। वह बहुत-सी दूसरी चीज़ों के बारे में बताता रहा।"

"लेकिन इन दिनों तो उसे इसी एक बात की धुन है। रात-दिन इसी के बारे में सोचता रहता है।"

"हाँ, हाँ," जगन बोला, "मुझे याद है कि उसने किसी एक मशीन का ज़िक्र किया था, लेकिन बीच में कोई और ज़िक्र छिड़ गया।"

कज़िन बोला, "लेकिन यह कोई मामूली मशीन नहीं है।"

तभी जगन ने आवाज़ लगाई, "कैप्टेन, भीड़ मत जमा होने दो!" लेकिन कज़िन ने बात जारी रखी और आधिकारिक ढंग से कहा, "अब ध्यान से सुनो मेरी बात! यह तो तुम समझ ही गये होंगे कि कहानी लिखने की मशीन कहानी लिखने का कार्य करती है।"

"लेकिन यह काम यह करती कैसे है?"

कज़िन बोला, "यह मैं कैसे बता सकता हूँ। कोई 'इंजीनियर' तो हूँ नहीं मैं। माली 'इलेक्ट्रानिक' या 'इलेक्ट्रिक' जैसे कई शब्द इस्तेमाल कर रहा था, और बहुत विस्तार से उसने समझाया। बहुत मज़ा आया। तुम खुद क्यों नहीं पूछते? मेरा ख्याल है कि वह तुम्हें अच्छी तरह समझाएगा।"

जगन ने यही ठीक समझा और दूसरे दिन सवेरे जब ग्रेस उसका कमरा साफ़ करने आई, तो उसने इण्टरव्यू की अर्जी दे दी। "अगर उसे समय हो तो मैं माली से बात करना चाहूँगा।"

"हाँ, हाँ, क्यों नहीं," ग्रेस बोली, "समय नहीं होगा तो वे आप के लिए निकालेंगे।" यह कहकर वह रुकी, तो उसे माली के कमरे से टाइपराइटर के चलने की आवाज़ आई। "लगता है, बिज़ी हैं," वह बोली, "मैं उनसे बात करती हूँ। यह कहकर वह ऊपर गई और कुछ मिनट बाद लौटकर बड़प्पन के लहज़े में बोली, "पन्द्रह मिनट बाद आपसे मिलेंगे।"

क्षणभर के लिए जगन को लगा कि अपने ही घर में वह बेटे के सामने अर्ज़ी लेकर खड़ा है, और उसे वे दिन याद आए जब बचपन में माली किसी छोटी-छोटी चीज़ के लिए उसके सामने आकर चुपचाप खड़ा हो जाता था, लेकिन समय बीतने के साथ स्थिति में कितना परिवर्तन आ गया था। "तो मैं थोड़ी देर बाद आ जाऊँगा," उसने अपने महत्त्व को कुछ बढ़ाने के लिए कहा, और ग्रेस उसकी इस बात का जवाब दिए बिना किचेन में चली गई। क्या करे, कुछ फैसला न कर पाने के कारण वह एक अलमारी में रखी पुरानी चीज़ें—जिन्हें वह पारिवारिक नियम के अनुसार सात साल तक सँभालकर रखता था—उठा-उठाकर वापस रखने लगा।

ग्रेस ने किचेन से ही कहा, "किसी दिन मैं आपकी अलमारी भी साफ़ करूँगी, कभी-कभी पूरे घर की सफ़ाई करते रहना चाहिए।"

जगन को यह बात पसन्द नहीं आई, और उसने कुछ सख्ती से कहा, "इसकी कोई ज़रूरत नहीं है।" इसी बीच टाइपराइटर खड़कना बन्द हो गया और घंटी बजने की आवाज़ आई, तो ग्रेस बोली, "आपसे मिलने को तैयार हैं। आप भीतर जा सकते हैं।" उसने माली का रुतबा बढ़ा दिया था। आगे आकर खुद जगन को भीतर ले गई। "बड़े कायदे से काम करते हैं।"

जगन को अच्छा भी लगा और परेशानी भी हुई। उसने अपने को इण्टरव्यू

के लिए तैयार किया। दीवाल पर लगी घड़ी पर नज़र डाली और सोचा, ''पन्द्रह मिनट में उठ जाऊँगा।''

जगन सामने रखी कुर्सी पर बैठ गया और बेटे पर एक नज़र डालकर समय बचाने के लिए तुरन्त विषय पर आ गया, ''यह कहानी की मशीन कैसे काम करती है?''

माली बोला, ''कल मीटिंग में यह सब बताया था।''

''कुछ पाइंट ज़रा मेरी समझ में नहीं आए, उस वक्त मैं जल्दी में था।''

बेटे ने मुँह बनाकर उसकी ओर देखा, कुर्सी से उठा, एक पैक किया हुआ डिब्बा खोला और उसमें रखे बहुत से भूरे कागज़ों को ऊपर उठाकर नीचे से एक छोटी-सी मशीन निकाली जो रेडियो कैबिनेट की तरह लग रही थी, और उसे सामने मेज़ पर रख दिया। ''मैं इसी के आने का इन्तज़ार कर रहा था, कल मैं इसे रेलवे दफ्तर से निकलवाकर लाया हूँ। यहाँ हर काम में कितना वक्त बरबाद होता है। इतनी ज़्यादा बरबादी करने वाला दूसरा देश मैंने नहीं देखा!'' जगन ने अपने को यह कहने से रोका, ''हम लोगों के कामों के लिए यही सही है।'' अब माली अपनी मशीन के बगल में वक्ता की तरह खड़ा हो गया। और उसे थपथपाकर कहने लगा, ''इस मशीन से कोई भी कहानी लिख सकता है। इसके पास आइए और देखिए, यह कैसे काम करती है।'' जगन आज्ञा का पालन करते हुए कुरसी सरका कर उठा और बेटे के बगल में जाकर खड़ा हो गया, जो उससे काफ़ी ऊँचा हो गया था। उसे उस पर घमंड हो आया। 'पता नहीं, इन टिनों से यह क्या निकालकर खाता है; काफ़ी थका-थका लगता है लेकिन कितना ऊँचा-पूरा हो गया है।' माली बताने लगा, ''ये चार घुंडियाँ देखते हैं? एक चरित्रों के लिए है, दूसरी प्लाट की स्थितियाँ निश्चित करने के लिए है, तीसरी क्लाइमैक्स पैदा करती है, और यह आखिरी उस मूल विचार या कल्पना को तय करने के लिए है जिसके आधार पर चरित्र और स्थितियाँ वगैरह तय किए जाते हैं।'' इतना भाषण देकर वह क्षण भर के लिए रुका और दराज़ खोलकर एक साइक्लोस्टाइल किया हुआ कागज़ निकाला, दराज़ बन्द की और लौटकर बोला, ''इस पर आप टाइपराइटर की तरह काम कर सकते हैं। आप तय कर लें कि कितने चरित्र होंगे। यह ट्रांजिस्टर पर साधारण वाल्वों से काम करता है। बिलकुल फूल प्रूफ़ है। अन्त में एक छोटा-सा फ़िक्सचर लगाना पड़ता है जिससे कोई भी कहानी टुकड़ों में बाँटी जा सकती है और उसका विश्लेषण किया जा सकता है। अगले मॉडल में यह सब डाल दिया जाएगा।''

जगन ने पूछा, ''तुम कहानियाँ लिखने के लिए इसका इस्तेमाल करोगे?''

''हाँ, मैं इस देश में इसका निर्माण भी करूँगा और बेचूँगा। एक अमेरिकी कम्पनी इसमें सहयोग करने को तैयार है। कुछ समय बाद देश के घर-घर में यह

मशीन हो जाएगी और हमारा देश दुनिया भर में सबसे ज़्यादा कहानियाँ लिखेगा। अभी हम काफ़ी पिछड़े हुए हैं। बस, पुराने ज़माने की 'रामायण' और 'महाभारत' की कहानियों के अलावा हमारे यहाँ आधुनिक कहानियाँ बिलकुल नहीं हैं, जबकि अमेरिका में हर साल दस हज़ार किताबें प्रकाशित होती हैं।'' यह कहकर वह दराज़ के पास फिर गया और उसमें से साइक्लोस्टाइल कागज़ निकालकर देखा, फिर दोबारा अपनी बात दोहराई, ''दस हज़ार किताबें। यह मशीन हर घर के लिए ज़रूरी है। इसकी कुंजी घुमाते ही एक सेकिंड में उसे फार्मूला मिल जाएगा, एक कागज़ पर छपा जिससे वह बाकी काम पूरा कर सकेगा...''

जगन अपनी सीट से उठा और मशीन के पास जाकर उसे इस तरह देखने लगा जैसे वह किसी दूसरे ग्रह से आई है। उसने बहुत डरते-डरते उसकी तरफ हाथ बढ़ाया, तो माली ने कहा कि ''पास जाकर चलाइए।'' जगन ने उसमें झाँका तो बहुत से शब्द लिखे दिखाई दिए : ''चरित्र, अच्छा, बुरा, सामान्य भावनाएँ, प्यार, नफरत, बदला, आदर, दया। विचित्रताएँ : चरित्र, घटनाएँ, दुर्घटनाएँ। क्लाइमैक्स : प्रसन्न, दुखद, परिणाम।'' मशीन सुन्दर लग रही थी, महागनी का खुरदरा ढाँचा, कुंजियाँ हरी, लाल और पीली जिनसे अलग-अलग श्रेणियों को चलाया जाता था। जगन ने पूछा, ''इससे कहानी कैसे लिखी जाती है?''

''जैसे कोई टाइपराइटर पर लिखता है,'' माली ने जवाब दिया और जगन को अच्छा लगा कि उसने इतनी सब जानकारी इकट्ठी कर ली है।

तभी ग्रेस वहाँ आई और दोनों के बगल में खड़ी हो गई। फिर मज़ाक के लहज़े में बोली, ''हैं न चालाक?'' जगन तुरन्त इसका जवाब न दे सका, उसके दिमाग़ में बहुत से सवाल थे और वह समझ भी नहीं पा रहा था। वह चकित रह गया था, कमरा पहले जैसा नहीं रहा था और किसी अन्य देश का दफ्तर लगने लगा था। माली यह क्या करने की कोशिश कर रहा है? इसमें उसका अपना कितना योगदान है? इसे चलाने में उसका कितना भाग होगा? उसने कुछ झिझकते हुए कहा, ''ग्रेस, तुम जानती हो कि हमारे पूर्वजों ने पुराण लिखे नहीं थे? उन्होंने कविता बनाई और उसे गाने लगे। यही गाने पीढ़ी दर पीढ़ी सुनाए जाते रहे...''

वह बात पूरी करता कि माली ने झुँझला कर कहा, ''अब आपके पुरखों का ज़माना लद गया है। आज हमें विकसित देशों के साथ अर्थनीति और उद्योग़ ही नहीं, संस्कृति में भी मुकाबला करना है।'' जगन को जहाँ अपने बेटे की इस उन्नति पर आश्चर्य और खुशी दोनों ही हो रहे थे, और उसका गुमसुम बने रहना अब खत्म हो गया था, वहाँ दूसरी ओर उसका इस तरह व्यवहार करना उसे परेशान भी कर रहा था। लड़का कह रहा था, ''अगर आपके पास समय हो तो मैं एक-दो और भी बातें स्पष्ट करना चाहूँगा। जगन ने घड़ी पर नज़र डाली और अपनी जेब में

पड़ी दुकान की चाबी बजाकर दिखाई। माली ने कहा, ''कुछ समय बाद आपको मिठाई की दुकान बन्द करके मेरे बिज़नेस में शामिल होना पड़ेगा। मैं आपको एयर कंडीशन्ड दफ्तर और दो सेक्रेटरी भी दूँगा।''

जगन ने बेटे को इस तरह बात करते हुए कभी नहीं देखा था। उसकी इच्छा हुई कि वह पहले की तरह ही बात करता। उसने सोचा कि अब अपने सवाल पूछ लिए जाएँ। ''अमेरिका में क्या इन्हीं मशीनों से कहानियाँ लिखते हैं?'' उसने प्रश्न किया, जैसे वह चाहता हो कि अमेरिकी जीवन और संस्कृति की जानकारी में जो कुछ कमी रह गई है, उसे भी पूरा कर लिया जाए।

''ज़्यादातर, ज़्यादातर,'' माली ने कहा।

''पत्रिकाओं में,'' ग्रेस बताने लगी, ''ज़्यादातर कहानियाँ वगैरह इन्हीं मशीनों से तैयार की जाती हैं, और पिछले साल के बैस्टसैलर उपन्यासों में से तीन इन्हीं से बनाए गए थे। अब प्रस्ताव यह है कि हमें अमेरिका से दो लाख डॉलर की सहायता मिल जाएगी, अगर हम यहाँ बिज़नेस शुरू करने के लिए इक्यावन हज़ार डॉलर का इन्तज़ार कर लें।

''इक्यावन हज़ार डॉलर के रुपये होंगे...'' जगन ने हिसाब लगाना शुरू किया।

''यह हिसाब फिर कर लेना,'' माली ने टोकते हुए कहा। ''पहले मैं अपनी बात पूरी कर लूँ। वे तकनीकी ज्ञान और कर्मचारियों की ज़िम्मेदारी लेंगे, प्लांट लगाने में हमारी मदद करेंगे, छह महीने खुद चलाएँगे, और फिर उसे हमें सौपकर चले जाएँगे। वे हमें प्रचार सामग्री भी देंगे।'' जगन चकित होकर सोचने लगा कि बेटा कितने नए-नए कामकाजी शब्द सीख गया है। माली ने बात पूरी की, ''हमें शेयर वगैरह बेचकर उनचास हज़ार डालर जमा करने पड़ेंगे, तो नियन्त्रण का स्टॉक हमारा हो जाएगा।''

जगन अब तक बेटे को मन्दबुद्धि समझता था। उसने क्षण-भर ग्रेस पर नज़र डाली और पूछा, ''कालेज में तुम्हारा विषय क्या था?''

माली बोला, ''अब इस सबमें जाने की क्या ज़रूरत है?''

जगन उठते हुए बोला, ''मैं सोच रहा था कि इसने भी बिज़नेस वगैरह पढ़ा है।'' माली सोचने लगा कि उसके पिता ने यह टिप्पणी क्यों की।

जगन दुकान चला गया। साढ़े चार बजे जब कज़िन मिलने आया, तो उसने पूछा, ''तुम बता सकते हो कि इक्यावन हज़ार डॉलर के रुपए कितने होते हैं।''

कज़िन बोला, ''दो लाख से कुछ ज़्यादा।''

''तुम्हें कैसे पता?''

''यह मामूली गिनती है और कल मैंने अपने बैंकर दोढ़ाजी से पक्का कर लिया, माली से मिलने के बाद।''

"दो लाख!" जगन सोचने लगा—"यह पैसा कहाँ से आएगा?"

"तुम्हारे बैंक की किताब से," कज़िन ने हलके ढंग से कहा।

"क्या लोग यह सोचते हैं कि मैं बहुत पैसे वाला हूँ?"

"हाँ, हाँ, हालाँकि सब तुम्हारी सादी ज़िन्दगी और उच्च विचार से प्रभावित भी हैं।"

"आज खाने-पीने की चीज़ों की कीमतें जिस तेज़ी से बढ़ रही हैं, उसमें पैसा जमा कैसे किया जा सकता है? मैं बिज़नेस इसलिए बन्द नहीं करता कि इन गरीबों की रोज़ी-रोटी न मारी जाए।"

"यह सब जानते हैं," कज़िन बोला—"अच्छा, तुम्हें किशमिश तो नहीं चाहिए? सेठ के यहाँ एकदम ताज़ा लॉट आया है।"

"तुमने रसोइए से पूछा?"

"उसने कहा कि चाहिए, और मुझे भी सोहनपापड़ी किशमिश के बिना एकदम बेज़ायका लगी।"

जगन क्रोध से बोला, "अच्छा, उसने मुझे क्यों नहीं बताया?"

कज़िन बोला, "तुम देर से आए। उसने इन्तज़ार किया, फिर बनाने लगा। इसमें परेशान होने की ज़रूरत नहीं है।"

"यह इसलिए क्योंकि मैं अपने ग्राहकों को ठगना नहीं चाहता। किशमिश के साथ और उसके बिना बनी मिठाई की कीमत एक कैसे हो सकती है?"

"इसमें तुम्हारे मुनाफ़े का हिस्सा बढ़ जाता है," कज़िन बोला। जगन ने आँखें तरेर कर उसे देखा। कज़िन कहने लगा, "तुम इस तरह के अलग आदमी हो। दूसरे लोग तो इस तरह सोचने को तैयार ही नहीं हैं।"

खुश होकर जगन कहने लगा, "माली के कारण मुझे देर हो गई। बेचारा! अब मुझे कभी-कभी उसे वक्त देना पड़ता है, नहीं तो गलतफहमियाँ हो जाती हैं। अब वह बड़ी-बड़ी बातें सोचने लगा है। अमेरिका से बहुत कुछ सीखकर आया है।"

"उसने मुझसे कहा कि शेयर बेचने में मैं उसकी मदद करूँ।"

जगन को यह सुनकर चैन-सा मिला। "मैं जानता हूँ बहुत-से लोगों को यह योजना पसन्द आएगी।"

"तुमको भी।"

"मैं भी दस-पाँच खरीद लूँगा।"

"लेकिन माली का विचार कुछ और है। वह दस-पाँच शेयर ही बाहर वालों को बेचना चाहता है और इक्यावन हज़ार तुमसे ही लेकर बिज़नेस की शुरुआत करेगा।"

"तुमने रुपयों में इनकी क़ीमत क्या बताई थी?"

"करीब ढाई लाख।"

"यह पैसा कहाँ से आएगा?"

"मैंने बताया तो।"

"माली यह चाहता है?"

"हाँ, और वह जानता है कि तुम बैंक में न डाला हुआ पैसा कहाँ रखते हो।"

"उसने यह बात कही?" जगन ने पूछा और मन ही मन यह सोचकर हँसने लगा कि अब उसने उसे रखने की जगह बदल दी है। उसने भावुक होते हुए कहा, "पैसा बहुत बड़ी बुराई है।"

कज़िन बोला, "मैं दुकान वाले लड़के से कहूँ कि वह पैसों वाला जग फेंक दे?"

इस मज़ाक पर दोनों हँसे, लेकिन जगन की शान्ति थोड़ी ही देर में भंग हो गई। उसने अचानक बहुत गम्भीर होकर कहा, "मैं चाहता हूँ कि तुम कभी बेटे को समझाओ कि मेरे पास इतना पैसा नहीं है।"

"अब तुम दोनों में बातचीत होने लगी है, तो तुम ही क्यों नहीं उससे यह बात कहते?"

जगन ने लम्बी साँस लेकर कहा, "मैं उसका मूड नहीं खराब करना चाहता।"

उस पर माली का दबाव बढ़ने लगा। एक समय था कि जगन उससे एक शब्द सुनने के लिए बेचैन रहता था, अब वह सोचने लगा कि कैसे उसे चुप किया जाए।

जैसे उसका पीछा किया जाने लगा। वह घर में आता या वहाँ से निकलता, उसके क़दमों पर नज़र रखी जाती, चुपचाप उसके चेहरे को पढ़ा जाता कि यह हाँ करेगा या ना। ग्रेस उसे बहुत ध्यान से देखती नज़र आती। माली जब कभी घर में होता तो किसी न किसी बहाने से उसके सामने से होकर गुज़रता। उस दिन वह मशीन देखने के बाद जगन इन विषयों पर बात करने से कतराने लगा। जब कभी उसे किसी के कदम अपने पास आते सुनाई देते, वह सोचने लगता, "यह मेरा दिवाला निकालने की स्कीम है।" इक्यावन हज़ार डालर! मुझे पैसे इकट्ठा करने का शौक नहीं है, लेकिन मैं इस तरह उसे बिखेरना भी नहीं चाहता। हमें कहानियाँ या उन्हें लिखने के लिए मशीनें क्यों चाहिए?

एक दिन सवेरे जब जगन पूजा घर में देवताओं के सामने बैठा मन्त्र पाठ कर रहा था, माली नीली पैंट पहनकर वहाँ खिड़की से टिककर खड़ा हो गया। "आजकल सब काम मशीनों से किया जाता है। वाशिंग की भी मशीन आ गई है–देखी है आपने?"

"नहीं," जगन ने एक ही शब्द में मशीनों की सब चर्चा खत्म करने के उद्देश्य से कहा।

"पीसने की, पाउडर बनाने की, गुणा-भाग करने की सबकी मशीनें बन गई

हैं।'' उसके पीछे ग्रेस भी आकर खड़ी हो गई थी। वह बोली, ''पेंसिल तराशने की भी मशीनें बन गई हैं।''

''हमें अपने साथ एक लानी चाहिए थी,'' माली ने उसकी तरफ़ मुड़ते हुए कहा। माली पहले उससे दूर रहना ही पसन्द करता था लेकिन अब उससे बात करने के लिए पूजा घर में भी आने लगा था। जगन ने बात खत्म करने के लिए फिर आँखें बन्द कर लीं और मन्त्र बुड़बुड़ाने लगा। ग्रेस ने धीरे से कहा, ''हमें पूजा में दखल नहीं देना चाहिए।'' दूसरों को अपने से दूर करने का पूजा अच्छा ढंग था, लेकिन कभी तो यह खत्म होनी ही थी, कोई अनन्त काल तक तो पूजा कर नहीं सकता, हालाँकि करनी चाहिए।

जगन आजकल काफ़ी चतुर हो गया था। पूजा-पाठ खत्म करके वह दबे पैर किचेन में गया, वहाँ जल्दी से अपना नमकहीन खाना बनाया, उसे जल्दी-जल्दी पेट में भरा, और खादी का कुरता पहनकर चुपचाप बाहर जाने लगा तो उसे हमेशा की तरह ग्रेस वहाँ खड़ी मिली, जिसने उसके लिए झपटकर दरवाज़ा खोला, मौसम और राजनीति की बातें कीं और फिर उसके चेहरे पर नज़र गड़ाकर देखने लगी कि मशीन के बारे में उसने कोई निर्णय लिया है या नहीं। उसे माली के भविष्य में इतनी रुचि देखकर जगन को आश्चर्य होता था। हमेशा की तरह उसके मन में दो भावनाएँ पैदा हुईं : माली में रुचि लेने के लिए उसके लिए प्रशंसा और बिज़नेस में उसे भी शामिल करने के विरुद्ध शिकायत। माली खुद उसके सामने इस तरह बहुत कम आता था, यह काम उसने ग्रेस के लिए ही छोड़ रखा था, और उसे लगता था कि सवेरे माली को पूजा घर भेजने में भी ग्रेस का ही हाथ है। जगन को कभी-कभी यह भी शक होता, कि ग्रेस की उसकी इतनी सेवा करने के पीछे भी उससे डालर प्राप्त करने का उद्देश्य है। दिमाग में इन्हीं भावनाओं को भरे वह धीरे-धीरे दुकान जा रहा था, कि रास्ते में भिखमंगे ने उसके सामने अपना हाथ बढ़ाया, तो साल में शायद सौवीं बार उसने डपट कर कहा, ''तुम हट्टे-कट्टे तन्दुरुस्त आदमी हो, उठकर काम करो और खाओ।''

वह बोला, ''मालिक, मेरे पास वक्त ही कहाँ है? मैं भीख माँगने के लिए शहर का चक्कर लगाकर यहाँ आता हूँ तो शाम हो जाती है...।''

जगन ने पुरानी कहावत, कि ''सवाल किए बिना ख़ैरात करना चाहिए'' उसके सामने पाँच पैसे फेंक दिए और आगे बढ़ा।

भिखमंगे ने पीछे से आवाज़ मारी, ''मालिक, आजकल अमेरिका के बारे में कुछ नहीं बताते। क्या बात है?''

जगन ने सिर घुमाकर कहा, ''क्योंकि तुम्हारे जानने लायक सब बातें मैंने बता दी हैं।''

"बेटे जी क्या कर रहे हैं?"

"वह फैक्टरी लगाने जा रहे हैं," जगन ने उत्तर दिया।

"उसमें क्या बनाएँगे?"

"कोई मशीन बनाएँगे," जगन ने संक्षेप में बताया और चाहा कि भिखारी और कोई सवाल न करे। तभी उसे सामने से आता कोई परिचित दिखाई दे गया जिससे बात करने के लिए उसने अपनी चाल तेज़ कर दी। जब सत्य मुद्रणालय से गुज़रा तो देखा कि नटराज अपनी सीट पर अकेला बैठा है। उसने कुछ सोचकर भीतर झाँका और पूछ लिया, "मेरा ख्याल है तुम्हें मेरे काम की याद है?"

"उसे मैं कैसे भूल सकता हूँ?" नटराज ने तपाक से जवाब दिया। "जैसे ही सीज़न की छपाई से फुरसत मिलती है, तुम्हारी किताब ही सबसे पहले करूँगा। मैं तुम्हारा फ़ैमिली प्रिन्टर हूँ। तुम्हारे साहबज़ादे ने मुझे एक अर्जेन्ट काम दिया है जिसे वे तीन दिन में पूरा चाहते हैं—अपनी नई कम्पनी का प्रॉस्पेक्टस है।"

"अच्छा," जगन ने ताज्जुब से कहा। यह 'स्कीम' तो उसके पीछे ही पड़ गई थी।

"उसमें तुम्हारा भी नाम है," नटराज ने बताया।

"अच्छा," जगन ने मुँह बनाकर कहा।

नटराज ने एक गोल किया कागज़ उठाया और उसे खोलकर जगन को दिखाया। यह प्रूफ था जिसमें उसका नाम भी मुख्य भागीदारों में साफ़-साफ़ लिखा था। माली एन्टरप्राइज़ेज़ के इस प्रॉस्पेक्टस में ग्रेस के अलावा उसके स्कूटर चलाने वाले कुछ साथियों के भी नाम थे। नटराज ने उसके चेहरे पर नज़र डाली और पूछा, "तुम खुश नहीं लगते?"

जगन ने खोखली आवाज़ में कहा, "हाँ, हाँ, खुश हूँ, खुश क्यों नहीं होऊँगा?"

"यह बड़ा रोचक-सा उद्योग लगता है।"

जगन ने फीके ढंग से कहा, "हाँ, बहुत रोचक है।"

वह तेज़ी से दुकान की तरफ़ बढ़ा। हलवाई दिन के काम के लिए उसके आदेश लेने आया तो उसे डर लगा कि कहीं वह भी राइटिंग मशीन की बात न करने लग जाए, लेकिन उसके सौभाग्य से यह आदमी अपने किचेन की घी-तेल की खुशबू और धुएँ की दुनिया में इतना रचा-बसा था कि बाहर की बातें उसके दिमाग़ में आती ही नहीं थीं। अपने सिंहासन पर आराम से बैठकर और मिठाइयों पर नज़र डालकर उसमें सुरक्षा की भावना फिर जाग्रत हो उठी। उसने दराज़ खोली और उसमें रखी भगवद्गीता पर देर तक नज़र टिकाए रहा, फिर उसे निकाल कर एक पन्ना खोला और उसमें लिखे श्लोकों में ध्यान लगाने की कोशिश की—लेकिन प्रॉस्पेक्टस में अपना नाम छपा देखकर उसके दिमाग का एक हिस्सा जैसे चकनाचूर हो गया

था। माली ने उससे बिना पूछे यह काम कैसे कर लिया? शायद उसे अपने पिता के सहयोग में पूरा विश्वास हो, और यह कोई बुरी बात भी नहीं थी। यह स्वाभाविक ही था। लेकिन उसे कम से कम उसे सूचित तो कर देना चाहिए था। माली और ग्रेस किसी ने भी...। यह भी हो सकता है कि वे यही बात करने के लिए पूजा घर के चक्कर लगा रहे हों, पैसों की बात करना उनका उद्देश्य ही न रहा हो—यह सोचकर वह खुद अपने को ही दोष देने लगा कि उसे इसका मौका ही नहीं दिया।

अमेरिकी सहयोगी कोई भी रहा हो, उसने अपना काम पूरा किया था, और नटराज ने भी बड़ी चुस्ती से अपना काम निबटा दिया। बहुत जल्द शहर में माली की कम्पनी के प्रॉस्पेक्टस नज़र आने लगे। एक डाक से उसके नाम दुकान पर भी आया। इसमें देश की सांस्कृतिक स्थिति में गिरावट का वर्णन करते हुए यह सन्देश दिया गया था कि हमारे देश को दुनिया के उन्नत राष्ट्रों में जगह बनाने की ज़रूरत है, और इस कार्य में यह मशीन किस प्रकार दूरी और समय में कमी करके उसे ऊँचा उठने में सहायता करेगी। इसके बाद कुछ तथ्य दिए गए थे। जगन को एक बात यह पता चली कि मशीन का एक हिस्सा मेम्पी की पहाड़ियों से प्राप्त मुलायम लकड़ी से बनाया जाएगा, जिससे इसकी कीमत में काफी कमी आ जाएगी। फिर मशीन का निर्माण तथा बिक्री किस प्रकार की जाएगी, यह स्पष्ट किया गया था। कम्पनी कहाँ काम करेगी, यह बताया गया था। जगन को पता चला कि मिट्टी का तेल बेचने वाले के बेटे का दिमाग़ योजना के आर्थिक पक्ष में लगा है—यह लड़का जीन्स और धारीदार शर्ट पहनता था और स्कूटर पर माली को पीछे बिठाकर शहर में घूमता-फिरता था।

इसके कुछ ही समय बाद उन्होंने स्कूटर पर आना-जाना बन्द कर दिया और एक पुरानी-सी कार पर चलने लगे। ग्रेस ने जगन को एक दिन बताया, "इस गाड़ी से कम्पनी की शुरुआत हो गई है। पुरानी है लेकिन बहुत काम की है। आजकल बिज़नेस में बहुत ज़्यादा भाग-दौड़ करनी पड़ती है।"

"कौन सी गाड़ी है? रंग तो हरा लगता है," जगन ने यह सोचकर कि कुछ कहना चाहिए, पूछा, हालाँकि प्रश्न वह यह करना चाहता था कि इसकी क़ीमत क्या है और यह पैसा किसने दिया।

ग्रेस बोली, "सुन्दर लगती है, है न?" जगन यह सुनकर तुरन्त आँखें बन्द करके पूजा करने लगा और तब तक इसी तरह बैठा रहा, जब तक ग्रेस वहाँ से चली नहीं गई और सामने के वरांडे में माली के साथ बातचीत करने की उसकी आवाज़ न सुनाई देने लगी।

"गाँधी जी ने हमें शान्तिपूर्ण उपायों से समस्याएँ सुलझाने का उपदेश दिया था, और मैं भी इसी ढंग से उनकी माँग का मुकाबला करूँगा। दोनों मिलकर मुझे

हर चीज़ में फँसाने पर तुले हैं,'' उसने मन में सोचा। वह अपने बेटे की स्कीम से हक्का-बक्का रह गया था और उसकी सफलता पर बिलकुल विश्वास नहीं कर पा रहा था। वह जानता था कि उससे पैसा ऐंठने की दोनों मिलकर ज़बरदस्त कोशिश कर रहे हैं। वह इनकी पूरी तरह उपेक्षा करके इसे मात देना चाहता था, जो गाँधीजी का अहिंसक असहयोग ही था।

लेकिन उसकी घरेलू ज़िन्दगी अशान्त हो गई थी। मूर्ति के सामने से गुज़रते हुए उसे जो सुकून महसूस होता था वह खत्म हो गया था। अपने प्राचीन घर के पास पहुँचते हुए उसे डर लगने लगता था। ग्रेस जब उसके लिए दरवाज़ा खोलती तो उसकी नज़रें और माली का उसके प्रति हाव-भाव उसे परेशान कर देता था। वह जानता था कि घर में तनाव फैलने लगा है। उसके प्रवेश करने पर यदि कोई उसका स्वागत करने न आता, क्योंकि दोनों उस समय बाहर गए हुए होते, तो उसे बहुत चैन महसूस होता था। माली हरे रंग की गाड़ी में दोस्तों के साथ होता और ग्रेस शॉपिंग में लगी होती। जगन तब भगवान को धन्यवाद देता कि हरी गाड़ी के कारण उसे भी आराम हो रहा है। जब उसके घर में रहते दोनों बाहर से लौटते, तो वह धीरे से बिलकुल पीछे वाले हिस्से में चला जाता, या टूटे-फूटे बाथरूम में घुसकर भीतर से दरवाज़ा बन्द कर लेता।

लेकिन असहयोग की यह स्थिति हमेशा चल नहीं सकती थी। एक दिन ग्रेरा ने सवेरे ही उससे सीधा सवाल किया, ''आपने हमारे प्रस्ताव पर विचार किया?''

जगन को लगा कि वह घिर गया है। अगर वह मिनट भर पहले दीवाल पर टँगा कुरता पहनकर बाहर निकल जाता तो अब तक सड़क तक पहुँच गया होता। ग्रेस ने उसकी गतिविधियों का गहराई से अध्ययन किया था और बहुत कुशलता से उसे जा पकड़ा था। वह दो हफ्ते से अपने आने और जाने के समय का ही नियन्त्रण करके उसे दूर रखने में सफल रहा था, लेकिन अब वह फँस चुका था। वह कहना चाहता था, 'तुम मंगोलिया या पता नहीं कहाँ की सुन्दरी, ये सब समस्याएँ तुम पुरुषों को ही हल करने दो।' उसने इस समय अपने बॉब किए बालों में एक फूल लगाया हुआ था, जिसे देखकर उसे कहने का मन हुआ, ''इसे निकाल फेंको, यह अच्छा नहीं लगता।'' लेकिन उसने कहा यह, ''आज बालों में चमेली का फूल लगाया है!''

''आज शुक्र का दिन है, इसलिए हिन्दू पत्नी के रूप में मैं अपने कर्तव्य कर रही हूँ। मैंने दरवाज़ा साफ करके वहाँ आटे से अल्पना भी पूर दी है। कल दुकान से खरीद कर लाई थी। आप देखें कि कैसी लगती है।'' वह इस तरह बोल रही थी कि जगन को उसके साथ बाहर जाकर अल्पना की मुस्कराकर तारीफ करनी पड़ी। ग्रेस ने फर्श पर बनी फूल-पत्तियों का जायज़ा लेते हुए कहा, ''अब आपको

विश्वास हो गया होगा कि पिछले जन्म में मैं हिन्दू थी। मैं भी दूसरों की तरह नीचे बैठकर और कमर झुकाकर धीरे-धीरे अल्पना बनाती हूँ।"

जगन कहना चाहता था, "कोई हिन्दू औरत तुम्हारी तरह बाल नहीं काटेगी," लेकिन कहा उसने यह, "बहुत समय बाद इस घर में कोई यह सब कर रहा है। तुम्हें कैसे पता चला कि शुक्रवार का दिन पवित्र माना जाता है?"

उसने बताया, "मेरे दोस्त हैं जो मुझे यह सब बताते हैं।"

जगन बाहर निकलने का विचार ही कर रहा था, कि एक खिड़की खुली और माली ने उसमें से बाहर झाँककर आज्ञा के स्वर में कहा, "पापा, आप ज़रा भीतर आएँ। कुछ ज़रूरी बात करनी है।" जगन को लगा कि इसके ही लिए ग्रेस ने उसे इतनी देर रोककर रखा था, इसलिए उसने गुस्से से उसपर नज़र डाली, लेकिन उसने माली के कमरे का दरवाज़ा खोलकर कुछ इस तरह, जैसे वह राष्ट्रपति के कमरे में किसी को भेज रही हो, कहा, "आप भीतर जाएँ।"

यह बुदबुदाते हुए कि "मुझे जाकर दुकान खोलनी है," जगन भीतर चला गया।

माली ने अपनी सीट से ही उँगली उठाकर उसे सामने पड़ी कुर्सी पर बैठने का संकेत किया। जगन यह बुदबुदाते हुए कि "दुकान खुलने में देर हो जाएगी," उस पर धीरे से बैठ गया।

माली ने इस पर ध्यान नहीं दिया और सीधा सवाल किया, "आपने प्रस्ताव पर विचार किया?"

"क्या," जगन ने यह दिखाते हुए कि वह कुछ समझ नहीं पा रहा है, यह कहा, लेकिन वह महसूस कर रहा था कि उसका अभिनय जम नहीं रहा है, और माली के पीछे खड़ी ग्रेस दोनों मिलकर उसे अपने फन्दे में जकड़ने में सफल हो गए हैं। माली ने एक प्रॉस्पेक्टस उसकी तरफ़ फेंका और बोला, "मैंने आपको यह भेजा था। मिला नहीं क्या?"

जगन ने न 'हाँ' कहा और न 'ना', क्योंकि दोनों स्थितियों में खतरा था। बल्कि उसका दिमाग़ एक बिलकुल दूसरी दिशा में सोचने लगा, कि नटराज ने उसका यह काम इतनी फुर्ती से कैसे कर दिया, जबकि उसकी अपनी किताब सालों से वहाँ पड़ी है। माली ने उस पर क्या तरकीब इस्तेमाल की? वह इस पर सोच-विचार ही कर रहा था, कि माली ने उससे कहा, "आपने इस पर नज़र तक नहीं डाली है।"

जगन को डर लगा कि मीठा बोलने का समय समाप्त होने जा रहा है, इसलिए उसने धीरे से कहा, "मैंने इसे देखा है और मुझे यह जानकर ताज्जुब भी हुआ कि तुमने इसमें मुझे बताए बिना मेरा नाम भी डाल दिया है।"

''आपको क्या हो गया है? पहले ही दिन मैंने आपसे बात की थी और आधे घंटे तक सब कुछ समझाया था। मैंने आपसे यह भी पूछा था कि आपका नाम इसमें डाल दूँ तो आपने 'हाँ' कहा था।''

जगन अपना दिमाग़ पीछे ले गया और बोला, ''कौन सा दिन था वह?''

माली का पारा चढ़ने लगा था। ग्रेस यह देखकर आगे बढ़ी और उसकी तरफ से जवाब दिया, ''बिलकुल पहले दिन जब इन्होंने आपको पूरी स्कीम समझाई थी।''

''अरे हाँ, हाँ, हाँ,'' जगन कुछ इस तरह बोला जैसे उसने ऐसा कुछ ज़रूर कह दिया होगा। इसके बाद उसने कहा, ''मैं सोचता था कि प्रेस में छपने को देने से पहले तुम फिर मुझे यह बताओगे।''

''आपका क्या मतलब है, मैं नहीं समझ पाता। आप चाहते हैं, हर बात दस दफ़ा कही जाए। इसीलिए हमारे देश में कभी कुछ नहीं होता।''

''तुम हर बात के लिए देश को ही क्यों दोषी ठहराते हो? लाखों साल से सब कुछ ठीक चल रहा है,'' जगन ने रामायण और गीता की परम्परा को याद करते हुए, और आज़ादी के आन्दोलन में सब तरह के अत्याचार को झेलने वगैरह की बात करते हुए कहा। फिर धीरे से बोला, ''तुम उन दिनों पैदा नहीं हुए थे।''

माली ने निराशा जताते हुए कहा, ''आप क्या कह रहे हैं, मेरी समझ के बाहर हैं। मैं बिज़नेस करना चाहता हूँ। हमने दो लम्बी मीटिंगें की हैं और मैंने सब कुछ विस्तार से बताया है। और अब...''

ग्रेस ने बीच में दखल देते हुए कहा, ''पापा जी, अगर आपके कुछ सवाल हों तो माली ज़रूर उनके जवाब देंगे।''

जगन को लगा, जैसे वह अदालत के कठघरे में खड़ा है और जो भी वह कहेगा, उसका उसके खिलाफ़ या पक्ष में उपयोग किया जाएगा, इसलिए उसने कहा, ''अभी तो मैं जाता हूँ। मुझे दुकान खोलनी है।''

माली बोला, ''हमें जल्द शुरुआत करनी है। हमारे सहयोगी इन्तज़ार कर रहे हैं। अगर हम तुरन्त शुरू नहीं करेंगे तो सब कुछ खत्म हो जाएगा। मैंने आपको इस भागीदारी के नियम बता दिए हैं।''

''पचास हज़ार डालर! इसका जितना भी रुपया बने, यह बहुत बड़ी रकम है।'' वह जैसे रोकर कहने लगा, ''मैं बड़ा ग़रीब आदमी हूँ,'' जिसे सुनते ही माली का चेहरा शर्म से लाल हो गया। ग्रेस की उपस्थिति में उसने कैसी स्थिति पैदा कर दी थी। जगन को भी महसूस हुआ कि उसने बहुत गलत बात कह दी है। वह बोला, ''गाँधीजी हमेशा ग़रीबी का समर्थन करते थे और अमीरी को गलत मानते थे।''

माली ने ज़हरीली मुस्कान फेंकते हुए कहा, ''फिर भी आप हज़ारों रुपये रोज़ कमाते हैं।''

"अगर तुम सोचते हो कि यह बिज़नेस चला सकते हो तो इसे ले लो। यह तुम्हारा ही है।"

"मैं यह काम करूँगा? हलवाई के अलावा मेरे पास और अच्छे काम हैं।"

जगन और कुछ सुनने को तैयार नहीं था। उसने धीरे से कुर्सी पीछे खिसकाई, दोनों के चेहरों पर उन्हें समझने के लिए एक नज़र डाली, तो पहली दफ़ा ग्रेस के मुँह पर मुस्कान नहीं दिखाई दी। यह लड़की अच्छी है या बुरी?" उसने अपने-आप से पूछा। "अगर मैं यह तय कर पाता।" माली अँगूठे का नाखून चबा रहा था और मेज़ के नीचे पैर पटक रहा था। जगन में वहाँ रुककर उसका सामना करने की हिम्मत नहीं थी। बिना एक शब्द बोले उसने दीवाल पर टँगा कुरता उतारा और उसे पहन कर क्षण-भर में घर से बाहर हो गया। जब वह पुलिया पर बैठे भिखमंगे के पास से होकर निकल रहा था, तो वह बोला, "मालिक अब मेरी तरफ़ देखते भी नहीं।"

"मैंने तुम्हें पाँच पैसे दिए तो थे...," लेकिन उसे याद नहीं आया कि कब दिए थे, फिर कहा, "मैं भी तुम्हारी ही तरह ग़रीब हूँ। तुम सोचते हो कि मेरे पास अपार धन-दौलत है?"

"मालिक को यह नहीं बोलना चाहिए।"

कम-से-कम यह आदमी इन्हीं परिस्थितियों में माली से ज़्यादा समझदारी की बात करता है; जो बाप अमीर न हो तो उसे स्वीकार करने को भी तैयार नहीं है।

वह दिन-भर गुमसुम बना रहा। शाम के साढ़े चार बजे कज़िन आया और पहले सीधा दुकान के भीतर घुस गया। वह जानता था कि जगन आज कोई बुरा समाचार देने वाला है। तौलिये से ओंठ पोंछते हुए बोला, "आज चन्द्रकला बड़ी स्वादिष्ट बनी है। और अगर शहर में इस दुकान की बहुत ज़्यादा तारीफ़ होगी, तो उसका एक कारण यह मिठाई भी होगी।" हमेशा की तरह तारीफ़ का जगन पर अच्छा असर पड़ा। वह आँखें चमकाकर कहने लगा, "शुद्धता का असर है यह। कल सवेरे मैं यही देखने जल्दी आ गया कि गाय के शुद्ध घी में मिठाइयाँ तली जाएँ। भैंस का घी मैं छूता भी नहीं, हालाँकि वह सस्ता होता है। गाँधी जी भैंस के दूध वगैरह के खिलाफ़ थे। मैंने एक आदमी को कोप्पल से गाय का घी लाने भेजा था। वह सवेरे पाँच बजे लौटा और मैं भी आठ से पहले आ गया कि उसे अपनी आँखों के सामने पिघलाऊँ। इसमें काफ़ी पैसा खर्च हुआ है इसलिए इसे मैं दूसरे के हाथों में नहीं दे सकता, कि वह उबालने ही लगे।"

"तुम हर बात पर पूरा ध्यान देते हो। मैं अक्सर तुमसे पूछना चाहता हूँ कि यही काम क्यों चुना? यह बहुत खास तरह का काम है।"

"मैं जब जेल में था, तो मुझे किचेन का काम दिया गया था। बाहर निकलने

पर मैंने सोचा कि यही काम क्यों न किया जाए!'' यह कहकर वह जैसे पुरानी यादों में खो सा गया, जिससे कज़िन की बेचैनी दूर हो गई। ''लेकिन दुकान की प्रतिष्ठा का पूरा श्रेय शिवरामन को जाता है, अगर वह न होता तो पता नहीं, मेरा क्या हश्र होता। मैं तो अपने ढंग से जनता की सेवा करना चाहता हूँ, उन्हें शुद्ध मिठाइयाँ खिलाकर, विशेष रूप से गरीब बच्चों को।''

''बड़ा आदर्श है यह,'' कज़िन ने कहा, और सीधे-सीधे यह कहने से बचा कि गरीब बच्चे वे हैं जिनके पास मिठाई खरीदने के लिए पैसे नहीं होते। इस बात को उसने इस तरह कहा, ''अगर माल शुद्ध हो तो उसके लिए पैसे तो खर्चने ही पड़ेंगे।''

''तुमने ठीक कहा,'' जगन बोला। वह थोड़ी देर तक बिलकुल चुप बैठा रहा, फिर कहने लगा, ''कल से हर मिठाई की कीमत कम कर दी जाएगी। मैंने इसका फैसला कर लिया है।''

''क्यों?'' कज़िन ने चकित होकर पूछा।

जगन सफाई देने से बचा। उसने इतना ही कहा, ''मान लो हम हर रोज़ सौ रुपये का माल खरीदते हैं, और सौ ही रुपये कर्मचारियों को वेतन, किराया वगैरह देने में खर्च करते हैं।'' इसके बाद वह धीरे-धीरे कहने लगा, ''तो दो सौ रुपये से ज़्यादा कीमत की चीज़ें तैयार नहीं होना चाहिए। लेकिन सच्चाई यह है...,'' वह यह रकम भी बताना चाहता था लेकिन रुक गया, ''कीमतें कम होने से सबको फायदा होगा।''

''लेकिन तुम तो चीनी खाने के खिलाफ़ हो, है न यह बात?''

जगन इस बात का मतलब नहीं समझ सका। बोला, ''इस बात का उससे क्या सम्बन्ध है? अगर लोग मिठाई खाना चाहते हैं, तो वे उन्हें शुद्ध ही मिलनी चाहिए। बस, इतनी-सी बात है। मैं इस वक्त बच्चों और गरीबों की बात सोच रहा हूँ।''

''लेकिन इसमें तुम्हारा हिस्सा कहाँ से आएगा?'' कज़िन ने सीधा सवाल किया।

''मुझे काफ़ी मिल चुका है,'' जगन बोला।

कज़िन ने इस पर और पूछताछ की, जैसे किसी उलझन-भरे कूटनीतिक वक्तव्य की चीर-फाड़ कर रहा हो, उसने पूछा, ''काफ़ी क्या?''

''हर चीज़,'' जगन बोला। कज़िन यह सुनकर जितना ज़रूरी था, गम्भीर और उदास हो गया। ''अगर तुम बिज़नेस से रिटायर होना चाहते हो तो कोई दूसरा आ जाएगा और काम चलाने लगेगा।''

''यह इतना आसान नहीं है,'' जगन बोला, ''मैंने आज सवेरे माली से बातचीत की तो उसने कहा...।'' यह कहकर वह चुप हो गया। उस घटना की याद आते

ही उसका सिर घूम गया और उसे लगा कि वह यहाँ सबके सामने रो पड़ेगा, और सिंहासन पर बैठकर इस तरह आँसू बहाना अच्छा नहीं लगेगा। उसके मन में अपनी तस्वीर कुछ इस तरह की बन गई थी जो फटे-पुराने कपड़े पहने माली और उस चीनी लड़की के सामने हाथ में अर्ज़ी लिए खड़ा है, जिसे उसके ज़िन्दगी भर चलाए बिज़नेस के लिए दुत्कारा जा रहा है, जिसके पैसे की बदौलत वह अमेरिका वगैरह न जाने कहाँ-कहाँ घूम आया और पता नहीं, और भी क्या-क्या करता रहा। मैं सिर्फ 'मिठाईवाला' हूँ? जगन को याद आया कि कज़िन जवाब का इन्तज़ार कर रहा है, और बोला, "उसे मिठाई का बिज़नेस करना पसन्द नहीं है।"

कज़िन को महसूस हुआ कि इस वक्त सहानुभूति जताने की ज़रूरत है, इसलिए उसने कहा, "इससे ज़्यादा पैसा किस और बिज़नेस में है? लेकिन तुम जानते ही हो, उसके विचार कुछ अलग हैं।"

"पैसा बुराई की जड़ है," जगन ने पुराना मुहावरा दोहराया। "इसके बिना ही हम खुश रह सकते हैं। यही काफ़ी है कि कोई भी काम अपने ही सहारे चलता रहे; पैसा कमाने की कोई ज़रूरत नहीं, पैसा कमाने की कोई ज़रूरत नहीं।" इसके बाद उसने हमेशा की तरह आवाज़ मारी, "कैप्टेन, ये बच्चे कौन हैं? इन्हें क्या चाहिए?"

"मैं उन्हें भगा देता हूँ, मालिक!"

"अरे नहीं, दुकान वाले लड़के से कहो कि इन सबको एक-एक पैकेट मिठाई दे, फिर इन्हें वहाँ से हटाए।"

"इनके पास पैसे नहीं हैं।"

"तो क्या हुआ? मैं इन्हें मुफ़्त खिला सकता हूँ।" यह कहकर उसने खुद लड़के को आवाज़ दी, "सुनो, इन सबको मिठाई खिलाओ।" बच्चों ने मिठाई खाई और खुश होते चले गए।

"अगर ये बच्चे दूसरों को भी यह बताएँगे तो तुम्हारी दुकान पर तो भीड़ लग जाएगी और..."

"उसे भी देख लेंगे। तुम फ़िक्र मत करो," जगन बोला। "मैं दो-एक दिन में ही कुछ करनेवाला हूँ।"

कज़िन चिन्तित हो उठा और कहने लगा, "जल्दबाज़ी की ज़रूरत नहीं है। तीर्थयात्रा पर चले जाओ और नदियों में स्नान कर आओ। अगर तुम कहोगे तो तुम्हारे पीछे मैं दुकान की देखभाल करता रहूँगा।"

"जब तैयार हुआ तो बता दूँगा।"

दुकान वाला लड़का पीतल का जग लेकर आ गया। कज़िन, जो इस वक्त वहाँ से चला जाता था, अपनी जगह से उठा लेकिन गया नहीं, क्योंकि वह यह देखना चाहता था कि जगन यह पैसा फेंक देता है या अपने पास रखता है। जगन ने दराज़

खींचकर उसपर सिक्कों की आवाज़ खत्म करने के लिए तौलिया बिछाया, और कज़िन की तरफ़ देखकर कहने लगा, ''आज और कल मैं बड़े ध्यान से बहुत-सी बातों पर विचार करूँगा। काफ़ी दिन से सब यूँ ही चल रहा है।''

कज़िन सोचने लगा कि ये बातें किस दिशा में जा रही हैं, और उसे चिन्ता होने लगी, लेकिन शान्ति का समर्थक होने के कारण उसने कहा, ''मैं माली से बात करूँगा। मेरी बात उसकी समझ में ज़्यादा आएगी। उस लड़की से भी बात करूँगा, वह काफ़ी समझदार लगती है।''

''ज़रूर करना, जिस भी विषय पर चाहो, बात करना, लेकिन,'' आगे की बात उसने ज़ोर देकर कही, ''लेकिन मेरी तरफ़ से बिलकुल नहीं।''

7

दो दिन बाद कज़िन जब उससे मिलने आया तो उसने देखा कि दुकान पर भीड़ लगी है। काउंटर पर एक बोर्ड टँगा था जिस पर लिखा था, "हर पैकेट 25 पैसा"। इनकी इतनी बिक्री हो रही थी कि लड़का परेशान हो उठा था और थका-थका नज़र आ रहा था। बूढ़े-जवान, बच्चे, मज़दूर, भिखारी, सब हाथ बढ़ा-बढ़ाकर पैकेटों पर टूटे पड़ रहे थे, और भीतर किचेन से थाल पर थाल आते थे और चटपट खाली हो जाते थे। शाम को पाँच बजे तक सारी मिठाइयाँ खत्म हो गईं। शिवरामन और बाकी मिठाइयाँ बनानेवाले सब भीतर से बाहर निकलकर आए और जगन के सामने खड़े होकर पूछने लगे, "अब क्या करना है?"

"अब क्या, घर जाओ," जगन ने कहा, "मिठाइयाँ बिक गईं तो काम भी खत्म हो गया।"

"मैं समझ नहीं पाया," शिवरामन ने गले में पड़ी माला का सुनहरा दाना घुमाते हुए कहा। "हुआ क्या है? यह सब क्यों किया जा रहा है?"

"इसलिए कि लोग ज़्यादा मिठाइयाँ खाएँ, और क्या? लोग खुश नहीं हैं?"

"आप दुकान बन्द करना चाहते हैं?" शिवरामन ने पूछा। उसके सहायक ने कहा, "इस तरह तो सब डूब जाएगा।"

"लेकिन तुम लोगों को इससे कोई फर्क नहीं पड़ेगा," जगन ने कहा, "हम किसी चीज़ में कोई कमी नहीं करेंगे, न आकार में, न गुण में।"

"कैसे? यह कैसे किया जा सकता है?" शिवरामन ने पूछा।

जगन आसानी से समझा नहीं सका कि वह क्या कर रहा है और क्यों। स्टूल पर बैठा कज़िन उसकी मदद के लिए आया। "कंपिटीशन से लड़ने के लिए हम कुछ नए कदम उठा रहे हैं। यह मैं तुम्हें कल समझाऊँगा।" सब वापस चले गए और छह बजे दुकान खाली होकर बन्द हो गई। लड़का पैसों से भरा पीतल का डिब्बा लेकर आया और बोला, "बहुत-से लोग अभी भी खड़े हैं। वे नाखुश हैं क्योंकि उन्हें कुछ नहीं मिला।"

"उनसे कहो, कल आ जाएँ।" उन्हें दुकान के बाहर इकट्ठा लोगों का शोर और कैप्टेन की उन्हें शान्त करने की आवाज़ें सुनाई दे रही थीं।

जगन बोला, "हमारे लोगों को डिसिप्लिन से रहना सीखना चाहिए।"

इस व्यवस्था से जगन को तो सन्तोष महसूस हो रहा था, लेकिन उसके कर्मचारियों को इससे परेशानी हो रही थी, क्योंकि इस तरह तो व्यापार एकदम खत्म हो जाएगा और सबका भविष्य खतरे में पड़ जाएगा। जगन ने इस पर विचार ही नहीं किया था, लेकिन वह दिखाता यह था कि उसने समस्या के सब पहलुओं पर सोच-विचार कर लिया है और किसी को कोई नुकसान नहीं होगा। इस विषय पर बार-बार चर्चा होती थी। अब उन्हें सिंहासन के इर्द-गिर्द जमा होकर बातें करने का ज़्यादा समय था, क्योंकि मिठाइयाँ सिर्फ तीन घंटे बनती थीं और घंटे भर में वे सब बिक जाती थीं, इसलिए भीड़ के शोर-शराबे को छोड़कर और कोई काम यहाँ नहीं होता था। शिवरामन इससे बहुत चिन्तित था, क्योंकि उसे लगता था कि लोग फ़साद पर भी उतारू हो सकते हैं। लेकिन जगन ने कहा, "धीरज रखो और देखते रहो। लोगों को डिसिप्लिन सीखना चाहिए और सीखेंगे। चिन्ता मत करो।" इस कमरे के दूसरे सब लोगों को यह बात समझ में नहीं आती थी, लेकिन नम्रता की सीख के कारण वे कहते नहीं थे। शिवरामन ने तम्बाकू की चुटकी मुँह में डालते हुए कहा, "शायद हमें ज़्यादा मिठाई तैयार करनी चाहिए।"

"यह भी करके देख लेने में कोई बुराई नहीं है, लेकिन क्यों?" जगन ने कहा।

सबने एक साथ यही कहा, "जिससे कोई वापस न लौटे।"

"यह क्यों?" जगन ने फिर अपना प्रश्न दोहराया।

शिवरामन और उसके चारों साथी अच्छा-अच्छा खाने-पकाने की तकनीकों के ही विशेषज्ञ थे, अर्थनीति, बिक्री और राजनीति से उनका दूर-दूर तक कोई सरोकार नहीं था। लेकिन शिवरामन ने अचानक एक नयी प्रेरणा से भरकर कहा, "क्योंकि अब कीमतें बहुत कम हो जाने के कारण लोगों की माँग बहुत बढ़ गई है।"

जगन को लगा कि यह बहुत अच्छा विश्लेषण है, लेकिन उसने यह स्वीकार करना उचित नहीं समझा। उसने सिर्फ यह टिप्पणी की, "यह एक दृष्टिकोण हो सकता है। हम पन्द्रह दिन इस तरह दुकान चलाकर फिर विचार करेंगे कि क्या सही है।" उसके कर्मचारी उसे बहुत चतुर व्यापारी समझते थे, और हालाँकि यह कदम उनकी समझ में नहीं आ रहा था, फिर भी वे ये मानने को तैयार नहीं होते थे कि इसमें भी उसका कोई महत्त्वपूर्ण उद्देश्य नहीं होगा। उनका मानना था कि इसमें कोई ज़बरदस्त चालाकी खेली जा रही है, और जगन उनकी यह धारणा खत्म करने में सफल नहीं हो पा रहा था। उसे यह अच्छा भी लग रहा था, और हालाँकि वह

साधारणतया सच्चाई को ही महत्त्व देता था, लेकिन इस मामले में असत्य की रोशनी में चमकना भी उसे बुरा नहीं लग रहा था।

शिवरामन ने अंत में कहा, "क्या यह सम्भव है कि आप शहर के सारे मिठाई व्यापार पर अपना कब्ज़ा करने के लिए यह कर रहे हों?"

जगन ने इतनी समझ और गर्व-भरी चतुराई ज़रूर दिखलाई कि इस कथन पर धीरे से मुस्करा दिया। दूसरों को भी यह अच्छा लगा और वे भी एक-दूसरे की तरफ देखकर मुस्करा दिए। फिर उसने उनके सामने सिर्फ मुनाफ़े के अलावा और भी कीमती बातों के खज़ाने खोलने शुरू किए। वह बोला, "अब आपके पास काफ़ी समय है और आप नहीं सोच पाते कि इसका क्या करें। मैं आपको बताता हूँ। आराम से बैठ जाओ और सुनो कि इस कीमती समय को बाज़ार में घूमने या सिर्फ पैसे की बातें करते रहने में नहीं गुज़ारना चाहिए। यहाँ बैठो, मैं आपको रोज़ घंटे-भर गीता पढ़कर सुनाया करूँगा। इससे सबको बड़ा लाभ होगा। चाहो तो कैप्टेन को भी बुला लो।" उसने सबको अपने सामने बिठाया, अपने सिंहासन पर बैठे-बैठे सबको दयाभाव से देखा, और भगवद्गीता खोलकर पहले पन्ने से पढ़ना शुरू किया। "कुरुक्षेत्र के मैदान में दो सेनाएँ एक-दूसरे से लड़ने के लिए तैयार खड़ी थीं। जानते हो ये लोग यहाँ क्यों आए थे?"

शिवरामन, जो अब आराम की मुद्रा में आ गया था और फर्श पर पालथी मारकर बैठा था, बोला, "जी हाँ, हम सब जानते हैं कि ये वहाँ क्यों थे। और ये लड़के भी जानते हैं।" सबने बुदबुदाकर अपनी सहमति व्यक्त की और कैप्टेन, जो थोड़ी ही दूर पर डंडा अपनी बगल में दबाए चुस्ती के साथ खड़ा था, उसने भी खुश होकर सिर हिलाया।

प्रधान रसोइए की टिप्पणी को नज़रंदाज़ करके जगन ने गाने की आवाज़ में फिर से पढ़ना शुरू किया; संस्कृत की ध्वनियाँ उसे अच्छी लग रही थीं। "इस समय महान योद्धा अर्जुन के मन में शंका उपजी कि वह अपने ही भाई-भतीजे और चचा-ताऊ से कैसे लड़ेगा! और इस विचार से उसके पैर काँपने लगे। तब भगवान जी ने स्वयं, जो उसके रथ के चालक बने थे, उसे उपदेश दिया कि अगर तुम्हारा उद्देश्य उचित है, तो तुम्हें अपने सम्बन्धियों से भी लड़ने में कोई संकोच नहीं करना चाहिए, भले ही इनमें तुम्हारे अपने बेटे भी हों। आवश्यकता होने पर सही समय पर न लड़ने से कोई लाभ नहीं होता। समझ रहे हो न?" सबने एक साथ सिर हिलाकर "हाँ" की, यद्यपि उनके मन में डर था कि कहीं यह दोबारा यही श्लोक पढ़ना शुरू न कर दे। कुछ और बोलकर जगन ने कहा, "इस ग्रन्थ का पाठ कभी खत्म नहीं होता, इसे तो जीवन-भर पढ़ते रहना चाहिए। महात्मा गाँधी इसे हर रोज़ पढ़ते थे—जिसका कारण यह नहीं था कि वे इसके उपदेशों को जानते नहीं थे।"

"सही है, सही है," सबकी एक साथ आवाज़ आई।

"महात्मा जी अंग्रेज़ों के खिलाफ़ अपनी लड़ाई को भी इसी श्रेणी का मानते थे।"

अब यह जगह स्कूल की कक्षा का रूप ले रही थी। छात्रों को भी इसका आनन्द मिलना कम होने लगा था, जो इन बातों से स्पष्ट था कि शिवरामन कई दफ़ा थूकने के बहाने बाहर जाता था, दूसरे नाक छिनकने इधर-उधर घूमने-फिरने लगे, और एक दफ़ा तो कैप्टेन भी, जो सामान्य तौर पर बहुत आज्ञाकारी था, यह बहाना बना कर कि उसे दरवाज़े पर चोर-उचक्के दिखाई पड़े हैं, वहाँ से खिसक लिया। यह उपदेश कब तक चलेगा, इसमें सन्देह पैदा होने लगा था, क्योंकि घी-तेल की गंध और धुएँ के माहौल में खुश रहने वाले इन कर्मचारियों को ज्ञान प्राप्ति की उतनी चाह भी नहीं थी। तभी अचानक तीन व्यक्ति वहाँ आ धमके। कैप्टेन उन्हें देखकर फुर्ती से उठा, उन्हें सैल्यूट मारा और तीनों को सिंहासन के सामने खड़ा करके वहाँ से हट गया। फर्श पर बैठे कर्मचारी इन्हें देखकर झिझके और जगन इन्हें पहचान कर अंट-शंट बातें करने लगा। उसने इन्हें पहचानने की कोशिश की : इनमें से एक आनन्द भवन का सेठ था, जिसने पन्द्रह बरसों में खाने-पीने का बहुत बड़ा बिज़नेस जमा लिया था, यद्यपि वह हज़ार मील दूर के एक सूबे से यहाँ आया था; दूसरा कचहरी में कैन्टीन चलाता था, और लम्बी, सफ़ेद दाढ़ी वाला तीसरा आदमी, उसके लिए अजनबी था। 'इनमें से किसी का भाई होगा,' जगन ने सोचा और "कैसा सौभाग्य है," कहकर उन्हें एक तरह से गले से ही लगा लिया। गीता का उपदेश सुननेवाले वहाँ से खिसक लिए। वहाँ बैठने के लिए सिर्फ कज़िन का स्टूल था, जगन ने बड़े स्वागत के अन्दाज़ में भारी-भरकम सेठ को उसपर विराजने को कहा। कैप्टेन बगल वाली सोडा वाटर की दुकान से एक कुर्सी ले आया, जो उसने कैंटीन वाले के सामने कर दी; और 'इनमें से किसी के भाई' को अपना इन्तज़ाम खुद करने के लिए आज़ाद छोड़कर स्वयं अपने सिंहासन पर जाकर बैठ गया–हॉल में उसके लिए यही एक जगह थी। 'किसी का भाई' खड़ा इधर-उधर देखने लगा और तीनों करीब आधे घंटे तक मौसम, राजनीति और बाज़ार की स्थिति वगैरह की बात करते रहे, मुख्य विषय किसी ने नहीं छेड़ा। आखिरकार सेठ ने सवाल किया, "आप पिछले कुछ दिनों से यह क्या करने की कोशिश कर रहे हैं..."

"चार दिन से," भाई ने स्पष्ट किया।

सेठ ने बताया, "ये हमारे मित्र है।"

जगन उसकी तरफ़ देखकर मुस्कराया और इससे सम्मानित होकर वह सफ़ेद दाढ़ीवाला उसकी कुर्सी के पास पत्थर की सीढ़ी पर बैठ गया।

सेठ बोला, "आपने मिठाइयों की क़ीमतों में बहुत ज़्यादा कटौती कर दी है।"

"जी।"

"हम इसका कारण जान सकते हैं?"

"जिससे ज़्यादा लोग मिठाइयाँ खा सकें," जगन ने स्वर्गिक मुस्कान फेंकते हुए जवाब दिया।

यह सुनकर जैसे सबको ज़बरदस्त धक्का लगा। "सही क़ीमतों पर मिठाई खाने से उन्हें कौन रोकता है?"

"मैं माल की असली कीमत ही लेता हूँ।" जगन को लगा कि उसने बहुत अच्छा जवाब दिया है।

"लेकिन यह व्यापार तो सही नहीं है," कैन्टीन वाले ने कहा।

इसके उत्तर में जगन बोला, "मुझे अफसोस है, आप मेरे सम्माननीय मेहमान हैं, लेकिन मेरे पास आपकी सेवा के लिए कुछ भी नहीं है—सारी दुकान खाली हो चुकी है।"

इस पर अपनी आँख ज़रा-सी दबाते हुए सेठ ने कहा, "यह अच्छा बिज़नेस है!"—और जगन ने हलका-सा सिर झुकाकर इस प्रशंसा का जैसे स्वागत किया और इस तरह प्रतिक्रिया करने के लिए अपने को सराहा भी।

"लेकिन इस तरह हम सबका बिज़नेस खराब क्यों कर रहे हैं?" सेठ ने आगे कहा।

"मैं अपने ग्राहकों से, जो यहाँ कुछ नहीं ले पाते, कहूँगा कि वे आपकी दुकानों से खरीदारी करें। शर्त यही है कि आप शुद्ध माल बनाएँगे।"

"आप यह कहना चाहते हैं कि हम शुद्ध सामग्री इस्तेमाल नहीं करते?"

"यह मैं क्या जानूँ? मैं खुद सबसे शुद्ध घी, आटा और मसाले इस्तेमाल करता हूँ।"

"फिर भी आप कहना चाहते हैं कि आप पच्चीस पैसे में पैकेट बेच सकते हैं?" इस मज़ाक पर सब एक साथ हँसे। सेठ कहता रहा, "1956 में मैं भी इसी कीमत पर मिठाइयाँ बेचता था, लेकिन अब शुद्ध माल सही कीमत पर मिलता कहाँ है!"

"आप चाहें तो मैं यह माल आपको दिला सकता हूँ। जैसा गीता में भगवान जी ने कहा है, कि आदमी जो चाहे प्राप्त कर सकता है। सब कुछ उसके हाथ में है। आप अपना दिमाग़ बना लें तो जो चाहेंगे, मिल जाएगा।"

सीढ़ी पर बैठा दाढ़ी वाला आदमी गीता का नाम लिए जाने पर कहने लगा, "गीता जी तो ज्ञान का भंडार हैं, उसी में सब कुछ है। मैं इसका पाठ किए बिना क्षण-भर भी नहीं रह सकता।"

सेठ जी ने भी उसका समर्थन किया, "गीता जी का तो सारी ज़िन्दगी पाठ

किया जा सकता है।'' कैन्टीन वाले ने अपनी बात कही, ''यह हम सब जानते हैं। गीता जी यह भी तो कहती हैं कि हम सबको अपना कर्तव्य सही-सही पूरा करते रहना चाहिए।'' यह कहकर उसने जगन पर जैसे सीधा हमला किया, ''क्या आप अपना कर्तव्य कर रहे हैं?''

इस पर जगन का सन्तुलन खत्म हो गया। वह सिर्फ यह कह सका, ''ओह?'' और चुप रह गया।

अब सेठ ने आगे झुककर, जितनी कठोरता वे अपने शब्दों में ला सकते थे, उसके साथ पूछा, ''अगर एक आदमी यह करता है, तो दूसरे भी उसी तरह करेंगे, यह जानते हैं आप?''

जगन इस वक्तव्य का उद्देश्य समझ नहीं पाया, लेकिन उसे यह ज़रूर लगा कि जितने तीखे ढंग से यह बात कही गई है, उसका जवाब भी उतना ही तीखा दिया जाना चाहिए, इसलिए उसने कहा, ''करेंगे तो क्या होगा?''

''तो आप यही लाइन लेना चाहते हैं?'' कैन्टीन वाले ने आगे बढ़कर कहा।

जगन सोचने लगा कि यह लाइन लेने में क्या बुराई है, और उसने कैप्टेन को आवाज़ लगाकर कहा, ''अरे, अपने मेहमानों के लिए सोडा वाले की दुकान से चार बोतलें तो लेकर आओ...''

सब तरफ से इसके लिए मना करने की आवाज़ें आने लगीं, और सेठ ने कहा, ''इस सबकी क्या ज़रूरत है? हम गम्भीर बातें करने आए हैं। पहले यह काम कर लें। पहले बिज़नेस, बाद में और कुछ–यही मेरा मोटो है।''

''इसके बिना हमारा काम कैसे चल सकता है? सब बिज़नेसमैनों की ज़िन्दगी काम ही अकेला लक्ष्य, अकेला दर्शन होना चाहिए,'' कैन्टीन वाले ने अपना वक्तव्य जोड़ते हुए कहा। दाढ़ीवाले ने आगे बढ़कर उपनिषदों का एक श्लोक पढ़ा, जिससे कुछ साबित नहीं होता था।

सेठ ने अचानक कहा, ''हम क्या बात कर रहे हैं?'' जगन और दूसरे लोग चुप रहे। सेठ एक तरह से इस प्रतिनिधिमंडल का नेता था, इसलिए कहने लगा, ''मैं बहुत बिज़ी आदमी हूँ, मेरा वक्त बहुत कीमती है। मैं अपना काउंटर छोड़कर नहीं जा सकता, फिर भी मैं आया हूँ–क्या इसी से यह नहीं लगता कि विषय बहुत गम्भीर है?''

कैन्टीन वाला कहने लगा, ''मैं करीब साल-भर से यहाँ नहीं आया हूँ। अरे, वक्त ही कहाँ मिलता है?''

''हर आदमी अपने-अपने कामों में बिज़ी रहता है,'' दाढ़ीवाले ने आखिरी बात कही।

जगन ने जवाब दिया, ''मुझे आप सबको यहाँ देखकर बड़ी खुशी हो रही है।

हमें कभी-कभी इस तरह मिलते रहना चाहिए जिससे अपनी समस्याओं पर बातचीत कर सकें।''

सेठ ने कहा, ''यह खुशी की बात है कि आप यह सोचते हैं।'' उसके चेहरे से भी यही लगा। ''हमको सीखना चाहिए कि एक साथ कैसे रहा जाए और अपनी भावनाएँ एक-दूसरे को बाँटना चाहिए। नहीं तो हम दुनिया की दौड़ में पिछड़ जाएँगे।''

''एकता ही शक्ति है,'' दाढ़ीवाला बोला। उसने अपनी बात के समर्थन में 'पंचतंत्र' की एक कहानी सुनाना भी शुरू किया, ''एक समय की बात है...''

यह बात बरदाश्त से बाहर थी और सेठ ने बीच में ही टोककर कहा, ''पंडित जी, यह कहानी हम सब जानते हैं...खैर, तो मैं कह रहा था,'' उसने यह सोचकर, कि उसे ही इस मीटिंग में सबसे पहले बोलने का अधिकार है, कहना शुरू किया, ''तो मैं कह रहा था, हमारी समस्याएँ अनेक हैं। आज तो हम सब इतने परेशान हो उठे हैं कि सोचने लगे हैं, यह बिज़नेस ही क्यों न बन्द कर दिया जाए।''

जगन ने शब्दों का सरल शाब्दिक अर्थ लेकर ज़ोर से कहा, ''मैं भी बिलकुल यही महसूस करता हूँ, लेकिन अपने कर्मचारियों की वजह से ही इसे चला रहा हूँ—नहीं तो उनकी रोज़ी-रोटी का...''

सेठ पर जैसे वक्तृता का खुमार छा गया और उसने उत्साह से कहना शुरू किया, ''दरअसल हमारी समस्याओं का कोई हल नहीं है; लोग अपने काम से ही काम रखते हैं और सोचते हैं कि हम किसी न किसी प्रकार जी लेंगे और जीते रहेंगे। लेकिन मैं समझ नहीं पाता कि वे हमसे जीते रहने की उम्मीद कैसे करते हैं।''

कैन्टीन वाले ने इसमें जोड़ा, ''अगर हम एक दिन के लिए भी अपना बिज़नेस बन्द कर दें तो इन्हें पता पड़ जाएगा।''

''आर्थिक दृष्टि से बिज़नेस खत्म कर देना ही ज़्यादा फ़ायदेमन्द होगा, लेकिन हम यह कर कैसे सकते हैं; लोगों को इससे कष्ट होगा; दफ्तरों में काम करनेवाले भोले-भाले कर्मचारी, स्कूलों के छात्र, मज़दूर वगैरह जो अपने स्वास्थ्य के लिए हमारे ऊपर निर्भर करते हैं, उन्हीं को सबसे ज़्यादा हानि होगी,'' सेठ इस तरह यह सब कहता रहा जैसे वह आसमान से उतरा फरिश्ता है और लोगों को उपहार बाँट रहा है। ''हमारी तो अनगिनत समस्याएँ हैं।''

उसे 'समस्या' शब्द बहुत प्रिय था। उसने इस शब्द का इतनी दफ़ा इस्तेमाल किया कि जगन चौंक कर पूछने लगा, ''क्या समस्याएँ?''

सेठ और कैन्टीन वाले दोनों ने इस तरह ताज्जुब से उसे देखा जैसे कोई भी समझदार आदमी इस तरह का सवाल कैसे पूछ सकता है। फिर दोनों ने एक साथ बोलना शुरू कर दिया और दोनों के शब्द एक-दूसरे से इस तरह टकराने लगे, कि क्या कहा जा रहा है, यह समझ में ही नहीं आ रहा था : सेल्स टैक्स इन्सपेक्टर

हमारे दिए हिसाब स्वीकार ही नहीं करते, इनकम टैक्स वाले जैसे मर्ज़ी टैक्स आँकते हैं, फिर हैल्थ इन्सपेक्टर और फूड कंट्रोल जिनकी वजह से सब अंडरग्राउंड हो गया है—हम अपनी चीज़ों के लिए माल कैसे लाएँ? और इन सबसे ज़्यादा है तलने वाली चीज़ों की समस्या : हम हमेशा शुद्ध घी तो इस्तेमाल कर नहीं सकते, और सरकार दबाव डालती है कि क्या इस्तेमाल हो रहा है, इसे सही-सही बताएँ; यह कैसे सम्भव है। जब हमारे ग्राहक, जो भले ही कुछ भी खाएँ, हमेशा सुनना चाहते हैं कि यह सब शुद्ध घी में ही बना है, गाय के घी में!''

कैन्टीन वाला बोला, ''शुद्ध गाय के घी का विचार अब पुराना पड़ गया है, साइंटिस्टों ने साबित कर दिया है कि इससे दिल की बीमारियाँ होती हैं—और नए किस्म के घी में ज़्यादा विटामिन होते हैं।''

''लेकिन ये भी ज़्यादा सस्ते नहीं होते।''

''इनकी कीमतें भी शुद्ध घी के बराबर पहुँचती जा रही हैं।''

''इसलिए शुद्ध घी ही क्यों न इस्तेमाल किया जाए?'' जगन ने कहा, जिसे सुनकर उसके मेहमानों को चिढ़ हुई। वे सोच ही रहे थे कि इसका किन शब्दों में प्रतिकार करें, तभी कैप्टेन सोडा वाटर की चार बोतलें ले आया, और पहली, सेठ के एकदम सामने, जैसे प्रतिनिधिमंडल के नेता का सम्मान कर रहा हो, इस तरह खोली कि फड़ाक् और शूँ...की आवाज़ें करते हुए उसका झाग तेज़ी से बाहर आकर चारों तरफ गिरने लगा।

सेठ ने कुछ परेशानी जताते हुए कहा, ''मैंने कहा था न कि मुझे कुछ नहीं चाहिए।''

जगन बोला, ''इसमें सिर्फ सोडा है, और कुछ नहीं, पी जाइए।''

इस बीच कैप्टेन एक-के-बाद दूसरी बोतल खोलने लगा और दाढ़ीवाला आदमी उसके हाथ से बोतल लेकर हरेक के हाथों में पकड़ाने लगा, और सारा फ़र्श इनके झाग से भर उठा। जब बोतल जगन को दी गई, तो उसने ले तो ली, लेकिन फिर कैप्टन की ओर बढ़ा दी।

सेठ बोला, ''आप हमें सोडा पिलाना चाहते थे।''

''क्योंकि मैं जानता हूँ, यह अच्छा होता है,'' जगन ने कहा।

''तो फिर खुद क्यों नहीं पी रहे?''

जगन बोला, ''मैं दिन-भर में चार औंस से ज़्यादा पानी नहीं पीता। वह भी रात को उबाला जाना चाहिए और फिर मिट्टी के बर्तन में उसे ठंडा किया जाना चाहिए। और कोई पानी मैं नहीं पीता। जब मैं जेल में था तब भी...,'' उसने अपनी कहानी शुरू की कि दूसरों ने उसे रोककर कहा, ''क्या हमारा वक्त उपयोगी ढंग से बीता है?'' जगन नहीं जानता था कि इसका जवाब किसे देना चाहिए, लेकिन

यह याद करके कि मेज़बान तो वही है, बोला, ''जी हाँ, और मैं आप सबका स्वागत करके गौरवान्वित हुआ।''

सेठ ने उत्तर दिया, ''हमें प्रसन्नता है कि हम एक-दूसरे को समझने लगे हैं। हमें विश्वास है कि आपका सहयोग प्राप्त होता रहेगा।''

इसका क्या अर्थ है, यह समझे बिना जगन ने कहा, ''निश्चित रूप से, मैं भी सहयोग में पूरा विश्वास रखता हूँ।''

कैन्टीन वाले ने टिप्पणी की, ''अगर कुछ समय के लिए ही यह आपकी नीति है, तो हमें आपसे प्रश्न करने का कोई अधिकार नहीं है।''

सेठ ने इसमें जोड़ा, ''लेकिन यदि यह कुछ और है, तो हम बिज़नेस की दृष्टि से आपसे बातचीत करते रहेंगे। सही बिज़नेस ही हमारा साझा उद्देश्य है।''

जगन ने गले से कुछ अस्पष्ट-सी आवाज़ें निकालीं और सब चले गए। उसने उनकी गाड़ी स्टार्ट होने की आवाज़ सुनी और खुद भी काम खत्म करने का फैसला कर लिया। कैप्टेन दुकान वाले की कुर्सी वापस करने के लिए उसे उठाने आया और जगन के हाथ में एक बिल पकड़ा दिया। जगन ने पैसों का जग कई घंटे पहले दराज़ में डालकर उसे खाली कर दिया था, और अब बिल का भुगतान करने के लिए उसने दराज़ खोला, तो दाढ़ीवाला आदमी, जो सेठ के साथ बाहर चला गया था, लौट आया। जगन ने पूछा, ''कुछ भूल गए क्या?''

''नहीं,'' यह कहकर वह आगे बढ़ा और स्टूल पर बैठ गया। ''मैं उन सबको कार में बिठा आया हूँ। दरअसल मैं अगली गली में ही रहता हूँ और उन्होंने मुझे लिफ़्ट दी थी। मैंने सोचा कि मैं भी आपसे मिल लूँ। वे सब बिज़नेस की बातें कर रहे थे, इसलिए मैंने दखल देना ठीक नहीं समझा।

''मैंने तो आपको कभी नहीं देखा,'' जगन बोला।

''मैं कबीर स्ट्रीट में रहता हूँ। कम ही बाहर निकलता हूँ।'' यह कहकर वह लम्बी बातचीत के लिए स्टूल पर जम-सा गया।

''मेरा ख्याल था कि आप उनके साथ जा रहे हैं।''

''क्यों जाऊँगा जब मेरा घर इतना पास है?''

''मुझे पता नहीं था,'' जगन बोला। ''मुझे तो आपका नाम तक पता नहीं है।''

''मुझे जानने वाले मुझे चिन्ना दुराई कहते थे, मेरे गुरु से मुझे अलग करने के लिए, जिनका नाम पेरिया दोराई है। छोटे गुरु और बड़े गुरु दोनों एक-दूसरे से बिलकुल अलग हैं।''

''कौन हैं आपके गुरु?''

''आपने ज़िन्दगी में कितने मन्दिरों की यात्रा की है?'' दाढ़ीवाले ने प्रश्न किया।

जगन को लगा, आज हर कोई उससे सवाल करने पर उतारू है, फिर भी उसने जवाब दिया, "सब तरह के करीब सौ मन्दिर, या कुछ ज़्यादा।"

"इन सबमें प्रतिष्ठित देवी-देवता मेरे गुरु के ही बनाए हैं।"

जगन बोला, "अच्छा, यह जानकर कितना अच्छा लग रहा है!"

"शिव जी की मूर्तियाँ, जो संहारक हैं; विष्णु की, जो रक्षक हैं; देवी जिसने महिषासुर का वध किया और अपनी अठारह भुजाओं पर उठाकर उसे फेंक दिया; द्वारपालक, जो मन्दिर के सब दरवाज़ों पर खड़े रहते हैं; दरवाज़ों के खम्मे और दीवालों पर किए चित्रण, ये सब मेरे गुरु के ही बनाए हुए हैं, पूरे दक्षिण भारत में।" यह कहते हुए उसकी आँखें बिजली की तरह चमक रही थीं और दाढ़ी फरफरा रही थी।

जगन उसके वक्तव्य से बहुत प्रभावित हुआ, यद्यपि वह समझ नहीं पा रहा था कि उसका उद्देश्य क्या है। लेकिन घी-तेल और तलने-पकाने की बातों से यह चर्चा उसे अच्छी लग रही थी। देवताओं का उल्लेख सुनकर उसे याद आया कि मिठाई की बहसों में घिरा रहने के कारण वह कई महीने से मन्दिर के सामने से भी नहीं दर्शन कर पाया है। फिर भी उसने कहा, "मैंने दुनिया के हर भाग में मन्दिरों में दर्शन किए हैं, और यह भी अनगिनत बार और कावेरी के दोनों तटों पर बने 108 देवताओं और सभी सन्तों के नाम मुझे पता हैं। इनकी प्रतिष्ठा में संभंडर के लिखे सभी गीत भी मुझे याद हैं।" यह कहकर उसने दो-चार पद भी गाकर सुना दिए।

दाढ़ीवाले ने आँखें बन्द करके उसके गीत सुने और लय-सुर की दाद दी और उसकी स्मृति पर सन्तोष जताया। जगन को चापलूसी की यह भाषा बहुत अच्छी लगी क्योंकि इस समय उसको इसकी बहुत ज़रूरत थी और वह यह महसूस करने लगा था कि उसमें व्यावहारिक बुद्धि की बहुत कमी थी। इसके बदले में जगन ने संगीत में उसकी रुचि की प्रशंसा की। एक-दूसरे की पीठ थपथपाने के इस उद्योग में वास्तविक विषय स्वाभाविक रूप से पीछे पड़ गया था। दाढ़ी वाले ने भी मद्धिम स्वर में नहीं, बल्कि ऊँची, पूरी, गलाफाड़ आवाज़ में आँखें बन्द करके कई पद सुनाए, जिनके शोर को सुनकर कैप्टेन ने भीतर झाँककर यह सुनिश्चित किया कि सब कुछ ठीक-ठाक तो है, क्योंकि यह बाज़ार का समय था और मार्केट रोड पर चारों तरफ लोगों की आवाजाही और हल्ला-गुल्ला जारी था। गाना समाप्त करने के बाद दाढ़ीवाला मुख्य विषय पर आया। "जो भी मूर्तियाँ आपने जहाँ भी देखी हैं, सब मेरे गुरु या उनके शिष्यों की ही बनाई हैं।"

"उनका नाम आपने क्या बताया?"

"नाम को भूल जाइए। मैं उन्हें 'गुरुजी' कहता हूँ और यही काफ़ी है। उनके जैसा अब तक कोई नहीं हुआ।"

"वे सचमुच आपके गुरु थे?"

“हाँ। जीवन के आखिरी दिनों में वे मेरे सिवा किसी को भी अपने पास नहीं आने देते थे।”

“रहते कहाँ थे?”

“पास में ही। जब भी थोड़ा-बहुत वक्त मिले, आइए, मैं ले चलूँगा। नदी में उसी किनारे पर तो है। उनके बगीचे के पेड़ देख सकेंगे। कभी आप नदी पार जाते हैं?”

यह सुनकर जगन ने एक आह भरी। कई साल से उसके आवागमन का दायरा मूर्ति से दुकान तक सीमित होकर रह गया था, और उसकी मानसिक गतिविधि माली, कज़िन और मिठाइयों में ही सिमट गयी थी। वह याद करने लगा कि किस तरह वह वहाँ डूबते हुए सूरज की चमक का दृश्य निहारता था, नल्लप्पा की झाड़ियों में चिड़ियों की चहचहाहट सुनता था, अक्सर नदी के किनारे हवा खाता ठहरता था, नदी की रेत में लोटता-पोटता था या अपने स्कूल के दोस्तों के साथ घूमता और गपशप करता था; किस प्रकार महात्मा गाँधी ने इस विशाल मैदान में भाषण दिए थे और वह उस अपार भीड़ में एक छोटा-सा बिन्दु उनकी वाणी सुनकर अपने जीवन को बदलता महसूस करने लगता था। ये सब दोस्त अब कहाँ थे, जिनके चेहरे भी उसे अब याद नहीं आते थे—मर चुके थे, या जीवन के थपेड़े खाकर परास्त हो चुके थे, या अपनी पुरानी जगहों पर ही मुखौटे लगाकर और नाम बदलकर किसी तरह ज़िन्दगी गुज़ार रहे थे—जैसे वह बूढ़ा दंतविहीन वकील, या वह आदमी जो इतना ज़्यादा झुक गया था कि किसी को देख ही नहीं पाता था, और दर्जन भर बहुत से परिचित चेहरे जो कभी स्कूल के साथी रहे थे या जिनके साथ वह मूर्ति के इधर-उधर हर शाम दौड़-भाग करता खेलता फिरता था—जो आज भी जहाँ-तहाँ नज़र आ जाते हैं लेकिन जिनके साथ बीस साल बाद चार शब्द भी बोले नहीं जाते।

“आप तो सोच में पड़ गए,” दाढ़ी वाले ने कहा।

“मेरे गुरु तो गाँधीजी थे,” जगन ने कहा। दाढ़ी वाले ने इस कथन में कोई रुचि नहीं ली, शायद इसलिए कि वह अपने गुरु के अलावा किसी और को यह पदवी नहीं देना चाहता था। अपने विषय पर वापस लौटते हुए उसने उत्सुकता से पूछा, “तो आप कब मेरे साथ चलने का समय निकाल पाएँगे?”

“कल ही चलते हैं,” उसने फुर्ती से कहा, और पूछा, “लेकिन कहाँ जाएँगे? दोपहर को एक बजे के करीब आ जाना। क्या आप मुझे कलाकार की कोई मूर्तियाँ दिखाओगे?”

“नहीं, वे तो सब मंदिरों में ही हैं, यह मैं आपको बता चुका हूँ। मन्दिर बनवाने वाले उन्हें घेरे ही रहते थे। वह ऐसे लोगों में नहीं थे जो अपने काम के नमूने अपने यहाँ रखते हैं।”

उसके स्वर में इतना तीखापन था कि जगन ने उससे माफ़ी माँगी। "मेरा मतलब यह नहीं था। तो आप मुझे और कहाँ ले जाएँगे?"

"वह जगह जहाँ वे रहते और काम करते थे, और कहीं नहीं।"

"अब आप वहाँ काम करते हैं?"

"नहीं। मैंने बताया न कि मैं यहाँ दूसरी गली में रहता हूँ।"

"आप अपनी मूर्तियाँ यहीं बनाते हैं?" यह सुनकर दाढ़ीवाला बड़े ज़ोर से हँसा और बोला, "मैंने आपको बताया नहीं कि मैं क्या करता हूँ? मैं बालों के लिए ख़िजाब बनाता हूँ। मैं सफ़ेद से सफ़ेद बालों को भी काला बना देता हूँ। यह सेठ इस शहर में मेरा पहला ग्राहक है। महीने में एक बार मैं खुद जाकर उसके बाल काले करता हूँ, नहीं तो वे भक सफ़ेद हो जाते हैं। उन दिनों वह खुद मुझे गाड़ी में छोड़ जाता है—इस तरह मैं आज यहाँ हूँ। बहुत अच्छा दिन है क्योंकि आज आप जैसे महानुभाव से परिचय हुआ।"

"मुझे भी खुशी हुई। मैंने कोई मूर्तिकार पहले कभी नहीं देखा है।"

"मूर्तिकार को तो आप अब भी नहीं देख रहे हैं, बाल काले करने वाले को देख रहे हैं। मैं आपसे यह पूछने आया हूँ कि आपको मेरी सेवाओं की ज़रूरत तो नहीं है? मैं लोगों को जवान दिखाई देने की ज़िम्मेदारी लेता हूँ। सेठ मेरे हुनर की तारीफ़ करते हैं। विश्वास न हो तो पूछ लें।"

जगन क्षण-भर हिचका, फिर क्षमा-सी माँगते हुए बोला, "मैं नहीं सोचता कि मैं यह कराना चाहूँगा।" वह माली और ग़ेस की टिप्पणियों के बारे में सोच रहा था। माली तो शायद इस पर ध्यान ही नहीं देगा, वह तो उसकी तरफ़ देखता ही नहीं था। उसे परेशान करने के लिए क्यों न यह कराकर देख लिया जाए? उसे अचानक याद-आया कि वह खुद भी इस और इससे जुड़े विषयों का एक्सपर्ट है। "आदमी के बालों का रंग बहुत कुछ उसके भोजन पर निर्भर करता है। एक दिन इस विषय पर मेरी किताब छपेगी, तब देखना। अगर तुम्हारा खानपान प्रकृति के नियमों के अनुसार तय होता है, तो कभी एक भी बाल सफ़ेद होने की नौबत नहीं आएगी।"

"शायद इसी कारण भालू के बाल सफ़ेद नहीं होते," दाढ़ी वाले ने टिप्पणी की और अपने मज़ाक पर खुद ही हँसा।

लेकिन जगन के लिए यह तथ्य काफ़ी गम्भीर था। उसने कहा, "जब मेरी किताब छपने लगेगी, मैं इस पाइंट की तहक़ीकात करूँगा।"

8

तालाब में नीले रंग के कमल चारों तरफ़ खिल रहे थे, सीढ़ियों पर काई की परतें जमी थीं और वे जगह-जगह से चटक रही थीं। उसके किनारे पत्थर के खम्भों पर टिका एक छोटा-सा मन्दिर था, जिसकी ग्रेनाइट से बनी काफ़ी नीची छत मौसम, समय और यात्रियों के चूल्हों के धुएँ से काली पड़ गई थी। इस नन्हीं-सी इमारत के ऊपर और इधर-उधर बरगद, पीपल और आम के पेड़ लगे थे, जिनके पार दूर तक हरे-भरे पौधों की लतरें फैली थीं जो तेज़ हवा के झोकों में इस तरह मर्मर ध्वनि करतीं जैसे सागर की लहरें हों। इस सारे प्रदेश में हर तरह के पेड़-पौधे एक-दूसरे में घुसे-घिरे फैलते-फूलते नज़र आते थे। तालाब के जल की सतह पर सूरज चमक रहा था। दाढ़ी वाला, जो जगन को यहाँ लेकर आया था, पक्षियों को जल में खेलते देखता जैसे ध्यानमग्न हो चला था।

"कितनी शान्ति छाई है!" जगन ने मन को दबाती इस परम शान्ति में छेद करने के उद्देश्य से कहा।

दूसरे ने सिर हिलाया। 'काफ़ी बदल गया है सब कुछ। जब से पहाड़ियों पर वह प्रोजेक्ट शुरू हुआ है, बसें सड़क पर दौड़ने लगी हैं।' वह सोचता रहा, फिर बोला, "जब मैं यहाँ रहता था, गुरुजी के साथ, तब नल्लप्पा की झाड़ियों तक पैदल चलकर उस पार शहर में पहुँचने तक कहीं एक भी आदमी नहीं दिखाई देता था। तब लोग पहाड़ पर भी आज की तरह नहीं जाते थे; जंगलों में डाकू छिपे होते थे और शेर-चीते और हाथी विचरते रहते थे।" लग रहा था कि इनकी जगह अब बसों को आते-जाते देखने से उसे शिकायत हो रही है।

"आप यहीं क्यों रहने आए?" जगन ने पूछा।

"तो और कहाँ रहते? पत्थर और कहाँ मिलते हैं?" उसने झाड़ियों के पार उँगली उठाकर दिखाया। "वह मेम्पी की नाक देख रहे हैं? मुलायम पैनेल के काम के लिए यह पत्थर अच्छा रहता है। गर्भगृह में लगाई जाने वाली मूर्तियों के लिए

और ऊपर जाकर पत्थर निकालना पड़ता है, जिस पर काम करना मुश्किल भी काफ़ी होता है और टूट-फूट भी बहुत होती है।'' पत्थर की समस्याओं से उसका दिमाग़ ऊपर तक भरा लग रहा था।

जगन ने आश्चर्य पूर्वक उसे निहारा और प्रश्न किया, ''ऐसी जगह पर खाने-पीने के लिए क्या करते होंगे—वह भी बीवी-बच्चों के साथ?''

दाढ़ी वाले ने सिर झटक कर कुछ इस तरह जवाब दिया जैसे यह प्रश्न बहुत छोटा है। ''गुरुजी ऐसी बातों की चिन्ता नहीं करते थे। उन्होंने शादी ही नहीं की। मैं पाँच साल का था, तब उनके पास आया। मुझे पता नहीं कि मेरे माता-पिता कौन थे। लोग कहते थे कि गुरुजी नदी की सीढ़ियों से मुझे उठाकर लाए थे।''

जगन पूछना चाहता था कि वह किसी राह से गुज़रती औरत से कहीं उन्हीं का बेटा तो नहीं है, जिन्होंने शादी नहीं की, लेकिन चुप रह गया। दाढ़ी वाला अपने अतीत में खो-सा गया और जगन ने सोचा, 'यह सबसे सफ़ेद दाढ़ी वाला आदमी बाल घने काले करने का काम करता है! अपनी दाढ़ी पर ही यह उसका इस्तेमाल क्यों नहीं करता?' उसने सवाल किया, ''आपका बिज़नेस कैसा चलता है?'' यह सवाल उसे पहले ही पूछ लेना चाहिए था, जब वह चुप था।

दाढ़ी वाले ने उत्तर दिया, ''चिन्ता की कोई बात नहीं है। हाँ, सेल्सटैक्स वाले लोग मुझ तक नहीं पहुँचे हैं।''

''यह बड़े सुख की बात है,'' जगन ने कहा, और वह अपने यहाँ इन लोगों के समय-समय पर होने वाले हमलों की बात सोचने लगा जब उनके गुर्गे छिपे हुए हिसाब की तलाश में उसकी अलमारियों को ऊपर से नीचे तक खखोड़ डालते थे। अंत में वे उसका तैयार किया हिसाब ही स्वीकार कर लेते, और उस सारी रकम से बेखबर बने रहते थे जो छह बजे के बाद इकट्ठा होने वाले पैसे के रूप में छोटे जग में शान्ति से जमा होता चला जाता था। घर के पिछवाड़े पनपने वाले झाड़-झंखाड़ के रूप में यह अपने आप ही बढ़ता चला जाता था। उसे टैक्स नाम की हर चीज़ से एक आन्तरिक परहेज़ सा महसूस होता था जिसका कोई कारण उसकी समझ में नहीं आता था। अगर गाँधी जी ने कहीं भी कहा होता कि ''अपना सेल्स टैक्स समय पर अदा करो'' तो वह उनकी हिदायत का पालन करता, लेकिन, जहाँ तक उसकी जानकारी थी, गाँधीजी का ऐसा कोई वचन उसकी नज़र में नहीं आया था।

दाढ़ी वाला बोला, ''लेकिन देर-सवेर वे तब जागते हैं जब उनके बाल सफेद होने लगते हैं।''

जगन ने अवसर का लाभ उठाकर कहा, ''लेकिन आप खुद पालन नहीं करते।''

''मुझे अपनी सफ़ेद दाढ़ी पसन्द है, इसलिए रखता हूँ। किसी पर पाबन्दी तो नहीं है कि अपने बाल ज़रूर काले करे। अगर मुझे पत्थरों पर काम करने का अवसर

न मिलता तो मैं बाल काले करने के इस धंधे में न पड़ता। आप जानते ही हैं कि चीज़ें कैसे होती हैं। गुरुजी ने सालों मेरी परवरिश की।" (जगन ने मन ही मन इसका प्रतिकार किया, 'कैसे न करते क्योंकि किसी वहाँ से गुजरती औरत से तुम उनकी अकेली सन्तान थे?)' दाढ़ी वाले ने हॉल के एक कोने की तरफ़ संकेत किया, "वहाँ बैठकर वे मूर्ति पर काम करते और मैं पत्थर उठाकर यहाँ लाता। उनकी सारी ज़िन्दगी यहीं बीती। उनके पास बहुत कम चीज़ें थीं—जो हथेली में समा सकती थीं। उस दूसरे कोने में, जहाँ की दीवाल काली हो रही है, मैं उनके लिए ज़रा सा चावल पकाता। दिनभर वे यहाँ बैठे मूर्ति पर काम करते रहते, या हम दोनों पहाड़ी से पत्थर लाने चले जाते। वे किसी से मिलते नहीं थे, सिवाय उनके जो मूर्तियाँ बनवाने यहाँ आते थे। लोग आते हुए डरते थे क्योंकि यहाँ साँप हैं, लेकिन गुरुजी उन्हें प्यार करते थे और किसी को भी जंगल की सफ़ाई नहीं करने देते थे। इस पेड़ पर बन्दर दौड़ते रहते थे, अब भी कुछ हैं। गुरुजी कहते थे, "मैं पेड़ों के फल इनके साथ मिल-बाँटकर खाऊँगा।" उन्हें साँप, बन्दर और दूसरे प्राणियों का साथ पसन्द था; एक दफ़ा एक चीता भी निकल आया था। वे कहते थे, "हमें धरती पर एकाधिकार करने का कोई हक़ नहीं है, ये हमें नुकसान नहीं पहुँचाएँगे।" हमेशा उन्होंने इसका पालन किया। एक रात जब उनकी मौत हुई, मैं दीया जलाए रात-भर उनके पास बैठा रहा, फिर तालाब के किनारे उनके शरीर पर लकड़ी और घास-फूस रखकर आग लगा दी। दूसरे दिन मैं शहर आया और इधर-उधर भिक्षा वृत्ति पर जीवित रहा, तभी मुझे इस बिज़नेस का विचार आया। यही है मेरी कहानी। मुझे ज़िन्दगी से कोई शिकायत नहीं है, हालाँकि उन दिनों मैं ज़्यादा सुखी था...।" यह सब सोचता-विचारता वह कुछ देर इस छोटे से हॉल में घूमा, फिर एक ताक़ में झाँक कर बोला, "यहाँ एक देवता की मूर्ति थी जो हमारे यहाँ आने से कई वर्ष पहले चुरा ली गई थी। एक रात गुरुजी ने मुझे जगाकर कहा, "इस मन्दिर के लिए मैं एक नई मूर्ति बनाता हूँ। तब फिर यहाँ रौनक हो जाएगी।" उन्होंने सपने में पंचमुखी गायत्री के दर्शन किए थे, जो रूप कहीं दिखाई नहीं देता, ज्योति की देवी...। उन्होंने इसे बनाने के लिए एक पत्थर भी काटा था और उस पर पहले अंकन किए थे। वह इस आँगन में कहीं पड़ी थी। मैं देखता हूँ...।" वह अचानक क्रियाशील हो उठा, हॉल के हर कोने में झाँक-झाँक कर देखता रहा, फिर पीछे गया जहाँ तरह-तरह के फूल बेतहाशा खिल रहे थे। उसे एक बाँस का डंडा मिला जो एक ढेर में पड़ा था, "अरे, यह अभी तक यहाँ है!" कहकर उसने उसे उठा लिया और उसे हाथ में लिए स्वयं हज़ारों साल पुरानी प्रतिमा की तरह इधर-उधर घूमने लगा।

इस वातावरण और भूमिका में उसे यहाँ देखते हुए, और स्वयं भी उसी के पीछे-पीछे डोलते हुए, जगन यह सोच नहीं पा रहा था कि वह बीसवीं शताब्दी में

रह रहा है। मिठाई की दुकान चलाना, पैसा और बेटे की समस्याएँ उसे छू नहीं पा रही थीं। यथार्थ की दुनिया धुँधली पड़ गई थी, पुरानी शताब्दियों का यह आदमी उसके ध्यान में व्याप्त था; लग रहा था, वह आविष्ट है। एक पेड़ के नीचे घास के एक टुकड़े की तरफ़ इशारा करके वह बोला, "यह वह स्थल है जहाँ गुरुजी को मैंने अग्नि दी थी। मुझे वह भयंकर रात अब तक याद है।" वह उस वृक्ष के नीचे आँखें बन्द करके कुछ देर खड़ा रहा और कुछ मंत्र-पाठ करता रहा। "हमें अपने शरीर के कारण कोई धोखा नहीं होना चाहिए, अपनी यथार्थ प्रकृति के बारे में। मनुष्य हड्डी और माँस-मज्जा नहीं है। गुरुजी ने यह सिद्ध भी कर दिया–" उसने यह घोषणा की, और जैसे पागल होकर अपनी छड़ी से चारों तरफ़ के पेड़-पौधों और कीड़े-मकोड़ों की धुनाई शुरू कर दी–साँप, बिच्छू, गिरगिट, पक्षी, मेंढक जो वर्षों से वहाँ सोए पड़े थे, अचानक उठ-उठकर इधर-उधर भागने लगे। हरियाली के टूटने से जो अलग सुगन्ध पैदा हो गई थी, उसे सूँघता हुआ और विनाश की इस लीला का जैसे सुख लेता हुआ वह घूमता रहा। फिर बोला, "मैं जानता हूँ जो साँप यहाँ सोए पड़े होंगे, वे हमारे आते ही कहीं और चले गए होंगे। उनकी आदतें विलक्षण होती हैं, बहुत सतर्क, बहुत सतर्क और सचेत... ।" घास-फूस के नीचे पत्थर के कटे-छँटे टुकड़े और दूसरी छोटी-मोटी चीज़ें नज़र आने लगीं। उसने छड़ी से उनकी तरफ़ इशारा कर-करके बताना शुरू किया, "यह विष्णु भगवान का पायदान है, जो किसी मन्दिर के लिए बनाए थे; वे बाँहें हैं सरस्वती की, विद्या और ज्ञान की देवी–पत्थर में ज़रा सी दरार पड़ जाने के कारण इनका उपयोग नहीं किया जा सका था। गुरुजी यह दोष देखकर इतने दुखी हुए कि उन्होंने फौरन उसे दरवाज़े से बाहर फेंक दिया, और तीन दिन तक किसी से नहीं बोले। ऐसे अवसरों पर मैं उनसे दूर रहता था, और इमली के उस पेड़ के पीछे छिपा रहा। जब मूड ठीक हो गया तो उन्होंने मुझे बुला लिया।... और वह दूसरा ब्लाक कहाँ है? कहाँ है? दो वर्ग फीट वाला? उसके हाथ-पैर तो नहीं निकल आए जो यहाँ से चला गया?–हालाँकि, मैं आपको बताऊँ, अगर मूर्ति एकदम बढ़िया बनी हो, तो वह अपने आसन पर स्थिर नहीं रहती। मुझे नृत्य करने वाले शिवजी, नटराज की वह कहानी कभी नहीं भूलती, जो इतनी सर्वांग-सम्पूर्ण बनी थी कि उसने बात-की-बात में तांडव नृत्य शुरू कर दिया और सारा शहर हिलने-डुलने लग गया, और इसे रोकने के लिए मूर्ति की एक उँगली ज़रा सी तोड़नी पड़ी। इसलिए सुरक्षा के लिए मूर्तिकार लोग हमेशा अपनी बनाई सब मूर्तियों में ज़रा सा दोष अवश्य छोड़ देते हैं।"

वह इस तरह बोलता रहा और जगन मुँह बाए इस नई दुनिया को अपने सामने खुलते हुए देखता रहा। उसे अचानक महसूस हुआ कि इस सबके सामने उसका सारा जीवन कितना क्षुद्र रहा है–लॉली की मूर्ति से गिठाई की दुकान तक, और

माली की समस्याएँ। इन सबका क्या अर्थ है? "क्या मेरा नया जन्म हो रहा है?" वह सोचने लगा। फिर ज़ोर से बोला, "ये सब बातें जीवन का अंग हैं लेकिन सब कुछ गुज़र जाता है।"

दाढ़ी वाले ने अचानक की गई उसकी इस टिप्पणी पर आश्चर्य व्यक्त किया और कहा, "सही है, सही है, आपको अपने यथार्थ से कभी अलग नहीं होना चाहिए, जो हड्डियाँ और रक्त-माँस नहीं हैं।" यह कहकर उसने अमरूद के पेड़ पर नज़र डाली, एक अमरूद तोड़ा और दस साल के बच्चे की तरह चहककर उसमें दाँत गड़ा दिए। "इस पेड़ में हमेशा बढ़िया फल लगता है। बन्दरों को यह बहुत पसन्द है और कई दफ़ा इसके ऊपर उतने ही बन्दर चढ़े दिखाई पड़ते हैं जितने उसमें पत्ते होते हैं।" उसने फिर शाखा को पकड़कर अपनी ओर खींचा, एक अमरूद तोड़ा और उसे जगन की ओर बढ़ा दिया। जगन ने ले तो लिया पर खाया नहीं। "मैं मीठा और नमकीन नहीं खाता।"

"क्यों?" दूसरे ने पूछा।

"बात यह है...," अपना इस बारे में दर्शन बखानकर वह बोला, "यह सब मैंने अपनी किताब में अच्छी तरह समझाया है।" 'किताब' शब्द सुनते ही दूसरे की रुचि इसमें खत्म हो गई। उसे पत्थर और ताड़ पत्र पर अंकित शब्द ही समझ में आते थे, और मुद्रित पुस्तक उसे आकर्षित नहीं करती थी। लेकिन जगन पर उसकी इस उपेक्षा का कोई प्रभाव नहीं पड़ा और वह बताने लगा, "नटराज छाप रहा है मेरी किताब, उसे जानते हैं?" लेकिन दाढ़ी वाले को इसका उत्तर देने में ज़रा भी रुचि नहीं हुई, उसने जगन की पूरी तरह उपेक्षा की, और उसने यह भी नहीं देखा कि उसके हाथों से अमरूद ज़मीन पर जा गिरा है—वह यही निश्चय नहीं कर पा रहा था कि भोजन-शास्त्र की दृष्टि से अमरूद खाना लाभदायक है या नहीं। अगर लाभदायक हो तो उसे न खाना कितनी शर्म की बात थी, क्योंकि हरा-पीला मुलायम अमरूद बहुत आकर्षक था। अपने स्वास्थ्यवर्धक भोजन के सिद्धान्त निश्चित करने से पहले वह हर रोज़ दर्जन भर अमरूद खा जाया करता था और सात से बारह की उम्र के बीच तो उसके बदन से भी अमरूद की खुशबू आने लगी थी। उसके घर के पिछवाड़े अमरूद का बहुत बड़ा पेड़ था, और एक दिन उसके पिता ने यह कहते हुए उसे काटकर फेंक दिया था कि "जब तक यह शैतान यहाँ खड़ा रहेगा, तब तक ये बच्चे और कुछ नहीं खाएँगे।...देखो, कैसे एक-के-बाद दूसरा पेट के दर्द से तड़पने लगता है।" वह धीरे-धीरे दाढ़ी वाले के पीछे घूमता इन्हीं बातों को सोचता चला जा रहा था, कि दूसरा उससे पूछ बैठा, "आप मेरी बात सुन भी रहे हैं या नहीं?"

"हाँ, हाँ, क्यों नहीं?" उसने सिर को झटका देकर कहा।

"हम कितनी देर से चक्कर लगा रहे हैं, लेकिन वह पत्थर नहीं मिला। वैसे होना तो यहीं कहीं चाहिए...," दाढ़ी वाला कह रहा था। उसने डंडे को सामने टिकाया और उसपर अपनी ठोढ़ी रखकर सोच में डूब गया।

जगन ने प्रश्न किया, "इसके लिए इतना परेशान क्यों हैं?"

"ज़रूरी बात है, बहुत ज़रूरी। जब मिल जाएगा, तब आपको पता चल जाएगा।" फिर डंडे से अपना मुँह हटाकर बोला, "अब मुझे याद आया, आइए मेरे साथ।" यह कहकर वह तेज़ी से तालाब की ओर बढ़ा। "मेरे पीछे आइए। सीढ़ियाँ चिकनी हैं, ध्यान से चलें।" यह कहकर वह नीचे उतरा और पानी उसके घुटनों तक आ गया। जगन ठिठका, वह इसका उद्देश्य समझ नहीं पा रहा था। "कहीं ऐसा तो नहीं कि यह मुझे तालाब में धक्का दे दे और शहर लौटकर कहे कि मिठाई वाला नहीं रहा।" दाढ़ी वाला बहुत उत्तेजित लग रहा था, उसने सिर उठाकर आवाज़ लगाई, "आप आते क्यों नहीं? धोती भीग गई तो क्या होगा, सुखा ली जाएगी।"

जगन काई-लगी सीढ़ियों पर धीरे-धीरे उतरने लगा, उसके पैरों में चुनचुनी मचने लगी। धोती भी गीली हो गई और उसे हलकी सी कँपकँपी भी महसूस हुई, लेकिन उसे नीले कमल के फूलों के ऊपर मँडराते भौरों को देखकर बहुत अच्छा लग रहा था। उसकी चेतना जैसे ऊपर उठ रही थी—इस क्षण यहाँ मृत्यु को प्राप्त होना कितना सुख देगा, दुनिया की समस्याएँ सब अपने आप हल हो जाएँगी। वह अपने ख्यालों में डूब-उतरा रहा था, कि दोनों हाथ-पैरों पर पानी में घुसे दाढ़ी वाले ने सिर ऊपर उठाकर कहा, "यहाँ आओ,"—उसकी आँखें चमक रही थीं और दाढ़ी हवा में फरफरा रही थी। जगन सोचने लगा, "अब इससे छुटकारा नहीं है। अब ज़रूर यह मेरे हाथ पकड़कर मुझे पानी में दबा देगा। क्या करूँ...रुकूँ या भाग लूँ? नहीं, यह ठीक नहीं होगा।" उसने कदम और आगे बढ़ाया। अब उसकी कमर तक पानी आ गया था। 'गठिया के मरीज़ों के लिए ठंडा पानी फायदा पहुँचाहता है, लेकिन मुझे तो गठिया नहीं है।...अगर यहाँ मैं डूबकर नहीं मरा तो बाद में निमोनिया से ज़रूर मर जाऊँगा। फिर अगले जन्म में मैं क्या बनकर पैदा होऊँगा...,'—और वह सम्भावनाओं पर विचार करने लगा। पालतू कुत्ता? खतरनाक बिल्ली? सड़क का गधा? हाथी पर सवार महाराजा? कुछ भी बनूँ, इस हलवाई होने से तो अच्छा ही होगा, जिसका ऐसा बिगड़ा हुआ बेटा भी हो।

दाढ़ी वाले ने नीचे झुके-झुके ही आज्ञा दी, "यहाँ हाथ डालकर देखो कि क्या है..."

जगन ने आज्ञा का पालन करने के लिए काई पर पैर जमाकर हाथ नीचे बढ़ाया। "वहाँ क्या महसूस होता है?" दाढ़ी वाले की कड़क आवाज़ सुनाई दी। जगन महसूस कर रहा था कि जब से दाढ़ी वाले ने इस जंगली बाग़ में प्रवेश

किया है, तब से वह अधिकारी ढंग से व्यवहार कर रहा है। अब वह कबीर गली का मीठा बोलने वाला बालों का रंगसाज़ नहीं रहा है, बल्कि सैनिक टुकड़ी के कमांडर की तरह आदेश देने वाला छोटा-मोटा अफसर ही बन गया है, जिसे यह भी विश्वास है कि उनका पालन किया जाएगा। जगन ने डरते-डरते अपनी बाँहें पानी में डालीं, तो किसी चीज़ ने उन्हें कसकर पकड़ लिया और वह एकदम चीख़ उठा—लेकिन यह दूसरे आदमी के हाथ थे। दाढ़ी वाला उसके हाथ थामकर पत्थर पर फिराने लगा, और उसके चेहरे पर मुस्कराहट झलक आई। "यही वह पत्थर है। अब इसे निकालते हैं। अपनी तरफ़ से इसे सँभाल कर पकड़ लो। उठा नहीं पा रहे? मैं समझ गया। अगर आप दूसरे लोगों की तरफ सामान्य ढंग से रहते और अपनी दुकान की मिठाइयाँ भी खाते, तो ज़्यादा ताक़त होती। मुझे याद आया कि गुरुजी ने इसे यहाँ पानी में क्यों रखा क्योंकि वे इसकी सतह के दाने निकालना चाहते थे। उसमें कुछ खरोंचें महसूस हो रही हैं? उन्होंने काम भी शुरू कर दिया था, लेकिन अचानक तय किया कि इसे पानी में कुछ समय रखना चाहिए—वे हमेशा कहते थे कि पत्थर को पानी में जितने ज़्यादा समय तक रखा जाए, उतना...।" फिर उसने चारों तरफ़ नज़र घुमाई और निराशा से कहा, "अगर आप इसे बाहर खींचने का मन बना लें...बस, इच्छा-शक्ति की कमी है। यह कोई बहुत बड़ी मूर्ति भी नहीं है, काफ़ी छोटी है, मुश्किल से दो फीट की, और जब पूरी बन जाएगी तो डेढ़ की ही रह जाएगी। क्या आप डेढ़ फीट रह जानेवाली मूर्ति का पत्थर भी नहीं उठा सकते? मैं हाथ का सहारा-भर चाहता हूँ, उठा तो मैं खुद ही लूँगा। ज़रा मदद कीजिए।"

वह बारी-बारी से प्रार्थना और डाँट-फटकार दोनों ही कुछ इस तरह कर रहा था, कि अन्त में जगन को फैसला करना पड़ा कि इसे निकाले बिना कोई चारा नहीं है। यह सोचकर उसने सिर पर पहले फेंटा बाँधा और धोती को ऊपर लेकर कसा। फिर साँस रोककर पत्थर का अपनी तरफ़ वाला हिस्सा बाहर खींचने के लिए कसकर पकड़ा—लेकिन क्षण-भर रुककर यह सोचा कि इस उम्र में इतना बड़ा पत्थर इस तरह उठाना क्या स्वास्थ्य की दृष्टि से कुछ हानिकर तो नहीं साबित होगा। लेकिन यह समय स्वास्थ्य और शारीरिक हानि पर ध्यान देने का नहीं था। उसने ज़ोर लगाया और ऊपर पहुँचते ही पत्थर वहीं पर पटक दिया और बाहर निकलकर घास पर लम्बा लेट गया और आँखें बन्द कर लीं।

जब उसकी साँस में साँस आई तो उसने देखा कि वह दूसरे पत्थर को लुढ़काता लिए जा रहा है, और कह रहा है, "यह मूर्ति का ऊपरी हिस्सा है; पास आओ और देखो गुरुजी ने छेनी से निशान डाले हैं और देवी की पूरी आकृति भी बना दी है।" फिर वह उस पर लगी काई की परतों पर परतें खरोंच-खरोंचकर फेंकने लगा और पत्थर सूखने को छोड़ दिया, और जैसे ध्यानमग्न हो गया। जगन की नज़रों के लिए

यह और पत्थरों की तरह एक पत्थर ही था, और इसमें खोदी रेखाएँ भी सन्तोषजनक नहीं थीं, लेकिन दाढ़ी वाला इसे देखकर जैसे नशे में डूब गया था। "ये देवी के हाथ हैं; उनके दस हाथ हैं, और उन दो हाथों को छोड़कर जिनसे वे सुरक्षा और आशीर्वाद दे रही हैं, बाकी सब हाथों में उनका कोई-न-कोई विशेष पदार्थ है। कुछ समय तक वह देवी के वर्णन में व्यस्त रहा, फिर उनकी कहानी सुनाना शुरू किया।

"मुझे देवी की कहानी पता है," जगन ने कहा।

"किसे पता नहीं है?" बाल काले करने वाला बोला, "फिर भी इसे बार-बार सुनने से पुण्य होता है। देवी हमेशा आपकी रक्षा करेंगी और जिस काम में हाथ लगाएँगे, उसमें सफलता प्रदान करेंगी।" फिर वह संस्कृत के श्लोक बोलने लगा। आसमान में चिड़ियाँ अचानक चहचहाने लगीं। तालाब के किनारे बैठे मेंढक पानी में कूद गए और जगन पानी में इन जीवों के चलने-फिरने से बनने वाली लहरियों को देखने लगा।

दूसरा बोला, "अगर मैं यह काम पूरा करने में अपना जीवन लगा सकूँ तो मैं शान्ति से मरूँगा।"

"आपकी उम्र क्या है?" जगन ने पूछा।

"उम्र जानना चाहते हैं? अच्छा अन्दाज़ा लगाइए।"

इन प्रश्नों का उत्तर देने से जगन हमेशा बचता था। वह तय नहीं कर पाता था कि पूछने वाला अपने को युवा दिखाना चाहता है या सही उम्र से ज़्यादा, इसलिए इस बहस से कतराते हुए उसने कहा, "मुझे अन्दाज़ा नहीं है...," और उसके सिर पर नज़र डाली जो एकदम गंजा था। (यहाँ तो डाई हो ही नहीं सकती, उसने सोचा।)

"मैं उनहत्तर का हूँ," दूसरे ने सपाट ढंग से कहा। "मैं सत्तर का होने पर शान्ति से मरने को तैयार हूँ, अगर मैं यह मूर्ति पूरी करके उसे मन्दिर में पधरा सकूँ।"

"आप साल-भर में इसे पूरी बना लेंगे?" जगन ने पूछा।

"बना सकूँगा या नहीं," उसने कहा, "यह मैं कैसे बता सकता हूँ? यह तो भगवान के हाथ में है। इतने समय पानी में पड़े रहने के कारण पत्थर कभी भी बीच से चटख सकता है, तो फिर क्या होगा?" इस स्थिति में जगन को कई सम्भावनाएँ दिखाई देने लगीं। वह सोच ही रहा था कि क्या कहूँ कि दूसरे ने कहा, "तब टूटी प्रतिमा को ज़मीन में गाड़कर नए सिरे से पत्थर खोद-निकालकर उसे पानी में रखकर काम शुरू करना पड़ेगा, और क्या?"

"अगर वह भी टूट जाए तो?"

"यह प्रश्न और विचार ही अशुभ है," दाढ़ी वाले ने आँखें तरेरकर देखा और बोला, "दूसरा पत्थर ज़्यादातर नहीं टूटता।" दोनों कुछ देर चुप बैठे रहे, फिर दूसरा कहने लगा, "दशभुजा देवी। यह कल्पना ही मुझे जगा देती है।" वह संस्कृत का

''मुक्त विद्रुम हेमा...'' गीत गाने लगा। छन्द पूरा करने के बाद पूछने लगा, ''इसका अर्थ समझते हैं?''

''हाँ, मोटे तौर पर,'' जगन ने सावधानी से उत्तर दिया।

''इसका अर्थ यह है कि देवी जिसकी आकृति मुक्ता के समान श्वेत है, मुक्ता यानी मोती, और हेम, यानी सोना, और आकाश का नीला रंग और सीपी का लाल...,'' यह कहकर उसने लम्बी साँस भरी, कुछ देर रुका और फिर आगे कहने लगा, ''चूँकि देवी ही वह प्रकाश हैं जिससे सूरज चमकता है, उनके भीतर रोशनी के सब रंग हैं और हर तरह की चमक है, जो उनके अलग-अलग रंगों वाले पाँच चेहरों से व्यक्त होता है। उसके दस हाथ हैं, एक हाथ में एक शंख है, जो ध्वनि का मूल है, एक में चक्र है जिससे विश्व को गति प्राप्त होती है, भाला है जो दुष्ट शक्तियों का नाश करता है, रस्सी है जो बाँधती है, सौन्दर्य और सन्तुलन के लिए कमल का फूल है, एक भिक्षा-पात्र और एक कपाल है। उसके देवत्व में वह सब विद्यमान हैं जिसे हम अपनी सूखी हड्डियों से लेकर सृष्टि की सुन्दरतम रचना में महसूस करते हैं।''

इस विवरण से जगन आश्चर्य और आतंक से भर उठा। दाढ़ी वाला कुछ देर शान्ति से बैठा रहा, फिर कहने लगा, ''मेरे गुरुजी हमेशा देवी के इस रूप का चिन्तन करते थे और दूसरों के ध्यान के लिए उसी को व्यक्त करने का प्रयत्न करते थे। यही उनका उद्देश्य था और इसी को मैं अपने कार्य में प्रदर्शित करना चाहता हूँ।'' अब वह काम की बात पर आया, ''इस कार्य में आप जैसे लोग ही सहायता कर सकते हैं।''

यह सुनकर जगन चौंक उठा। वह नहीं जानता था कि यह सब उद्योग उसी के लिए किया जा रहा है। ''कैसे? कैसे?'' उसने चिन्तित होकर पूछा, और दूसरे के जवाब देने से पहले ही कह उठा, ''मुझसे ज़्यादा उम्मीद मत लगाना। नहीं, नहीं। मैं एक साधारण व्यापारी-भर हूँ।''

दाढ़ी वाला बोला, ''आप यह बाग़ खरीद क्यों नहीं लेते और यह मूर्ति यहाँ लगवा देते?''

''मैं...अरे मैं...नहीं।'' उसने अपना सुरक्षा का घेरा कड़ा करते हुए कहा, और बात को हँसकर उड़ा देने की कोशिश की, लेकिन दाढ़ी वाला बड़े गम्भीर भाव से उठकर खड़ा हुआ और एक उँगली उसकी आँखों के सामने करके कहने लगा, ''ठीक है, मैं समझ गया। मैं तो सोचता था कि आप को यहाँ के वातावरण में बहुत सुख और आराम प्राप्त होगा।''

''हाँ, हाँ, ईश्वर जानता है कि मुझे ऐसे स्थान की कितनी ज़रूरत है। मेरे मित्र, आप जानते हैं कि ज़िन्दगी में एक समय ऐसा आता है जब मनुष्य को सब कुछ छोड़-छाड़कर एकदम गायब हो जाना चाहिए जिससे दूसरे लोग शान्ति से जीवन बिता सकें।''

"शास्त्रों के अनुसार भी मनुष्य के लिए यही उचित है, जीवन में समय आने पर पति-पत्नी दोनों को जंगल में चले जाना चाहिए, जिससे युवा पीढ़ी अपने अनुसार सुखी जीवन बिता सकें।"

जगन को दाढ़ी वाले का यह कथन इतना पसन्द आया कि वह जीवन से अपने अलग होने की इच्छा विस्तार से उसे बताने को तैयार हो गया—पत्नी का देहान्त, बेटे का विकास और उसकी अद्भुत योजनाएँ, कि कैसे लॉली की मूर्ति के पीछे बना उसका पुराना घर अब उसके लिए बिलकुल नरक बन गया है, लेकिन उसने अपनी ज़बान बन्द रखना ही उचित समझा। उसे अपने बेटे की समस्या दूसरों को बताना अच्छा नहीं लगा—यह सोचकर कि बाहरी आदमी को अपने घाव क्यों दिखाए जाएँ।

9

जगन के पास अब अपनी अलग चाभी थी जिससे वह चुपचाप ताला खोलता, भीतर जाता और अपने तथा बेटे के कमरे के बीच का दरवाज़ा बन्द कर देता। फिर कोट उतारकर कील पर लटकाता और कुरता खींचते हुए घर के पिछवाड़े चला जाता, खूब पानी अपने ऊपर उंड़ेल-उंड़ेलकर नहाता और बाथरूम से निकल आता। आज उसे भूख लग रही थी, इसलिए उसने चूल्हे पर पानी चढ़ाया, उसमें सब्जियाँ काट कर डालीं और फिर दरदरा पिसा गेहूँ डाल दिया। दिन काफी गरम था, इसलिए उसने सिर्फ बनियान पहन ली। इधर उसका डिनर तैयार हो रहा था, उधर उसने देवताओं के सामने खड़े होकर क्षण-भर के लिए आँखें बन्द कीं, फिर एक दीया जलाकर एक बड़ी-सी अलमारी के पीछे से अपना छोटा-सा चरखा निकाला और उस पर सूत कातने बैठ गया। चरखे से निकल रही घर्र-घर्र की आवाज़, और उसकी अँगुलियों से निकलता महीन सूत उसे बड़ी आत्मिक शान्ति दे रहा था जिसमें वह अपने दिन-भर की थकान और उलटे-सीधे विचार, सब कुछ भूल गया। गाँधीजी ने देश की अर्थ-व्यवस्था सुधारने के लिए ही चरखे का प्रचार नहीं किया था, इसमें मनुष्य के कष्टों को भी भुला देने की क्षमता थी। लेकिन वह कुछ अनुभव भी कर रहा था, जैसे उसका जीवन अब बदलने लगा है। अगर यह सच है, तो उसे इसका विरोध क्यों करना चाहिए? कल तक वह अपनी दुकान और परिवार की समस्याओं में उलझा था, आज वह अपने को एक बिलकुल नया आदमी अनुभव कर रहा था। उसमें एक आन्तरिक परिवर्तन उत्पन्न होने लगा था; वह अब भी अपनी दुकान और परिवार की चिन्ता कर रहा था, परन्तु इस नए सम्पर्क ने उस पर गहरा प्रभाव डाला था। जैसे ईश्वर ने उसकी इस कठिनाइयों से जूझती ज़िन्दगी पर तरस खाकर उसका उद्धार करने के लिए उस दाढ़ी वाले आदमी को भेज दिया था। आँगन में खुले आसमान के नीचे चरखा कातते हुए, ऊँचे खड़े नारियल के पेड़ों के नीचे बहती ठंडी हवा में वह अपनी 'स्थितियों का बड़ा स्पष्ट और सरल विश्लेषण' करने लगा। वह सोचने

लगा कि यह दाढ़ी वाला कहीं आसमान से उतरा कोई फरिश्ता तो नहीं था, नहीं तो, जब उसे ऐसे किसी की सख्त ज़रूरत थी, तभी वह अपने-आप क्यों प्रकट होता? और वास्तव में किसको किसकी ज़रूरत थी?—उस आदमी ने तो कहा था कि मुझे देवी की स्थापना करने के लिए आपकी ज़रूरत है, लेकिन मैं भी तो ऐसे ही किसी की ज़रूरत महसूस कर रहा था? उससे यह पहेली सुलझ नहीं रही थी, इसलिए उसने उसे वहीं छोड़ दिया। लेकिन यह स्मृति बहुत शक्तिशाली थी : उसने पंचमुखी देवी का जो चित्र खींचा था, वह उसे रोमांचित कर गया था। तो क्या वह देवी की स्थापना करने में उसकी सहायता करे? उसे वह बिलकुल भी नहीं जानता था, इसलिए उस पर विश्वास कैसे किया जाए? विश्वास का आधार क्या हो? वह मूर्ति बना लेगा तो क्या करेंगे? उसके साथ उस जंगल में रहना होगा और उसे और भी मूर्तियाँ बनाने की प्रेरणा देनी होगी? उसकी हेयर डाई का क्या होगा? शायद मिठाई की दुकान चलाने के साथ-साथ वह इसका भी बिज़नेस चलाएगा? सफ़ेद बालों वालों को ढूँढ़-ढूँढ़कर उनके बाल काले करवाए जाएँगे और पैसा कमाया जाएगा, जिससे माली को और ज़्यादा परेशानी होगी। उसने कुछ देर के लिए चरखा कातना और विचार करना बन्द किया और चूल्हे पर चढ़े बर्तन पर नज़र डाली; इसके बाद फिर चरखे पर लौट आया और प्रकृति के इस नियम पर आश्चर्य करने लगा कि गेहूँ पूरे तीस मिनट में पकता है; अगर उसे चालीस मिनट तक पकाया जाए तो वह हलुवा बन जाता है और स्वास्थ्य की दृष्टि से लाभदायक नहीं रहता। खाना बनाने और खाने के बीच सबसे महत्त्वपूर्ण यह सूक्ष्म नियम है। यह एक विज्ञान है—और यही बात वह अपनी पुस्तक के द्वारा स्थापित करना चाहता है—जो, यदि नटराज चाहता तो अब तक पाठकों के हाथों में होती। नटराज इस किताब के मामले में इतना ढीला क्यों है, जबकि माली का प्रॉस्पेक्टस उसने बड़ी फुर्ती से छाप दिया? सम्भव है, उसे मेरे विचार पसन्द न हों, लेकिन प्रेस वाले को किसी के विचारों पर क्यों ध्यान देना चाहिए? उसे तो शिवरामन की तरह होना चाहिए जो कोई मिठाई पसन्द न हो तो भी उसे खुशी से बनाता है। चरखे पर उतरता सूत, शिवरामन द्वारा बनाई जानेवाली सिवइँयों की तरह महीन होकर निकल रहा था; पहिया घर्र-घर्र करके खाँसता-खूँसता चलता जा रहा था। खुले आसमान में नारियल के पेड़ों के ऊपर चाँद मुस्कराता रहा था और उसके नीचे बादल के दो टुकड़े गुज़रते नज़र आए। उसने सोचा, 'इस साल मानसून शायद जल्दी आ रहा है!' फिर उसे ख्याल आया, "हर चीज़ ज़िन्दगी में अपने समय पर घटित होती है, उसका विरोध क्यों करना चाहिए?" अब वह माली का पिता नहीं था, हलवाई नहीं था जो रोज़ शाम को पैसे इकट्ठा करता था; अब वह धीरे-धीरे कुछ और होता जा रहा था, शायद दाढ़ी वाले मूर्तिकार का समर्थक—या उसका अनुगामी?

दरवाज़े पर खटका हुआ लेकिन वह चरखे की खड़खड़ में सुनाई नहीं दिया। बीच के दरवाज़े से माली भीतर आया, वह वहाँ की रोशनी में किसी दूसरे ग्रह से आया प्राणी लग रहा था—यहाँ जगन ने सिर्फ दस वाट के बल्ब लगाए हुए थे जिससे आँख की पुतलियों को हानि न पहुँचे। बेटे के प्रवेश से चकित होकर जगन ने अपने शरीर को छिपाने के लिए सीने पर एक तौलिया डाल लिया—अगर उसे पता होता कि बेटा आएगा तो वह कुरता पहने रहता। चरखा छोड़कर वह बढ़ा और माली के बैठने के लिए एक स्टूल उठाने लगा। माली ने स्टूल उसके हाथ से ले लिया और बोला, ''यह क्या तमाशा कर रहे हैं?'' फिर वह स्टूल ज़मीन पर रखकर उस पर बैठ गया। जगन अस्थिर खड़ा रहा। माली बोला, ''पापा, बैठ जाइए! लेकिन यह पहिया बन्द कर दीजिए, इससे शोर होता है और मुझे आपसे बात करनी है।''

यह सुनकर जगन को धक्का-सा लगा और उसने अपने ओंठ गीले किए। फिर चरखे को वहीं छोड़कर सीने के सामने दोनों हाथ बाँधकर खड़ा हो गया और बोला, ''अब बताओ, क्या बात करनी है?''

माली ने शिकायत के लहजे में कहा, ''शहर में हर कोई आपकी बातें कर रहा है।''

जगन ज़रा-सा तन गया लेकिन चुप रहा। उसके पेट का तनाव भी कम हो चला था, क्योंकि उसे ख्याल आया कि जब स्थिति काबू से बाहर हो जाए तो विरोध बन्द कर देना चाहिए। ''तुम क्या कह रहे हो?'' उसने पूछा। उससे बेटे का डर भी खत्म हो रहा था, ''कौन लोग क्या कहते हैं?''

''आनन्द भवन के सेठ और कुछ लोग कल आपके बारे में बात कर रहे थे।''

जगन इस चर्चा को आगे नहीं बढ़ाना चाहता था इसलिए बोला, ''तो करने दो।'' उसे अब एक नये लहज़े में माली से बात करना अच्छा नहीं लग रहा था, जिससे वह पहले एक शब्द भी सुनने के लिए तरसता था। वह माली के चेहरे से कुछ अन्दाज़ा नहीं लगा पा रहा था, क्योंकि चाँद का टुकड़ा बादल में डूब गया था और धीमे से बल्ब की ज़रा सी पीली रोशनी सब चीज़ों पर टिमटिमाती उन्हें धुँधला किए दे रही थी।

माली ने जेब से एक कागज़ निकाला, उससे कुछ पढ़ने की कोशिश की, फिर बोला, ''आप ज़्यादा रोशनी का बल्ब क्यों नहीं लगवाते?''

जगन बोला, ''हलकी रोशनी आँखों को आराम देती है।''

माली मुँह टेढ़ा करके मुस्कराया और बोला, ''यह केबिल आज मेरे सहयोगियों से आया है।''

जगन ने 'सहयोगियों' शब्द सुनकर ही सोच लिया कि वह और कुछ सुनना नहीं चाहेगा। उसे डर तो नहीं लगा, जैसा अड़तालीस घंटे पहले लग रहा था। उसके

मन में विचार आया, 'पिछले कुछ घंटों में मुझमें बहुत परिवर्तन हो गया है, जिसे यह लड़का नहीं जानता।' लेकिन मुझे इसके प्रति कठोर नहीं होना चाहिए, सद्व्यवहार में कोई बुराई नहीं है। आखिरकार यह मेरा..., उसके मन में पहले वाला प्यार जागा, और यह सीधा प्रश्न करने में उसे कठिनाई हुई, "क्या है इस केबिल में?"

माली ने फिर वह कागज़ रोशनी में निकाला और पढ़ने की कोशिश की, लेकिन याद से ही उसका आशय बताया, "कृपया केबिल से सूचित करें...प्रोजेक्ट का स्टेटस क्या है?"

सिर्फ 'केबिल' शब्द को छोड़कर जगन को यह अंग्रेज़ी समझ में नहीं आई। फिर भी उसने कहा, "उन्हें केबिल भेजने की क्या ज़रूरत थी? चिट्ठी से ही काम चल जाता।"

लड़का बोला, "हम काम तेज़ी से करना चाहते हैं। यह सब आप मुझ पर ही क्यों छोड़ नहीं देते? अब इन्हें जवाब में क्या लिखूँ?"

"यह 'स्टेटस' क्या होता है? ये किसके स्टेटस की बात कर रहे हैं?"

माली की मुट्ठियाँ कस गईं, वह बोला, "इसका मतलब है कि हम निर्माण शुरू करने जा रहे हैं या नहीं?"

"तुम इस वक्त यह बात करना चाहते हो?" जगन ने पूछा।

"मुझे कुछ तो पता चले।"

जगन को अचानक बेटे पर तरस आने लगा, जो हैरान-परेशान उसके सामने बैठा था। उसने उस दीवाल को बुरा-भला कहा जो दोनों के बीच खड़ी हो गई थी। वह बोला, "बेटा, मैं तुम्हें दुकान की ज़िम्मेदारी देता हूँ। यह तुम्हारी है, इसे चलाओ।"

लड़के ने चेहरा टेढ़ा किया, लेकिन सौभाग्य से रोशनी की कमी के कारण जगन को वह दिखाई नहीं दिया। "मैं हमेशा के लिए आपको बता दूँ कि मैं...हलवाई नहीं बनना चाहता। मैंने अमेरिका में हज़ारों डॉलर खर्च करके मूल्यवान चीज़ें सीखी हैं। हमारा देश मेरी योग्यता का लाभ क्यों नहीं उठाता? मैं...मैं नहीं...," हालाँकि वह 'हलवाई' शब्द कहने से बचना चाहता था, लेकिन इस पेशे के प्रति उसकी नफ़रत स्पष्ट हो गई। दोनों कुछ देर चुप रहे, फिर माली ने आखिरी बात कही, "आपका धंधा तो अब चौपट हो गया है?

"यह तुमसे किसने कहा?"

"धंधे का हर आदमी आपकी ही बात कर रहा है। आखिर आप करना क्या चाहते हैं?"

जगन ने कुछ नहीं कहा। माली ने एक बार फिर राइटर मशीन बनाने की अपनी योजना उसको विस्तार से बताई और प्रॉस्पेक्टस की शर्तों का खुलासा किया।

जगन आसमान के सितारों पर नज़र गड़ाए चुपचाप सब सुनता रहा। जब माली चुप हुआ तो जगन ने पूछा, "ग्रेस कहाँ है?"

"क्यों?" लड़के ने सवाल किया।

जगन के पास इसका कोई जवाब नहीं था, और वह हर प्रश्न का जवाब देने के लिए बाध्य भी नहीं था। माली ने पूछा, "मैं जानना चाहता हूँ कि आप बिज़नेस में शामिल हो रहे हैं या नहीं?"

"अगर मैं ना कहूँ तो तुम क्या करोगे?"

"तो ग्रेस को वापस लौटना होगा। उसके लिए हवाई टिकट खरीदना पड़ेगा, बस।"

"इन दोनों बातों का क्या सम्बन्ध है?" जगन ने पूछा। उसकी समझ में कुछ नहीं आ रहा था, रेडियो के पीछे लगे तारों की तरह।

लड़का बोला, "फिर उसे यहाँ रहने की क्या ज़रूरत होगी? यहाँ वह करेगी भी क्या?"

"मैं तुम्हारी बात समझ नहीं पा रहा। मैं कभी भी तुम्हारी बातें समझ नहीं पाया। उसे बुलाओ तो मैं बात करूँ।" घर में ग्रेस की मौजूदगी का वह अभ्यस्त हो गया था, उसके बिना घर खाली-खाली लगता था। अब उसके बिना सब एकदम सूना हो जाएगा।

"वह बाहर गई है," माली बोला।

"इतनी रात को कहाँ गई है?"

"वह कहीं भी जा सकती है। उससे कोई सवाल नहीं कर सकता।"

"मेरा यह मतलब नहीं है," जगन बोला। भाग्य ने शायद यही फैसला कर लिया था कि दोनों के बीच बातचीत नहीं होगी। कोई अदृश्य शक्ति दोनों की जुबान को, जब भी वे बात करना चाहते, टेढ़ा कर देती थी और वे गलत बातें बोलने लगते थे। जगन अपने बेटे के पास जाकर कहने लगा, "कहाँ जा रही है वह?" क्यों जा रही है? यहाँ उसे कोई तकलीफ़ है?"

माली उठकर खड़ा हो गया और कहने लगा, "आप उसे कहीं जाने से रोकने वाले कौन हैं? वह आज़ाद औरत है, हमारे वाहियात मुल्क की बहुओं की तरह नहीं है।"

जगन बोला, "मैं सिर्फ यह जानना चाहता हूँ कि वह जा क्यों रही है? वह आज़ाद है, कौन कहता है, नहीं है। क्या किसी बात से उसे तकलीफ़ हुई है?"

"यहाँ उसे खुश रखने के लिए है क्या?" माली बोला। "इस सड़ी-सी जगह में कोई ज़िन्दगी है? वह अच्छी ज़िन्दगी की आदी है। वह यहाँ कुछ काम करने आई थी, और अब इसलिए जा रही है कि उसके लिए कोई काम नहीं है।"

जगन जो कहना चाहता था, उसे चुपचाप पी गया कि 'वह घर की सफाई और धुलाई का काम तो करती ही है। यह घर काफ़ी बड़ा है, इसलिए यह भी कोई कम काम नहीं है, पूरे दिन का है। इससे ज़्यादा उसे और क्या चाहिए?'

"वह यहाँ मेरे साथ प्रोजेक्ट का काम करने आई थी। आपने नोटिस में उसका नाम छपा नहीं देखा?"

जगन ने सवालों का जवाब न देने की कला पूरी तरह सीख ली थी। माली बोला, "उसके करने के लिए कुछ नहीं बना, इसलिए वह जा रही है, बस। अब उसका टिकट फ़ौरन खरीद देना है।"

"लेकिन पत्नी को तो पति के साथ हर स्थिति में रहना चाहिए?"

"यह आपके ज़माने में होता था।" माली ने कहा और चला गया।

उस रात जगन को नींद नहीं आई। उनके बिज़नेस की समस्या उसकी समझ से परे थी। ग्रेस दिखाई नहीं दे रही थी। उसे उसकी उपस्थिति प्रिय थी, वह घर की एक कमी को पूर्ण करती थी। माली ने उसे कहाँ छिपा दिया था? वह तो यह भी बताने को तैयार नहीं था कि इस वक्त वह कहाँ है। क्या इस तरह कोई अपनी पत्नी के साथ रहता है?

10

जगन को ग्रेस से मिलने के लिए अवसर का इन्तज़ार करना पड़ा। घर के अगले भाग में डस्टर की आवाज़ सुनकर उसे पता तो चल गया कि वह वापस आ गई है, लेकिन वह उसके अपने कमरे में भी हमेशा की तरह सफाई करने आएगी, इसका उसे पता नहीं था। पिछले दस दिन से वह उसके सामने नहीं आई थी। लगता था, वह उससे बच रही है। यह सोचकर उसे बुरा लगता था। उसने ऐसा क्या किया था जो वह उससे दूर रहने लगी है। वह क्या सिर्फ इसलिए उसके कमरे की सफ़ाई वगैरह करती थी कि वह उसकी मशीन योजना में पैसा लगाए? अब चूँकि उसने अपनी स्थिति स्पष्ट कर दी थी, इसलिए उसके और दोनों के बीच की दीवाल और भी मज़बूत हो गई थी, और उसके सामने ग्रेस से मिलने का कोई उपाय नहीं रहा था जिससे वह उससे कुछ पूछताछ कर सके। वह सोच रहा था कि क्या वह खुद उससे मिलने की पहल कर सकता है—लेकिन इसका क्या लाभ होगा? वह दुकान जाने के लिए तैयार था लेकिन अपनी खाट पर बैठा वह यह सोचता रहा कि या तो ग्रेस खुद उधर से निकले, या माली किसी काम से बाहर चला जाए तो वह उससे खुद कुछ बात कर सके। लेकिन इन दोनों सम्भावनाओं में से कुछ भी होता नज़र नहीं आ रहा था। माली अपने कमरे में बैठा टाइप कर रहा था, फिर थोड़ी देर बाद सफ़ाई की आवाज़ आनी बन्द हो गई, फिर दोनों के आपस में बातें करने की आवाज़ें सुनाई दीं, फिर वे भी बन्द हो गईं, सारे घर में सन्नाटा छा गया और वह एकदम अकेला रह गया। कोई उम्मीद शेष नहीं रही। वह चुपचाप घर से निकलकर दुकान पहुँच गया, जहाँ रोज़-मर्रा की तरह ज़िन्दगी चल रही थी, शाम के समय ग्राहकों की संख्या बहुत बढ़ गई और उनका शोर सुनाई देने लगा। कई दिनों से, जब तक यह भीड़ छँट नहीं जाती थी, तब तक जगन गीता में ध्यान नहीं लगा पाता था। लोग यह मानते हैं कि दुकान पर मिठाई हो या न हो, घटी हुई कीमत पर मिठाई लेने का उन्हें अधिकार है—इस कारण जगन अब सोचने लग गया था कि कीमतें

घटाकर उसने गलती तो नहीं की, और क्या अब उसे पुरानी कीमतों पर वापस आ जाना चाहिए।

कज़िन भी कई दिनों से नहीं आया था। आज आया तो बताने लगा, "मैं जज साहब के परिवार को लेकर तिरुपति गया था, उनके साथ दो पोते भी गए थे जिनका वहाँ मुंडन कराना था। बड़ी शानदार यात्रा थी, तीन कॉटेज बुक कराए थे और सब कुछ उनके लिए खुला था–प्रभावशाली आदमी हैं। मैंने कितना कहा कि मैं इतने दिन बाहर नहीं रह सकता–लेकिन वे एक तरह से मुझे ज़बरन उठा ले गए।"

"तुम्हारी सबको ज़रूरत है," जगन ने कहा, "मुझे कल से हो रही है।"

"क्या सेवा करूँ?"

"कीमतें घटाने का क्या मिठाइयों के गुण पर कोई खराब असर पड़ा है?"

"यह तो कोई सोच भी नहीं सकता, मेरा यह विश्वास है।"

"आनन्द भवन का सेठ आया था..."

"मुझे पता है, खूब पता है," कज़िन बोला। "ये लोग हर वक्त तुम्हारी ही बातें करते हैं।"

"क्या कहते हैं ये लोग?" जगन अचानक उनकी राय जानने को उत्सुक हो उठा।

"लगता है, तुम पुरानी कीमतें बहाल करने को तैयार हो गए हो?"

"कह नहीं सकता...मैंने अब तक तो ऐसी कोई बात नहीं कही है," जगन बोला।

कज़िन बोला, "वे लोग तो यही सोच रहे हैं। उनके लिए यह अच्छा होगा कि वे लाइन में खड़े होकर तुम्हारा काम करने का ढंग देखें। इस भीड़ में उनके लोग भी हो सकते हैं जो यहाँ से सस्ती मिठाई खरीद कर अपनी दुकानों पर बेचते हों।" जगन ने नहीं सोचा था कि यह भी सम्भावना हो सकती है। वह परेशान हुआ तो कज़िन ने हँसते हुए कहा, "मैं तो मज़ाक कर रहा था। परेशान मत हो।"

जगन ने पूछा, "इन दिनों माली को देखा है?"

"कल शाम जज साहब के यहाँ था। उनका बेटा दोस्त है। मुझे अलग बुलाया। चाचा को कभी नहीं भूलता। बिलकुल नहीं बदला है..."

जगन ने गहरी साँस ली। "मुझसे तो कभी ठीक से बात नहीं करता। दो वाक्य ऐसे नहीं बोलता जो मुझे परेशान न करें..."

अपना महत्त्व बढ़ने से प्रसन्न कज़िन ने उसे ढाढ़स बँधाते हुए कहा, "ज़्यादा फ़िक्र मत करो। तुम समझदार आदमी हो और ऐसी बातों से ज़्यादा प्रभावित नहीं होना चाहिए।"

"उसने तुमसे क्या बात की?"

जब उसकी मित्र हाथ-मुँह धोने बाथरूम में गई, तो उसने मुझे बग़ीचे में बुलाया और कहा कि ग्रेस बहुत जल्द अमेरिका वापस जा रही है। तुम्हें बताया है यह?"

"हाँ, हाँ, लेकिन क्यों, यह मैं नहीं समझ पाया।"

कज़िन बोला, "वह बिज़नेस के सिलसिले में जा रही है। मुझे तो यही बताया। मशीन के बारे में कुछ काम है। ये लड़कियाँ कितनी हिम्मती होती हैं। बिज़नेस की बातें करने हज़ारों मील दूर जा रही है, जबकि हम यह भी समझ नहीं पा रहे कि ये कर क्या रहे हैं।"

जगन ने उसकी बात को आगे नहीं बढ़ने दिया और ग्रेस के वापस लौटने की सच्चाई को अपने तक ही सीमित रखा। बोला, "हाँ, मैंने भी यह सुना था लेकिन मैं जानना चाहता था कि कोई और बात तो नहीं है।"

"इनका बिज़नेस जमता दिखाई दे रहा है," कज़िन ने कहा। "आनन्द भवन के सेठ और कुछ और लोगों ने शेयर खरीदने का वादा किया है।"

जगन ने ताज्जुब करते हुए कहा, "इन सबसे वो बात कैसे करता है?"

"वह शहर में सब जगह आ-जा रहा है, बहुत मेहनत कर रहा है। मैंने उसे कई जगह देखा है।"

जगन बोला, "मुझे तुम्हारी मदद चाहिए। पर हँसना मत। मैं ग्रेस से बात करना चाहता हूँ, कुछ बातें जानने के लिए।" उसने कज़िन को गोल-मोल शब्दों में कुछ इस तरह सब बात बताई कि असली बात उसी के मन में रही।

कज़िन जानता था कि बहुत-सी बातें उससे छिपाई जा रही हैं लेकिन उसने ज़्यादा परवाह नहीं की। वह बोला, "मुझे ग्रेस डॉ. कुरुविला के घर कभी-कभी दिखाई देती है। वहाँ उसकी कोई दोस्त है जो अमेरिका में उससे परिचित थी। क्या मैं उससे मिलूँ और कहूँ कि तुम उससे बात करना चाहते हो?"

"माली तो उसके साथ नहीं होगा?"

"कई दफ़ा वह उस घर की लड़कियों के साथ समय बिताती है और माली बाहर गया हुआ होता है।

जगन को दो दिन इन्तज़ार में बिताने पड़े, इस बीच कज़िन योजना बनाता रहा कि माली को किस प्रकार कहीं और ले जाया जाए जिससे जगन ग्रेस के साथ अकेले में बात कर सके। एक शाम वह रोज़ की तरह मिठाइयाँ चखने उसके पास आया तो अपना काम करने के बाद तौलिए से ओंठ पोंछते हुए उससे बोला, "अगर तुम इसी वक्त दुकान से निकल सको, तो ग्रेस से घर पर मिल सकते हो। माली जज साहब के घर पर मेरा इन्तज़ार कर रहा है। मैंने उसे हिल रोड पर एक ज़मीन दिखाने का वादा किया है।"

"यह किसलिए?"

"फैक्टरी बनाने के लिए।"

"क्या तमाशा है! यह बड़े पैसे वाले की तरह बात कर रहा है। अगर इतना पैसा है तो मुझसे क्यों माँग रहा है?"

"शहर का हर आदमी उसे बड़ा बिज़नेसमैन मानता है। बातें बहुत अच्छी करता है न!"

"हाँ, सिर्फ मुझसे नहीं करता," जगन ने शिकायत के स्वर में कहा।

कज़िन बोला, "यह बातें बाद में करना। अब घर चले जाओ। अच्छा मौका है। माली शहर जा रहा है और शाम से पहले नहीं आएगा। जब तक तुम नहीं लौटते, मैं यहीं रहूँगा। माली के साथ उसके कुछ दोस्त भी जा रहे हैं।"

जगन घर गया, हाथ-मुँह धोये, फिर पूजा-घर में जाकर देवताओं के सामने खड़े होकर प्रार्थना करने लगा, "मेरी सहायता करें, मुझे ज्ञान दें, मैं नहीं जानता कि क्या करूँ।" क्षण-भर के लिए उसने ध्यान किया और इससे शक्ति पाकर हॉल का बीच वाला दरवाज़ा खटखटाया। इस समय उसका घर आना एक विशेष बात थी, इसलिए घर उसे हमेशा से काफ़ी अलग-सा दिख रहा था, और खुले आँगन से सूर्य की किरणें पीछे की दीवार और कोनों में पड़ रही थीं। "यह किसी और का घर लग रहा है," उसने सोचा, जिससे उसकी इस भावना को भी पुष्टि प्राप्त हुई कि अब वह बदलता जा रहा है। उसे दाढ़ी वाले की नसीहत याद आई, 'शुरू में जल्दबाज़ी मत करो, लेकिन जब फैसला कर लो तब फुर्ती से काम कर डालो।' यह वही बात थी जो उसने गाँधी जी से सीखी थी, लेकिन जिसे वह अब भूल चुका था। उसे याद आया कि बीस साल पहले वह वालंटियर के रूप में कैसे अंग्रेज़ कलेक्टर के बंगले में दौड़कर घुस गया था और ऊपर छत पर चढ़कर यूनियन जैक उतार दिया था और उसके स्थान पर भारतीय झंडा लगाने की कोशिश की थी। कम्पाउंड में हेलमेट लगाए सैनिक चारों तरफ़ खड़े थे, लेकिन उसकी तेज़ी ने सबको हैरत में डाल दिया था, और जब तक वे उसके पीछे छत पर जाकर उसे पकड़ते, उसने यूनियन जैक उतार कर मगरमच्छ की तरह लोहे के पोल को अपनी बाँहों में जकड़ लिया था। उन्हें उस पर काबू पाने के लिए उसे मारना और उसका सिर तोड़ना पड़ा था, जिसके बाद उसका बन्धन ढीला पड़ गया था। फिर पन्द्रह दिन बाद अस्पताल में उसकी आँखें खुलीं थी और इसके बाद वह जेल में पड़ा रहा था। उसके नेताओं ने उसे बताया था, 'सत्याग्रही पहले काम करता है, फिर सोचता है।' जो एक दफ़ा सत्याग्रही हो गया, वह हमेशा सत्याग्रही रहता है। यदि कोई अंग्रेज़ों के खिलाफ़ सत्य के लिए कार्य नहीं करता, वह किसी और के सत्य के लिए, अपने लिए, दूसरी बहुत-सी बातों के लिए, कार्य करता होता है। यह शिक्षा उसे मिली थी लेकिन अब पता नहीं

क्यों, धुँधली पड़ गई थी। इन सब भावों से अपना आत्मविश्वास बढ़ाते हुए उसने माली के कमरे पर दस्तक दी।

ग्रेस ने दरवाज़ा खोला और आश्चर्य से कहा, "अरे पापा, इस वक्त आप यहाँ? कितनी अजीब बात है!"

जगन फौरन विषय पर आ गया। "मुझे तुमसे बात करनी है। तुम यहाँ आओगी या मैं वहाँ आऊँ?"

"आइये। हॉल में अच्छा रहेगा। वहाँ कुर्सियाँ हैं।"

वह उसके साथ गया और सोफ़े पर बैठ गया। ग्रेस अपनी कुर्सी पर बैठ गई और एक उँगली से गले के हार से खेलने लगी। वह आज पीले रंग का किमोनो पहने थी और जापानी लग रही थी। जगन ने सोचा, 'रोज़ नयी लगती है!' उसे पूछने का मन हुआ, 'तुम कहीं जापानी ही तो नहीं हो?' लेकिन प्रश्न यह किया, "आज पढ़ क्या रही हो?"

"कुछ खास नहीं," और एक किताब का नाम बताया।

जगन ने अपने से कहा, 'सीधे विषय पर आ जाओ। इधर-उधर की बातें करके तुमने अपने बेटे को तो खो ही दिया है, अब इस बहू को भी मत खो देना।' उसने पहला सवाल किया, "अब तुम इस घर में नहीं दिखाई देतीं। क्या बात है?"

ग्रेस का चेहरा लाल पड़ गया। उसके ओंठ फड़के, लेकिन वह चुप रही।

उसकी परेशानी देखकर जगन ने कहा, "ठीक है, इसका जवाब मत दो।" फिर कुछ समय शान्त होने के लिए उसे देखकर, पूछा, "तुम अपने देश वापस जाना चाहती हो?"

इस बार भी उसके ओंठ फड़के, चेहरा लाल पड़ गया, और अपनी लम्बी बरौनियाँ नीचे झुकाकर वह फर्श को देखने लगी। एक कौआ काँव-काँव करता आया, और आँगन में एक छत पर बैठ गया। उसकी कठोर आवाज़ से वातावरण की शान्ति भंग हुई। वह बोली, "अरे, यह कौआ आ गया। माफ़ कीजिए।" वह तेज़ी से उठी, किचेन में गई, वहाँ से रोटी का एक टुकड़ा लाई और उसे कौए की तरफ़ फेंक दिया; जिसे लेकर वह उड़ गया। इसके बाद बहुत से कौए आए और छत पर बैठकर काँव-काँव करने लगे। "ये कितना शोर करते हैं," वह बोली। "लेकिन इन सबको खिलाने लायक मेरे पास नहीं है।"

जगन ने कहा, "दुकान में भी ये यही हाल करते हैं। सारा शहर हमारी मिठाइयाँ खाना चाहता है, लेकिन माल खत्म हो जाने से दुकान चार बजे बन्द हो जाती है।"

वह चुपचाप सुनती रही। जगन को परेशानी होने लगी। उसके सारे निश्चय धराशायी हो गए। उसे डर लगा कि अगर वह और सवाल पूछेगा तो ग्रेस कहीं रोने न लगे। उसे लगा कि कहीं उसके भीतर कोई बड़ी उलझन है, और वह उसे अकेला

छोड़ देने के लिए तैयार हो गया, उसका रहस्य कुछ भी हो। घड़ी ने चार बजाए तो वह यह कहकर उठ खड़ा हुआ, "अब मुझे दुकान पहुँचना चाहिए।"

वह उसके साथ दरवाज़े तक गई। जब जगन बाहर निकल रहा था, वह सादगी से बोली, "पापा, मो मुझे वापस भेजना चाहता है।"

"क्यों?" जगन ने चौंककर पूछा।

वह जवाब देते हुए झिझकी, जगन को लगा कि रो पड़ेगी, लेकिन उसने शान्ति से कहा, "क्योंकि सब खत्म हो गया है, बस!"

"क्या खत्म हो गया?"

ग्रेस चुप रही।

उसने पूछा, "यह विचार तुम्हारा है या उसका?"

वह बोली, "वह चाहता है, मैं वापस चली जाऊँ। कहता है, अब तुझे और यहाँ नहीं रख सकता।" माली के चरित्र के ये पहलू देखकर जगन चकित था और समझ नहीं पा रहा था कि क्या कहे। ग्रेस ने बताया, "मैं वहाँ काम करती थी। यहाँ आई तो मेरे पास दो हज़ार डालर थे। सब खत्म हो गए।"

"कैसे?"

उसने सिर्फ यह कहा, "मो के लिए मेरा कोई उपयोग नहीं रह गया है।"

"उपयोग–यह क्या होता है। मेरी पत्नी, तुम जानती हो, मैंने आजीवन उसे साथ रखा।"

ग्रेस ने झिझकते हुए कहा, "अच्छी बात यही है कि कोई बच्चा नहीं हुआ।"

ग्रेस की कुछ बातें जगन की समझ में नहीं आ रही थीं, लेकिन वह ज़्यादा पूछ भी नहीं सकता था। वह बोला, "तुम पुराण पढ़ो तो पता चलेगा कि पत्नी की जगह हमेशा पति के साथ होती है, कुछ भी हो जाए।"

"लेकिन हमारी शादी कहाँ हुई है," ग्रेस ने सादगी से कहा, "उसने भारतीय ढंग से शादी करने का वादा किया था क्योंकि यह मुझे पसन्द था। इसीलिए मुझे यहाँ लाया था।"

"और यहाँ आने के बाद शादी नहीं हुई?"

"हुई होती तो आपको पता न चलता?" ग्रेस ने कहा।

एक ही मीटिंग में यह सब जानना और उसे हज़्म कर पाना जगन के लिए कठिन हो रहा था, वह कहने लगा, "इस सबसे मैं क्या समझूँ..."

"आप वापस चलकर ज़रा देर बैठें, तो मैं बताऊँ? यहाँ खड़े रहना अच्छा नहीं लग रहा है," ग्रेस ने कहा।

जगन लड़की को देखता खड़ा रहा। बहुत अच्छी और चरित्रवान लग रही थी; उसने इस लड़की पर कितना विश्वास किया था, लेकिन दोनों पाप में रह रहे थे

और उसे कितने हलकेपन से ले रहे थे। ये किस नस्ल के लोग हैं? वह सोचने लगा। इस प्राचीन घर को इन्होंने अपवित्र कर दिया है। इनसे मुझे कितना झेलना पड़ रहा है। उसने ठंडेपन से कहा, "मैं अभी नहीं आऊँगा। दुकान जा रहा हूँ।"

शाम को साढ़े चार बजे जब कज़िन आया, जगन ने चिल्लाकर कहा, "जल्दी आओ, मैं तुम्हारा इन्तज़ार कर रहा हूँ।" कज़िन ने हाथ हिलाकर जताया कि मिठाइयाँ खाकर आऊँगा। जब तक वह किचेन में रहा, जगन का उत्साह ठंडा पड़ गया, नहीं तो उसने लम्बा भाषण देने की तैयारी कर ली थी। और जब कज़िन उसके सामने पहुँचा, तो उसने यह सवाल पूछा, "तुम माली को कितनी गहराई से जानते हो!" कज़िन ने उत्तर देने में समय लगाया और वह सड़क के पार मशीन पर काम कर रहे दर्ज़ी की तरफ़ नज़रें गड़ाए रहा, जिससे लगता था कि वह किसी गहरे सोच में डूबा है। उसने उसे हिलाकर बताया, "माली ने शादी नहीं की है।"

कज़िन के मन में कई सवाल उठे जिन्हें वह पूछना चाहता था, लेकिन उन्हें दबा कर उसने यह सोचा कि कहीं वह माली के लिए लड़की तलाश करने के लिए तो नहीं कह रहा है, इसलिए वह बोला, "हाँ, हाँ, तुम कहो तो उसकी कुंडली देखने के लिए लोगों की लाइन लगा दूँ; और जज साहब भी उस दिन कह रहे थे कि उनके भाई की पत्नी की तरफ़ से एक भतीजी है, जो तुम्हारे परिवार के साथ रिश्ता जोड़ना चाहते हैं..."

जगन को यह बात सुनकर अच्छा लगा, लेकिन उसे याद आया कि इस जीवन में तो उसे शान्ति बदी ही नहीं है। "कैप्टेन," उसने आवाज़ लगाई, "ये स्कूली बच्चे!" कैप्टेन समझ नहीं पाया कि इन्हें भगा दूँ या मिठाई पकड़ाऊँ, इसलिए उसने पूछा, "जी मालिक, इनका क्या करना है?"

"इन्हें हटा दो। किसी के साथ एक दफ़ा अच्छाई करो, तो वे उसे हमेशा के लिए अपना अधिकार समझने लगते हैं। हमारे लोगों में आत्मसम्मान बिलकुल नहीं है..."

कज़िन बोला, "मैं जानता हूँ, तुम दाम और घटाना चाहते हो, लेकिन कर नहीं सकते।"

"समाज का हिसाब-किताब बदलने का कोई मतलब नहीं है। मैं आनन्द भवन के सेठ और दूसरों को अपना दुश्मन नहीं बनाना चाहता। उनके साथ सब तरह के लोग हैं।"

कज़िन ने सवाल को तुरन्त खत्म कर देने के लिए उसकी बात मान ली, और माली के ज़्यादा रोचक विषय को बढ़ाने के लिए बोला, "आज मिले तुम लड़की से?"

जगन ने कुछ मज़ा-सा लेते हुए पूछा, "तुम उसे 'माली की पत्नी' कहने के बजाए 'लड़की' क्यों कह रहे हो?"

कज़िन सवाल से घिर गया लेकिन बचते हुए बोला, "क्योंकि वह अच्छी लड़की लगती है। कल मैं जब उससे मिला..."

वाक्य पूरा होने से पहले जगन ने कहा, "मैं उसकी अच्छाई पर सन्देह नहीं कर रहा, बस, माली से उसकी शादी नहीं हुई है।" कज़िन ने यह बात शान्ति से सुनी, कुछ पूछा नहीं, वरना इसमें से स्कैंडल की बू आने लगती। जगन ने आगे, कहा, "उसने खुद ही मुझे बताया। उस पर तो शक नहीं किया जा सकता।"

कज़िन ने सादा सवाल किया, "तो जैसा माली कहता है, उसे वापस क्यों नहीं जाने देते?" यह हल इतना सही लगा कि जगन काफ़ी देर तक चुप रहा। अब उसे यह याद करना भी कठिन लगने लगा कि गुस्से के मूड में इससे पहले वह क्या-क्या कहना चाहता था। कज़िन ने कहा, "हमारे लड़के एक नई दुनिया में रहते हैं जो हमारी दुनिया से अलग है। इसलिए उनके कई कामों से हमें बहुत ज़्यादा परेशान होने की ज़रूरत नहीं है।"

यह किसी संत के वक्तव्य जैसा लगा, लेकिन जगन उससे निर्लिप्त रहने के कज़िन के विचार से सहमत नहीं था–क्योंकि उसे वास्तविक तथ्यों का पता नहीं था। "हमारे परिवार में इस तरह की बात कभी नहीं सुनी गई। मेरे बाबा के भाई भी, जो इस तरह के कामों के लिए मशहूर थे, इन बातों से बचते रहे। उन्होंने शादी नहीं की तो यह नहीं कहा कि कर ली है, हालाँकि..."

"मैंने उनके बारे में अपने पिता से सुना है। उनकी तीन बीवियाँ थीं और बहुत सी औरतें। और उन्होंने सबकी ज़िम्मेदारियाँ निभाईं।" दोनों अपने बुजुर्गों के अनाचार का मज़ा ले रहे थे।

"मैं नहीं समझ पाता कि दो युवा लोग बिना शादी किए एक-दूसरे के साथ कैसे रह सकते हैं," जगन यह कहकर चुप हो गया और अपने मन में कल्पनाएँ करने लगा कि उसके घर में यह सब कैसे किया जाता होगा। "मेरा घर अब भ्रष्ट हो गया है। मैं उसमें वापस नहीं जाना चाहता।"

कज़िन ने कहा, "तुमने अभी कहानी का एक पहलू ही जाना है। तुम माली से बात करके पूछो कि वह क्या कहता है।"

"उसने मुझे पहले ही बता दिया है कि वह उसे वापस भेज रहा है।"

"इसका कारण तो यह है कि बिज़नेस नहीं चल पा रहा है," कज़िन ने कहा।

"क्या बिज़नेस!" उसने यह इतनी ज़ोर से कहा कि एक कारीगर जो थाल में सिर पर मिठाइयाँ लिए दुकान की तरफ़ जा रहा था, चौंककर खड़ा हो गया, और थाल उसके सिर से गिरते-गिरते बचा, जिस पर जगन ने उसकी तरफ़ आँखें तरेर

कर देखा और कहा, "मैं तुमसे नहीं कह रहा हूँ। तुम अपना काम करो।" इसके बाद वह धीरे से बोला, "ये लड़के आजकल बड़ी जासूसी करने लगे हैं, पहले की तरह सीधे-सादे नहीं रहे हैं। मुझे विश्वास है कि यह इस बारे में सब जानता है।"

कज़िन ने हमेशा की तरह अब समस्या को व्यावहारिक मोड़ दिया। "इससे तुम इतना परेशान क्यों होते हो? उनका मामला उन्हीं पर छोड़ दो।"

"लेकिन मैं सोचता हूँ कि मेरा घर भ्रष्ट हो रहा है। माली मेरा बेटा है। लेकिन ग्रेस मेरी बहू नहीं है।"

"नहीं, घटना को समझने की यह बिलकुल गलत और स्वार्थपूर्ण दृष्टि है," कज़िन ने कहा; अब वह इसके प्रति जगन की परेशानी का कारण समझ पा रहा था; उसका रोल इस संकट से उबरने के लिए जगन की भावना को सही रूप देना था। वह बोला, "तुम्हारे भगवद्गीता के अध्ययन का क्या महत्त्व है, यदि तुम इस घटना से अप्रभावित नहीं रह सकते हो? तुमने ही मुझे कई दफ़ा बताया है कि मनुष्य को वस्तुओं और परिस्थितियों से अपने को नहीं जोड़ना चाहिए।"

जगन ने यह प्रशंसा प्रसन्नतापूर्वक स्वीकार कर ली हालाँकि यदि वह स्वयं यह प्रश्न करता, तो वह यह याद नहीं कर पाता कि उसने कब और कहाँ यह सब कहा है। उसे गीता के प्रति अपनी भक्ति तो स्वीकार करनी ही थी उससे प्राप्त ज्ञान तथा बुद्धि को वह अस्वीकार नहीं कर सकता था, इसलिए उसने धीरे से यह कहा, "हम सब अपने मोह से अंधे हो जाते हैं। हर मोह किसी भ्रम को जन्म देता है और हम उसके शिकार हो जाते हैं।"

"बिलकुल सही है, बिलकुल सही है," कज़िन बोला "जीवन में सन्तुलन सबसे ज़्यादा महत्त्वपूर्ण है।"

"यही प्राप्त करने की मैं हमेशा कोशिश करता हूँ, लेकिन सफल नहीं हो पाता," उसने दुखी होकर कहा और क्षण-भर के लिए चुप हो गया। अचानक उसे याद आया कि इस घर को, जो पीढ़ियों से स्वच्छ और पवित्र चला आ रहा था, इन दोनों ने भ्रष्ट कर दिया है। अब इस घर में उनके साथ वह कैसे रह सकता है? वह कहने जा रहा था कि 'मेरा मन करता है कि मैं उनसे कहूँ कि वे जहाँ चाहे, चले जाएँ, मेरे इस घर में न रहें...,' लेकिन चुप रह गया; यह ऐसा वक्तव्य था जिसके लिए उसकी ज़बान से शब्द नहीं निकल रहे थे। कुछ बातें ऐसी होती हैं जो ज़बान से कह दी जाने पर अशुभ बन जाती हैं, मन में ही रहें तो हानि नहीं करतीं–"तुम मुझसे यहाँ रहने की उम्मीद कैसे करते हो?"

"अगर पीछे से कोई दरवाज़ा हो, तो आने-जाने के लिए उसका इस्तेमाल करो। अब ये लोग भी कहाँ रहने जाएँगे?"

"हाँ, यह तो ठीक है। घरों की आजकल कठिन समस्या है। दूसरी बात यह,

कि लोग बातें करेंगे।'' फिर उससे भी प्रार्थना की, ''मेहरबानी करके किसी को कुछ मत बताना।''

कज़िन ने चौंक कर हाथ उठाए, ''अरे, क्या बात करते हो! तुमने जो मुझे बताया है, वह मुझी तक सीमित रहेगा, इसका विश्वास करो।''

इस उद्रेक से आश्वस्त होकर जगन ने कहा, ''अब बताओ मैं क्या करूँ?''

''किस बारे में?''

''माली और ग्रेस के।''

कज़िन ने तुरन्त कहा, ''पहाड़ी के मन्दिर में तुरन्त दोनों की शादी कर दो। कुछ ही घंटों में इसकी व्यवस्था की जा सकती है।''

''मैं तो उसकी जाति तक नहीं जानता। फिर कैसे कर सकता हूँ?''

''अरे, उसका धर्म-परिवर्तन किया जा सकता है। मैं लोगों को जानता हूँ जो करा देंगे।''

जगन के कंधों से एक बड़ा बोझ उतर गया। वह बोला, ''तुम ही मेरे रक्षक हो! तुम्हारे बिना, पता नहीं मेरा क्या होता?''

11

जगन ने अपने को सबसे अलग कर लिया। उसने शुद्धीकरण भी ज़ोर-शोर से शुरू कर दिया, और इसमें उसे बहुत आनन्द आता था। उसने अपने और माल के कमरों के बीच का दरवाज़ा बन्द करके उसमें बड़ा-सा ताला जड़ दिया। उसने इन भ्रष्ट जीवन व्यतीत करने वाले युवाओं के सम्पर्क से अपने को पूरी तरह अलग करने के लिए जो भी सम्भव था, करने का प्रयत्न किया। घर के दोनों भागों के बीच हवा के आने-जाने के लिए छत पर जो खिड़की बनी थी, उसे एक स्टूल पर चढ़कर बाँस की सहायता से कस कर बन्द कर दिया। अब वे अलग ही नहीं, विलग भी हो गए थे। उसने सामने वाले दरवाज़े से आना-जाना भी बन्द कर दिया, क्योंकि इससे उसे काफ़ी लम्बी गैलरी से होकर गुज़रना पड़ता था, जिससे वे दोनों भी आते-जाते थे इसलिए उनका स्पर्श बना रहता था। एक दिन सवेरे का पूरा समय उसने यह इन्तज़ाम करने में लगा दिया, और स्टूल, सीढ़ी वगैरह सबके स्थान भी बदल दिए। दुकान जाते वक्त वह पीछे के दरवाज़े से बाहर निकलता और बगल की गली से होता हुआ मुख्य सड़क पर आता। उसने देखा कि इस रास्ते पर तो बड़ा झाड़-झंखाड़ और कीड़े-काँटे भरे हैं। इसलिए उसने फैसला किया कि फावड़ा लेकर सारी सफ़ाई कर देगा। वह पचास साल बाद इस गली से गुज़र रहा था। उन दिनों जब पिता का परिवार पिछवाड़े बनी छोटी-सी झोंपड़ी में रहता था और सामने का हिस्सा बहुत धीरे-धीरे बन रहा था, तब वह और उसका भाई यहाँ फैली बेतरतीब घास से टिड्डे पकड़ा करते थे। दोपहर की चिलचिलाती धूप में, जब सारा मालगुडी कस्बा गर्मी से जलता रहता था, और टिड्डे भी घास-फूस की ज़रा सी साया से बाहर नहीं निकलना चाहते थे, तब दोनों पूरे मनोयोग से इस कठिन काम में लगे रहते थे। बड़े भाई के हाथ में एक टिन का डिब्बा होता था, वह हथेली गोल करके टिड्डे के ऊपर जमा देता था, और टिड्डा अगर बड़ा होता, तो बड़े भाई का उस पर अधिकार समझकर उसे अपने डिब्बे में डाल लेता था; और अगर वह छोटा होता, तो उसे जगन के

हवाले कर देता था; लेकिन जगन को खुद कोई टिड्डा पकड़ने नहीं देता था। वह बड़े भाई के पीछे खड़ा होकर अपने हाथ में छोटा-सा डिब्बा लिए, भाग्य से कोई टिड्डा उसके लायक आने का इन्तज़ार करता रहता था। शाम तक वे इस काम में लगे रहते, जब तक टिड्डे भी उनकी आहट से परिचित होकर उनके आते ही कूदकर उनकी पहुँच से बाहर हो जाते थे।

कई दफ़ा उनकी बहिन उन्हें यहाँ पकड़ लेती, और उनके पीछे-पीछे टिप्पणियाँ करती जाती, कि 'तुम यहाँ इन जानवरों को मारते रहते हो, बुरी बात है। मैं अप्पा से कह दूँगी। तुम दोनों नरक में जाओगे।' जगन डर जाता और उससे कहता कि वहाँ से चली जाए, लेकिन बड़ा भाई गुस्से से कहता, 'बकने दो उसे। भगा दो यहाँ से। अप्पा से कहेगी तो मैं उसका टेंटुआ दबा दूँगा।' फिर वह उसकी तरफ़ खुखियाता हुआ दौड़ता तो वह डरकर भाग जाती। जगन सोचने लगा, 'दोनों को मैं पसन्द नहीं था।' बहिन ने गाँव के एक पैसे वाले लेकिन मूर्ख आदमी से शादी की, जिससे वह खुद भी गँवार हो गई, गन्दे-बदशक्ल बच्चों की एक फौज पैदा की; और भाई ने बँटवारे के बाद बाकी सबसे नाता ही तोड़ लिया। उन्हें अगर माली की करतूतों का पता चलता, तो उन्हें कितना अचम्भा होता! ग्रेस के घर में आने के बाद उसके सभी सम्बन्धियों ने उससे अपने सब रिश्ते खत्म कर लिए थे। साल-भर पहले उसे बहिन का एक पोस्टकार्ड प्राप्त हुआ था जिस पर लिखा था : "हमें तुम्हें अपना भाई कहने में शरम आने लगी है। पहले भी तुमने गाँधी जी के आन्दोलन में भाग लेकर जाति की सब पवित्रता खत्म कर दी थी और पिछड़ों और भंगी वगैरह सबके साथ खा-पीकर अपने को भ्रष्ट कर लिया था, तुम जेल भी गए और सब तरह की घटिया हरकतों में शामिल होते रहे, फिर भी हमने तुम्हें बरदाश्त किया। और अब सुनते हैं कि तुमने एक गोमाँस खाने वाली ईसाइन को अपनी बहू बना लिया है—क्या यह सच है! मैं अपनी ससुराल वालों के सामने तुम्हें अपना भाई बताते झिझकती हूँ। तुम्हारे जैसा बाप हो तो माली को कौन दोष दे सकता है...," वगैरह, वगैरह। उसने यह कहकर पत्र को खत्म किया, कि हमारे माँ-बाप तुम्हारी यह गन्दी हरकतें देखने से पहले ही स्वर्ग सिधार गए, जो अच्छा ही हुआ। जगन को पता चला था कि विनायक स्ट्रीट में रहनेवाला उसका भाई भी अक्सर उसकी निन्दा करता रहता था, और पिता की बरसी पर होनेवाली पूजा-पाठ में उसे बुलाना भी बन्द कर दिया था। वह बहुत पुराणपंथी आदमी था जो दस शताब्दी पहले स्थापित दस लाख अनुयायियों के एक मठ का मुख्य प्रबंधक था, और उसने आरम्भ से ही जगन के दृष्टिकोण का विरोध करना शुरू कर दिया था।

जगन को समय-समय पर दोनों के परिचितों और रिश्तेदारों से उसकी आलोचना सुनने को मिलती थी, और कज़िन भी उसे खबरें देता रहता था, क्योंकि उसके तो

शहर के हर आदमी से अच्छे सम्बन्ध थे। भाई ने एक दफ़ा यह भी कहा था, ''जब जगन जैसा बाप हो तो लड़का कैसे अच्छा हो सकता है!'' अब उन्हें इस घटना का पता लगेगा, तो वे क्या कहेंगे? वे अपने को उससे और भी दूर कर लेंगे। जगन को इस स्थिति से अच्छा भी लगता था, क्योंकि इससे उसे परिवार की ज़िम्मेदारियों और कर्तव्यों से आज़ादी मिल जाती थी। नहीं तो वे हर वक्त उससे कुछ न कुछ अपेक्षा करते रहते थे, उसे परिवार के समारोहों में जाकर समय और शक्ति बरबाद करनी पड़ती, और दरियों पर बैठकर दावत का इन्तज़ार करते हुए, सम्बन्धियों की फिजूल की बातें हँस-हँसकर सुननी पड़तीं। इस तरह उसे अपनी कई भतीजियों की शादियों से, भाई के एक-के-बाद दूसरे बच्चों के जन्मदिन से, और कई श्मशान-यात्राओं से निजात मिल गई थी।

जगन मूर्ति के पास से गुज़र रहा था, कि माली और ग्रेस के साथ जाती हरी कार वहाँ से निकली। माली ने ब्रेक लगाए और जगन के आने का इन्तज़ार करने लगा। ग्रेस ने दरवाज़ा खोलकर पूछा, ''कहाँ जा रहे हैं, चलिए छोड़ देते हैं।''

''नहीं,'' कहकर जगन ने आगे कदम बढ़ाया।

''पापा, आप घर की सफ़ाई में लगे हैं? मैं आवाज़ें सुनती रहती हूँ।''

''हाँ, मैं अपना वातावरण शुद्ध करने की कोशिश कर रहा हूँ।'' उसने ये शब्द कुछ इस प्रकार कहे कि उनका नया अर्थ व्यक्त हो जाए। माली चुप बैठा सामने देखता रहा। जगन को उसके चेहरे पर चिन्ता की गहरी लकीरें साफ़ दिखाई दे रही थीं, जिन्हें देखकर उसका दिल कौंचने लगा। अगर वह निर्द्वंद्व भाव से यह घोषणा कर देता कि ''तुम्हारी कहानी-मशीन ज़िन्दाबाद!—यह लो मेरी बैंक की किताब, इसका पैसा तुम्हारा है, अब मुझे इसकी ज़रूरत नहीं रही,'' तो उसकी सारी समस्याएँ खत्म हो जातीं। नहीं, सब तो नहीं—शादी? ये दोनों शादीशुदा नहीं हैं, फिर भी एक-दूसरे के पैर पर पैर रखे कैसे यहाँ बैठे हैं! इनका पारस्परिक सम्बन्ध क्या है? अब दोनों एक-दूसरे के खिलाफ़ भी बोल रहे हैं और एकसाथ भी हैं।

बाद में जगन ने कज़िन से कहा, ''मेरा तो मन हुआ कि इसी वक्त दोनों से निबट लूँ, लेकिन कुछ सोचकर चुप रह गया। दूसरा मौका आएगा, तब इसका आखिरी फैसला ज़रूर कर लूँगा।''

घर की ज़बरदस्त किलेबन्दी कर लेने के कारण जगन दोनों से इतना दूर हो गया कि उसे पन्द्रह दिन तक यही पता नहीं चला कि अब ग्रेस वहाँ नहीं है, और घर के सामने वाले हिस्से में कोई गतिविधि नहीं हो रही है। एक दिन वह इस स्तब्धता से इतना परेशान हुआ कि वह दरवाज़े के पीछे जा खड़ा हुआ और छेद में लगा

कागज़ निकालकर उस पर आँखें जमाकर भीतर क्या हो रहा है, यह देखने की कोशिश करने लगा। उसे वहाँ कोई दिखाई तो नहीं पड़ा, लेकिन कुछ गतिविधि ज़रूर सुनाई दी। छेद में कागज़ वापस लगाकर वह पिछवाड़े की तरफ़ गया और बाहर की खिड़की के पीछे खड़े होकर आधे लगे पर्दे में से भीतर झाँकने की कोशिश की। यहाँ कुछ दिखाई तो नहीं दिया, लेकिन माली की आवाज़ सुनाई दी, "कौन है?" जगन ने पंजों के बल भागने की कोशिश की, लेकिन माली ने दरवाज़ा खोल दिया और उसे देखकर कहा, "आप खटखटा सकते थे!"

"नहीं, नहीं," जगन ने हड़बड़ाकर कहा, "मैं नहीं चाहता था...," और बगल की गली से बाहर चला। माली ने क्षण-भर उसे ताका, फिर चिल्लाया, "पापा!" जगन यह शब्द सुनकर पुलकित हो उठा। कितने दिन बाद वह यह शब्द सुन रहा था। वह रुक गया।

बेटे ने पूछा, "आप इस तरह ताक-झाँक क्यों कर रहे हैं?"

जगन ने घबड़ाहट में पूछा, "ग्रेस कहाँ है?"

"आप यह क्यों पूछ रहे हैं?" उसने खुश्की से पूछा।

"क्योंकि कई दिनों से मैंने उसे नहीं देखा," जगन बोला और इतनी सीधी बात कहने के लिए अपने को सराहा।

माली बोला, "आपने चारों तरफ से सब कुछ बन्द कर लिया है और कहते हैं कि वह दिखाई नहीं देती? पिछले दरवाज़े से बाहर जाते हैं। क्या वाहियात बात है?"

जगन ने देखा कि पड़ोसी उन्हें बड़े ध्यान से देख रहा है, तो वह चमेली के पौधों की तरफ़ मुड़ गया। 'जब से इस आदमी ने यह घर खरीदा है, इधर ही देखता रहता है। मैंने ही इसे खरीद लिया होता जब यह मुझे मिल रहा था। इसे मैं माली को दे देता। वह तब दूर भी रहता और पास भी।' जगन ये सब सोच रहा था, और माली ने भी उस आदमी को देखकर अपना सिर नीचे कर लिया। जगन बोला, "मैं तुम दोनों से बात करना चाहता हूँ, बाहर आ जाओ।"

माली सामने के दरवाज़े से बाहर निकल आया। वह एक बढ़िया गाउन पहने हुए था और पैरों में स्लीपर थे। बाहर सूरज की तेज़ रोशनी उसे परेशान करती लगी। वह ऐसे लोगों में था जो पूरी शान-शौकत के साथ ही बाहर निकलना पसन्द करते हैं। उसने कहा, "पापा, ज़ोर से बातें मत कीजिए, मुझे वह घूरता हुआ आदमी अच्छा नहीं लग रहा है।"

"अच्छा," उसने खरखराती आवाज़ में कहा। अपनी स्वाभाविक बुलन्द आवाज़ को दबाकर बोलने में उसे तकलीफ़ होती थी, और उसके गले की नसें फूलने लगती थीं। रहस्य की स्थिति उसके स्वभाव में नहीं थी।

माली बोला, "हम बाहर क्यों बातें करें, भीतर क्यों न करें?"

जगन सच बात कहना नहीं चाहता था, इसलिए बोला, "मैंने सोचा, यहाँ माहौल खुशनुमा है।" "अच्छा," माली ने चिढ़कर कहा, "सूरज तप रहा है और लोग तमाशा देख रहे हैं..."

जगन को यह बात समझ में नहीं आई, उसे अच्छा लग रहा था कि आज बेटा बातें कर रहा है। "तो उस कोने में चलते हैं। वहाँ किसी की नज़र नहीं पड़ती।"

"लेकिन वहाँ राह चलते देखते हैं," माली बोला।

जगन ने पूछा, "लोग हमें क्यों न देखें? हममें कोई ख़राबी है?"

"हमें दूसरों की प्रायवेसी की इज्ज़त करनी चाहिए। इस देश में इसे कोई महत्त्व नहीं देता। अमेरिका में कोई किसी को इस तरह घूर कर नहीं देखता।"

"अगर हम एक-दूसरे की ओर देखेंगे नहीं, तो उन्हें समझेंगे कैसे? किसी को शर्म किस बात की हो जो वह दूसरे से अपना चेहरा छिपाए?" माली ने बहस आगे नहीं बढ़ाई। आज उसे पापा ज़रा ज़्यादा ही सवाल करते लग रहे थे। उसने चुप रहना ही ठीक समझा। जगन को अपनी जीत महसूस हुई। उसने पूछा, "ग्रेस भीतर है या नहीं? मैं तुम दोनों से एक महत्त्व के विषय पर बात करना चाहता हूँ।"

"वह यहाँ नहीं है। कुछ मित्रों के साथ रहने गई है।"

"कब गई?" जगन को लगा कि बेटे को इस तरह ज़्यादा पूछताछ करना अच्छा नहीं लगेगा, इसलिए उसने जोड़ा, "मैं सोच रहा था कि उसे देखे काफ़ी दिन हो गए।"

"आपने बीच का दरवाज़ा बन्द कर दिया है और पीछे का दरवाज़ा इस्तेमाल करते हैं। इस सबका मतलब क्या है?" जगन सोचने लगा कि क्या जवाब दिया जाए जो सही भी लगे, लेकिन माली बोलता रहा, "आप सोचते हैं कि आपके दरवाज़ा बन्द कर देने से मेरा बिज़नेस ठप हो जाएगा? हमारी चिट्ठी-पत्री चल रही है और काम जारी है। आप सोचते हैं कि मैंने अपना प्रोजेक्ट छोड़ दिया है?"

यह अफ़सोस की बात थी कि वे हमेशा की तरह खाई के किनारे पर पहुँचते जा रहे थे। जगन ने बात को नया मोड़ देना चाहा, "अब तुम दोनों की शादी हो जानी चाहिए।"

माली चीखा, "आप कहना क्या चाह रहे हैं?" जगन ने स्पष्ट किया। माली ने सिर्फ यह कहा, "आप अफ़वाहों पर भरोसा कर रहे हैं। मैं नहीं जानता था कि आपको अफ़वाहों का इतना शौक है।"

जगन को खुशी हुई कि माली ने उसे बेवकूफ़ नहीं कहा। वह बोला, "तो क्या ग्रेस खुद अपने बारे में अफ़वाहें फैलाती है? खैर, अब मैं इस बहस में नहीं

पड़ना चाहता। एक छोटा-सा मन्दिर है जहाँ तुम दोनों शादी कर सकते हो। किसी को बुलाने की ज़रूरत नहीं है, सिर्फ हम तीन और पंडित। बस, घंटे भर में सब काम खत्म हो जाएगा।''

''ग्रेस को अब अजीबोगरीब ख्याल आने लगे हैं, इसलिए मैंने कहा था कि उसे वापस अमेरिका भेज दिया जाए। लेकिन आप खर्च करने को तैयार नहीं हुए।...उसका दिमाग़ अब ठीक नहीं रहता, उसे साइकियेट्रिस्ट के पास जाने की ज़रूरत है।''

''यह क्या होता है?''

''आप नहीं जानते कि साइकियेट्रिस्ट क्या होता है? यह कैसी जंगली जगह है जहाँ कोई कुछ नहीं जानता।'' यह कहकर माली मुड़ा और भीतर चला गया; जगन अपनी जगह जमा-सा खड़ा रहा। उसने माली के शब्द याद करने की कोशिश की और सोचा कि इसका अर्थ क्या हो सकता है। उसकी कुछ समझ में नहीं आया। वह क्या करता है? लेकिन इससे पहले कि वह इसका अर्थ समझ सके, पड़ोसी मुँडेर पर उसके पास आ गया और कहने लगा, ''बहुत कम दिखाई देते हैं। बेटा क्या कर रहा है?''

''कुछ अमरीकियों के साथ बिज़नेस कर रहा है।''

''अच्छा, यह तो बहुत बड़ी बात है। तो वह देश के लिए डॉलर कमाएगा। बहुत अच्छे, वाह...।'' यह सुखदायी वाक्य सुनकर जगन वहाँ से हट गया, क्योंकि वह जानता था कि अगला सवाल लड़की के बारे में किया जाएगा। अजीब स्थिति थी–वह उसकी बहू है या नहीं? वह निश्चित नहीं कर पा रहा था कि दोनों में से झूठ कौन बोल रहा है।

12

उसकी चिन्ता बढ़ती जा रही थी। सारा दिन इसी में उमड़-घुमड़ करता रहा। वह अपने एक ही हिस्से से काम कर रहा था। शिवरामन की पूछताछ, पैसों का आगमन और निश्चित समय पर कज़िन का आना और चले जाना, सब काम मशीन की तरह होते रहे। कज़िन ने आकर मिठाइयाँ चखीं, बहुत-सी बातों की चर्चा की, और हमेशा की तरह माली की बात आगे बढ़ाने की कोशिश की, लेकिन आज जगन इस पर कुछ भी कहने को तैयार नहीं था, इसलिए कुछ देर के बाद उसने इसका प्रयत्न करना छोड़ दिया। ''कभी वह बात करता है, कभी नहीं करता। जो भी करे, ठीक है,'' यह सोचकर अपने समय पर वह वापस चला गया।

जगन ने कैश की गिनती की और लिख भी लिया, लेकिन आज उसका मन एक ही समस्या में उलझा था, माली के द्वारा खड़ी की गई समस्या। हर मीटिंग में उसका एक नया पहलू सामने आता था, जिसका पिछले पहलू से सम्बन्ध हो सकता था, और नहीं भी हो सकता था। जगन को याद आया कि गीता में भगवान ने अपना विश्वरूप दर्शाया है। जब महान योद्धा अर्जुन युद्ध के मैदान में हिम्मत हारने लगता है, तब भगवान सारथी बनकर उसके सामने आते हैं और अपना शक्तिशाली रूप प्रकट करते हैं। एक तरफ़ तो उनके हज़ार चेहरे हैं। 'मैं सब दिशाओं में आपके अनन्त चेहरे देख रहा हूँ, जिनकी अगणित बाँहें हैं, पेट, मुँह और आँखें हैं, मुझे न आपका आदि दिखाई देता है, न मध्य और न अंत...,' जगन मन में यह विवरण दोहरा रहा था, हालाँकि वह यह भी जानता था कि इन दोनों की तुलना उचित नहीं है।

उस शाम जगन मूर्ति के चबूतरे पर देर तक अकेला बैठा रहा। घूमने-फिरने आने वाले सब लोग वापस चले गए थे। सर फ्रेडरिक का सिर चमकते सितारों की दुनिया में ऊँचा खड़ा था। रात काफी गरम थी; स्थिर हवा और गर्मी दम घोंटे दे रही थीं। उसने मूर्ति के उस पार अपने घर पर नज़र डाली; वह खुद जाकर वहाँ

बत्ती नहीं जलाएगा तो अँधेरा ही छाया रहेगा। घर भूत की तरह चुप खड़ा था। एक समय था जब वह ज़िन्दगी से गूँजता था, हर कमरे में लैंप जलते रहते थे, और दिवाली के त्यौहार के समय तो उसके चारों तरफ़ सैकड़ों मिट्टी के दीये रात-भर जगमग करते थे। उन दिनों यह इस इलाके का सबसे शानदार घर था। यह माली के जन्म से पहले की बात है, बल्कि उसकी अपनी शादी से भी सालों पहले की। उसे अचानक समय का वह बिन्दु याद आया जब उसने अपने कुँवारे मन को अलविदा कही थी, वह दिन जब वह परिवार के बुजुर्गों द्वारा प्रस्तावित एक लड़की देखने कुप्पम गाँव गया था। पहले वह ट्रेन से माएल गया था, त्रिची से दो स्टेशन आगे लाल रंग की टाइलों से बना छोटा-सा स्टेशन। माएल से उसे बैलगाड़ी पर चढ़कर ऊँचे-नीचे मिट्टी के रास्ते, और कहीं-कहीं खेतों को पार करके वहाँ पहुँचना था। भावी दुलहन का छोटा भाई उसे लेने आया था और वह भी गाड़ी में सवार था। जगन बहुत खुश था और रास्ते की परेशानियों को ज़ोर-ज़ोर से हँसकर स्वीकार करता जा रहा था। जब-जब गाड़ी के पहिए मिट्टी या रेत में धँसकर चलते-चलते एकदम रुक जाते और गाड़ीवान गालियाँ बकते हुए नीचे उतरकर उन्हें बाहर निकालता, जगन चमत्कृत हो उठता था; लेकिन वह लड़का अपनी सीट पर गुमसुम बना बैठा रहा। शायद उसे यह सिखा-पढ़ा कर भेजा गया हो कि होने वाले जीजाजी के सामने बहुत गम्भीर रहने की ज़रूरत है; जो हो, उसका चेहरा बहुत भौंडा था। बाद में वह एयरफोर्स का कमीशन्ड अफसर बना और उसने अपने चेहरे पर लम्बी मूँछें उगा लीं, और 1942 के बर्मा अभियान में आँखों से ओझल हो गया।

जगन के पिता ने बड़े बेटे को उसके साथ भेजा था, और उसे सख्ती से हिदायत दी थी कि लड़की को घूर कर मत देखना। मैंने उसे देखा है और वह देखने में अच्छी है। यह भी मत सोचना कि तुम लोगों के बड़े पारखी हो। इस हिलते-डुलते सफ़र के बाद बड़े शोर-शराबे के साथ उसका स्वागत किया गया, और एक काफ़ी पुराने घर के चबूतरे पर बिछी दरी पर उसे बिठाया गया। उसके होने वाले ससुर और उनके बहुत-से रिश्तेदार लड़के को सभी दृष्टियों से देखने-परखने के लिए वहाँ इकट्ठे थे। सबने उसे बातों में लगाया और उसकी बुद्धि तथा दृष्टि को समझने की कोशिश की। जगन के बड़े भाई ने उसे पहले ही सावधान कर दिया था कि वह ज़्यादा बातचीत न करे, ऐसे मामलों में थोड़ी रहस्यमय चुप्पी ही भली सिद्ध होती है। सबने उससे एक स्वर में यह सवाल किया, ''सफ़र कैसा रहा?'' जगन ने अपनी ठोढ़ी को हाथ लगाया, टोपी ठीक की, और बड़े भाई की तरफ देखने लगा कि चुप रहूँ या बोलूँ। भाई का हलका-सा इशारा पाकर वह बोला, ''सफर अच्छा रहा।'' ''ट्रेन में आराम की जगह मिल गई थी?'' यह प्रश्न चबूतरे के सिरे पर बैठे एक परीक्षक ने पूछा, और इस बार जगन ने अपने-आप ही उत्तर दे दिया, ''जी हाँ।'' उसके लिए यही

कहना सही था। क्योंकि उसके इलाके में रेल चलती थी। इसके बाद किसी ने सवाल किया, ''कॉलेज में क्या सब्जेक्ट है?'' और जगन ने भाई की आज्ञा का इन्तज़ार किए बिना कह दिया, ''हिस्टरी।''—हालाँकि बाद में भाई ने उसे कोहनी मारकर कहा, कि उसे 'मैथमेटिक्स' कहना चाहिए था, क्योंकि 'मैं जानता हूँ, इस इलाके के लोग मैथमेटिक्स पढ़े दामाद को ज़्यादा पसन्द करेंगे। यहाँ के सब लड़के फ़र्स्ट क्लास मैथमेटीशियन्स हैं।' जगन ने न सिर्फ 'हिस्टरी' सब्जेक्ट बताकर स्थिति खराब की, बल्कि मैथमैटिक्स के बारे में कई हास्यास्पद बातें भी कीं।

बातचीत करते हुए जगन चारों तरफ नज़रें भी डालता जा रहा था, कि शायद कहीं उसे लड़की की झलक भी मिल जाए। अभी तक उसे ज़रा भी अन्दाज़ नहीं था कि वह कैसी होगी। उसे एक शीशे में मढ़ा हुआ, और ऊपर से स्याही लगाकर ठीक-ठाक किया हुआ फोटोग्राफ़ दिखाया गया था, तीखे नाक-नक्श वाली लड़की, जिसके बाल पीछे कसकर बँधे थे। फोटोग्राफर ने तस्वीर को इस तरह रँगा था कि लड़की की एक आँख बिलकुल दिखाई नहीं देती थी।—जगन को जब यह फोटो दिखाया गया तब उसके पिता वहाँ मौजूद थे, इसलिए वह ध्यानपूर्वक देख नहीं सका, और उसे शक हुआ कि लड़की कहीं भैंगी तो नहीं है। फोटोग्राफर शादी के उद्देश्य को महत्त्व देने के कारण इस तरह की कापियों को सफ़ाई से दूर कर देते थे। लड़की एक तिपाई पर, जिस पर फूलों का एक गुलदस्ता रखा था, कोहनी टिकाए खड़ी थी; उसकी लम्बाई और हाथ की उँगलियाँ जगन को सही लगीं। लेकिन उसके शरीर पर इतने ज़्यादा आभूषण लदे थे कि कुल मिलाकर वह कैसी लगती है, यह समझ पाना सम्भव ही नहीं था। हाँ, शरीर की त्वचा को तो फोटोग्राफर ने अच्छा रंग दे ही दिया था।

अब यहाँ जगन अपने सन्देह मिटा लेना चाहता था। लोगों के सवालों का जवाब देते हुए वह बड़ी बेताबी से उस क्षण का इन्तज़ार कर रहा था, जब वह अन्दर जाकर लड़की को देख सकेगा। तभी ये लोग एक चाँदी की थाली लाए जिसमें सुनहरे रंग की जलेबियाँ और कच्चे केले के पकौड़े सजाकर रखे हुए थे, और साथ में गर्मागर्म कॉफ़ी, जिन्हें देखते ही जगन को रोज़ाना से ज़्यादा भूख लग आई। उसे अकेला छोड़ दिया जाता तो वह बात की बात में सब चटपट खा जाता—अब तक भोजन सम्बन्धी उसके सिद्धान्त विकसित नहीं हुए थे—लेकिन भाई की तरफ़ देखकर वह चुप रह गया। इससे सम्बन्धित आचार निश्चित और पक्के थे : ये लोग सम्मानित अतिथि थे, उनके निर्णय पर लड़की का भविष्य निर्भर करता था; लड़के वालों का रोल बहुत गम्भीर और महत्त्वपूर्ण था, उन्हें भद्रता का व्यवहार करना था और जलेबी जैसी चीज़ देखकर भी आकर्षित नहीं होना था; अगर कोई पागलों की हद तक भी भूखा क्यों न हो, उसे यही कहना था, ''अरे, यह तकलीफ़ क्यों कर रहे हैं। मैं खा

ही नहीं सकता। हम अभी ट्रेन में कॉफ़ी पीकर और बहुत कुछ खाकर ही आ रहे हैं...।'' जगन ने बड़ी अनिच्छा से यह वाक्य बोला, उसके भाई ने भी उसका साथ दिया, और जगन की तुलना में उसके शब्द ज़्यादा स्पष्ट और ज़ोरदार थे। इसी के साथ यह भी नियम था कि लड़की के पक्ष के लोग उनसे खाने का आग्रह करें। इस पर लड़का उँगली की नोक से एक जलेबी का नन्हा सा टुकड़ा तोड़कर अनिच्छा प्रदर्शित करते हुए अपनी जबान पर रखता, लड़की वाले और आग्रह करते तो, जैसे उनको खुश करने के लिए, दो-तीन टुकड़े और खाता, जिसके बाद वह कॉफ़ी का बड़ा-सा घूँट पेट में उतार लेता। इन परिस्थितियों में व्यवहार का केन्द्रबिन्दु यह होता है कि सब कुछ मेज़बानों के लिए ही किया जा रहा है। आधा कप काफ़ी बिना पिये छोड़ दी जाती है, तश्तरी की मिठाई लगभग ज्यों-की-त्यों उसमें धरी रहती हैं, केला धीरे-धीरे दो इंच तक छीला जाता है, बिना मुँह हिलाए एक-टुकड़ा खा लिया जाता है, और उसके बाकी हिस्से को फेंक दिए जाने के लिए छोड़ दिया जाता है। जगन के लिए समारोह के व्यवहार का प्रदर्शन करने का यह पहला अवसर था। घर पर तो वह ज़्यादा खाने के लिए मशहूर था, दरअसल उसकी माँ इसे पसन्द भी करती थी। जब भी वह स्कूल से घर आता, उसका पहला काम यही होता था कि किचेन की अलमारी से काजू, नारियल, गुड़ वगैरह से मुँह भर ले, और माँ उसके लिए जो पकवान बनाती थी, उन्हें भी डटकर खाए। शनीचर और इतवार को जब स्कूल से छुट्टी होती थी, तब वह सारा दिन बिना रुके कुछ-न-कुछ खाता ही रहता था, जिसे देखकर पिता बहुत प्रसन्न होते थे और कहते थे, ''यह ज़रूर पिछले जन्म में चूहा रहा होगा, उसी की तरह इसकी दिनभर कुछ-न-कुछ कुतरते रहने की आदत है। ऐसी आदतों वाले लड़के के लिए आचार के इन नियमों का यहाँ पालन करना बहुत कठिन था, उसकी जबान खाने के लिए मचल रही थी, उँगलियाँ जलेबी उठाने के लिए थिरक रही थीं। लेकिन ज़रा सा टुकड़ा चखकर उसने मन को पक्का करके थाली आगे सरका दी।

इसके बाद उसकी होनेवाली सास दरवाज़े पर प्रकट हुई, उन्होंने अपने होनेवाले दामाद को ऊपर से नीचे तक देखा और परखा, फिर बड़ी कोमलता से बोली, ''अब आप लोग भीतर चलें।'' यह सुनकर घर के स्वामी उठे और बोले, ''हाँ, हाँ, भीतर चलिए,'' यह भी आचार का ही पालन था। हालाँकि सब लोग जानते थे कि लड़के के यहाँ आने का उद्देश्य क्या है, लेकिन व्यवहार में उन्हें यही दिखाना था कि यह कोई खास बात नहीं है, किसी को इसमें ज़्यादा रुचि नहीं है, न चिन्ता है। चबूतरे पर बैठा हर आदमी उठा। जगन का भाई जन्मजात कूटनीतिज्ञ था, वह अन्तिम व्यक्ति से पहले उठा, फिर जगन जो अन्तिम था—हालाँकि वह उत्सुकता से भरा जा रहा था। वह चिन्तित भी था, कि कहीं कोई ऐसी ग़लती न कर बैठे जिससे परिवार

की बदनामी हो—इस सम्बन्ध में उसका पिछला व्यवहार बहुत सन्तोषजनक नहीं कहा जा सकता था। जगन तीन साल पहले ही शादी लायक हो चुका था और अब तक चार लड़कियाँ देख आया था। दो दफ़ा तो वह आँखें फाड़कर लड़की को घूरने लगा था, क्योंकि वे बहुत ज़्यादा बदशक्ल थीं, तीसरी दफ़ा वह लड़की के पैर बहुत देर तक देखता रहा था, क्योंकि उसने सुना था कि वह लंगड़ी है। इन हरकतों के लिए उसे ज़बरदस्त डाँट पड़ी थी और ये परिवार के लिए मज़ाक की कहानियाँ बन गई थीं। जब कभी उसके मामा लोग और ननिहाल वाले घर पर इकट्ठे होते और खाने-पीने के बाद गपशप करने बैठते, तो जगन के चुटकुले अक्सर उनके विषय होते थे। इसीलिए इस दफ़ा उन्होंने उसके साथ बड़े भाई को चौकीदारी करने के लिए भेजा था। भाई अपने अधिकार का पूरा उपयोग करने के लिए खुशी से तैयार हो गया, और बड़ी सतर्कता से उसके अपनी आँखें मिचकाने और चौपट खोलने की क्रियाओं का नियंत्रण करता रहा।

अब वे सब मकान के बीच वाले कमरे में ले जाए गए। इस गोष्ठी के सम्मान में कमरे में रखा सारा सामान और बक्से वगैरह समेट कर एक कोने में भर दिए गए थे, और उनके ऊपर एक दरी डाल दी गई थी; फर्श पर एक बहुत बड़ी धारीदार दरी बिछा दी गई थी। कमरे के भीतर कई अगरबत्तियाँ जला दी गई थीं, जिनसे उसके पीछे ही बनी गोशाला की बदबू पर काबू पाया जा सके। लड़की के पिता ने कहा था, "ये शहर वाले लोग ज़रा ज़्यादा ही नाक-भौं चढ़ाते हैं, और यह नहीं जानते कि घरेलू पशुओं के साथ कैसे रहा जाता है—जगन की बीवी ने ही बाद में यह बात बताई थी। जगन के लिए यह सब दृश्य और घटनाएँ स्वर्गिक थीं, क्योंकि उसे यह सोचकर सुख मिल रहा था कि ये सब इन्तज़ाम उसी के लिए किए गए हैं, भले ही इसमें बड़े भाई की पुलिसमैनी भी शामिल थी। उन्होंने उसे विशेष स्थान पर बिठाया और बाकी लोग उसके इर्द-गिर्द बैठ गए। वह सोच रहा था, 'चारों तरफ़ इतने लोग हैं, तो मैं कैसे उसे साफ़-साफ़ देख सकूँगा? अगर मैं दोबारा दिखाने की माँग करूँ, तो कोई मुझे दोष मत देना।' दोबारा दिखाने की बात तो सम्भव ही नहीं थी, फिर भी उसकी कल्पना पागलों की तरह दौड़ रही थी। भीतर से आती कुछ आवाज़ें सुनाई दीं और वह सख्त पड़ गया, और भाई की तरफ़ से ज़ोर लगाकर नज़रें हटा लीं। तभी अचानक हारमोनियम बजने लगा, और ज़रा मरदाना आवाज़ में गाने के अटपटे सुर सुनाई दिए, 'तेलिसी रामा चिन्तन मनु... (राम के मात्र विचार की शक्ति...)।' 'अम्बिका गा रही है हारमोनियम पर, उसे यहाँ सबके सामने गाने में शर्म आती थी, इसलिए कमरे में ही—बहुत अच्छा गाती है। मैंने उसके लिए शहर से शिक्षक बुलाया है,' उसके पिता ने छह मील दूर एक जगह का नाम लिया। जगन इस वक्त इतना सचेत भी नहीं था कि कहता, इसकी ज़रूरत ही क्या थी? फिर

गाना बन्द हो गया। भीतर कुछ हलचल सुनाई दी, कुछ तर्क-वितर्क हुए, फिर पट्टीदार बाल बनाए एक छोटी-सी लड़की दौड़ती हुई आई और दाँत निकालकर कहने लगी, "उसे शरम आ रही है, बाहर नहीं आ रही," जिसे सुनकर सब ज़ोर-ज़ोर से हँसने लगे। घर के स्वामी ने आवाज़ ऊँची करके कहा, "अम्बिका बेटी, बाहर आ जाओ, आजकल शर्माने की ज़रूरत नहीं होती," फिर भीतर वाली औरतों को समझाया, "उस पर हँसो मत...ठीक हो जाएगी।" इस भूमिका के बाद एक काफ़ी लम्बी लड़की साड़ी लहराती बाहर निकली और लोगों के सामने खड़ी होकर मुस्कराने लगी। उसे देखकर जगन का दिल धक् से रह गया–'यह तो फोटो वाली लड़की नहीं है, इतनी 'लम्बी' यह क्या...।' तभी घर के स्वामी ने स्पष्ट किया, "यह मेरी पहली लड़की है," और लम्बी लड़की ने कहा, "अम्बिका आ रही है।" इसके आगे की बात जगन ने नहीं सुनी; लम्बी लड़की में उसकी रुचि एकदम खत्म हो गई, जो वास्तव में अपनी छोटी बहिन के आगमन की सफ़र मैना थी–जो सिर झुकाए और आँखें नीची किए रंगमंच पर आई और इतनी तेज़ी से आगे बढ़ गई कि जगन उसे बहुत ही कम देख सका। "न लम्बी है न छोटी, न मोटी है न दुबली..." इससे ज़्यादा वह और कुछ नहीं समझ पाया। इसके अलावा उसका सामान्य प्रभाव अच्छा ही रहा, पिछले अनुभवों की तरह वितृष्णा नहीं हुई।

जगन सोचने लगा, 'इतनी तेज़ी से गुज़र गई, तो उसे मेरे बारे में क्या पता चला होगा?...जो भी हो, भाई बाद में कुछ भी कहे-सुने, मैं तो उसे ध्यान से देखूँगा और ऊपर-नीचे समझने की कोशिश करूँगा।' वह बिना पलकें झपकाये लड़की की तरफ देखने लगा। मोटे घुँघराले बाल थे, ढंग से पट्टियाँ बनी थीं जिनमें फूल लगे थे, और बदन जगह-जगह ज़ेवरों से सजा था। हलके हरे रंग की साड़ी पहने थी जो उसके रंग से मैच करता था। लेकिन गोरी थी या साँवली? यह कैसे पता चले? उसकी नज़र एक खुशनुमा चमक से ढँकी थी, और वह सारा दिन उसे देखता रहता, तो भी यह नहीं जान पाता कि उसका व्यक्तित्व कैसा है। इन्हीं गडमड हुए क्षणों में उसने भी जगन की तरफ एक चमकती नज़र फेंकी, जो भाग्यवश बिलकुल उसी क्षण जगन ने उसकी ओर जो नज़र फेंकी, उससे टकरा गई–दोनों की आँखें मिलीं, जगन का दिल धड़का और दौड़ लगाने लगा, और इससे पहले कि वह कुछ और करता, खेल खत्म हो गया। लोग उठ-उठकर बाहर जाने लगे और शोर मचने लगा।

घर लौटते समय जगन चुप रहा। भाई ने उसके मूड में दखल देने की कोशिश नहीं की। उनकी ट्रेन दो घंटे बाद आने वाली थी, लेकिन दो बैलों की गाड़ी ने उन्हें सूरज ढलने से पहले उस छोटे से स्टेशन पर पहुँचा दिया था और गाँव वापस लौट गई थी। जगन एक तौलने की मशीन पर बैठा खेतों के पार पहाड़ियों की तरफ़ देख

रहा था। उसका भाई बेचैनी से उसके सामने टहलते हुए कह रहा था, "इन्होंने हमें इतनी जल्दी क्यों यहाँ पटक कर छोड़ दिया?"

जगन ने कहा, "इसकी कुछ वजह हो सकती है। वह लड़का कह रहा था कि बैलों को रात के वक्त परेशानी होती है..."

"तुम बड़ी जल्दी उनके वकील बन गए। इसका मतलब यह तो नहीं..."

जगन ने झेंपते हुए सिर हिलाकर हाँ भरी और उत्सुकता से पूछने लगा, "अब उनको कैसे पता चलेगा? हमें उनको बता नहीं देना चाहिए?"

भाई ने सीना अकड़ाकर कहा, "तुमने यह बेवकूफ़ी तो नहीं की कि वहाँ भी किसी को बता आए हो कि लड़की तुम्हें पसन्द है। अपने को इतना सस्ता नहीं बना लेना चाहिए।"

जगन ने सिर हिलाकर कहा, "नहीं, बिलकुल नहीं...मैं तो पूरे वक्त तुम्हारे साथ था, और 'नमस्ते' कहने के सिवा मैंने किसी से एक शब्द भी नहीं कहा।" जब अन्त में चलने के लिए उसे उठना पड़ा तो उसके कदम भारी हो उठे और आगे ज़रा सा भी बढ़ना कठिन हो गया, क्योंकि उसे उम्मीद थी कि लड़की एक दफ़ा फिर उसकी तरफ देखेगी और जैसा उसकी बिजली की तरह चमकती नज़र से साफ़ हो गया था, वह उसे अपने प्यार का दोबारा भरोसा दिलाएगी; और वह भी उसे बताना चाहता था कि, हारमोनियम वाले गाने के बावजूद वह उससे शादी करेगा; ज़बरदस्त उत्तेजना के कारण वह आवश्यक समझता था कि लड़की तक अपना संदेश भेज दे, और वह भी चलते-चलते किसी तरह उत्तर दे दे। उसने यह उम्मीद नहीं की थी कि ट्रेन के देर से आने और बैलों की कमज़ोर नज़र के बावजूद उसकी प्रिया का आलोक इतनी जल्दी मंद पड़ जाएगा।

ट्रेन में बैठा-बैठा भी वह सोचता ही रहा। उसे यह भावना कष्ट दे रही थी कि वह अपनी प्रिया को सन्देश नहीं दे सका; उसकी कल्पना और विचार जगन को उत्साहित और प्रेरित, बहुत कुछ कर रहा था। भाई की ड्यूटी अब खत्म हो गई थी, इसलिए वह आराम से सो गया था, भाई से स्वतन्त्र होकर जगन का मन भी गाँव की यादों में सुख से विचरने लगा था। वहाँ की हर चीज़ उसे अच्छी लग रही थी : उनका घर कितना बढ़िया और शानदार था, हॉल में कैसी गहरी खुशबू आ रही थी, जो वास्तव में धूप और गाय के गोबर की बूओं का मिश्रण था; हारमोनियम का संगीत ज़रूर बेसुरा था लेकिन इससे लड़की को नहीं परखना चाहिए। उसकी आवाज़ ज़रूर खरखरी लग रही थी लेकिन इसका कारण बाजे के अजीब सुर हो सकते हैं। जगन को निश्चय था कि उसके चेहरे की तरह उसकी आवाज़ भी मीठी होगी।...इसके बाद उसे भी नींद आ गई और यात्रा खत्म होने तक सोता रहा। उन्हें रास्ते में किसी जंक्शन पर उतरकर गाड़ी बदलनी पड़ी थी, और वे सवेरे-सवेरे मालगुडी

पहुँच गए। बाहर निकलकर भाई ने एक गाड़ी बुलाई, किराए के लिए उससे हुज्जत की, और बैठकर लॉली एक्सटेंशन के अपने प्राचीन घर की तरफ़ चले। ग्वाले अपनी गायों को लेकर निकल पड़े थे, कुछ मज़दूर अपनी साइकिलों पर सवार शहर की अकेली कपड़ा मिल का फाटक खुलने से पहले वहाँ पहुँचने के लिए तेज़ी से चले जा रहे थे।

जब दोनों भाई घर पहुँचे, उनकी माँ घर के बाहर पानी छिड़ककर उस पर आटे से अल्पना पूर रही थीं। भाई गाड़ी वाले से झगड़ रहा था, जो तय किए किराए से दो आने ज़्यादा माँग रहा था, और वह अपना छोटा-सा थैला उठाकर घर में आ गया। माँ उसे देखकर मुस्कराई पर कुछ बोली नहीं। पिता घर के पिछवाड़े बने कुएँ से पानी खींच रहे थे; उन्होंने भी जगन पर नज़र डाली, फिर अपने काम में लग गए। बहन आँगन के बीचोबीच लगे तुलसी के पौधे की परिक्रमा कर रही थी। वह जगन की तरफ देखकर शैतानी से मुस्कराई, फिर ज़ोर-ज़ोर से प्रार्थना करने लगी। जगन अपने कमरे में घुस गया और खुद से कहने लगा, 'यहाँ तो किसी को मुझसे कोई मतलब ही नहीं है। कोई लड़की के बारे में मेरी राय नहीं जानना चाहता। मुझे वह पसन्द आई या नहीं...? इसका मतलब कहीं यह तो नहीं कि इन्हें यह रिश्ता पसन्द नहीं है?' उसका भाई भी किसी से कुछ बात किए बिना चला गया और पीछे जाकर पिता के काम में मदद करने लगा। लेकिन किसी तरह यह सूचना सबको मिल गई और जब वह कालेज जाने की तैयारी कर रहा था, उसकी बहिन उसके पास आकर आँखें चमकाते हुए बोली, 'अये हये...तो किसी की शादी होने जा रही है!' घर-भर में उत्तेजना फैलने लगी। भाई की पत्नी को उसके मायके से बुलाया गया, कि वह शादी की तैयारियाँ करने में मदद करे। धीरे-धीरे काम की गति बढ़ने लगी। उसके पिता हर रोज़ दोपहर बारह से तीन बजे तक ढेरों पोस्टकार्ड लिखते और खुद उन्हें रेलवे स्टेशन ले जाते, जिससे मेल ट्रेन से निकल जाएँ। उनके बहुत से सम्बन्धी थे जिनकी वह बहुत इज़्ज़त करते थे और जिनसे सलाह-मशवरा किए बिना वे कोई काम नहीं करते थे। हर रोज़ सवेरे दस बजे वे पोस्टमैन का इन्तज़ार करते थे। उन दिनों पोस्टकार्ड सिर्फ तीन पैसे का होता था, और उसमें आगे-पीछे बहुत कुछ लिखा जा सकता था। बुजुर्गों का समर्थन प्राप्त करने के बाद उन्होंने अपनी पत्नी से दूसरे आँगन के एक कोने में फुसफुस करके कई दफ़ा बातचीत की। जगन ने छोटा होने के कारण किसी भी बात में कोई हिस्सा नहीं लिया, लेकिन उसी की अपनी शादी होने के कारण वह जानना चाहता था कि क्या कुछ हो रहा है। अगर वह खुद कुछ पूछता तो उसे झिड़क दिया जाता। इसके लिए उसे अपनी छोटी बहिन पर निर्भर रहना पड़ता था, जो कुछ-न-कुछ काम करने के बहाने उनके इर्द-गिर्द मँडराती रहती, और ऊपर से यह दिखाती कि वह कुछ भी सुन नहीं रही है, लेकिन

हर बात बड़े ध्यान से सुनकर अपने मन में बसा लेती, और मौका मिलते ही जगन से मिलकर उसे सब खबरें दे देती। जगन पढ़ने का बहाना करते हुए अपनी डेस्क पर बैठा रहता, और वह आकर, बताती, "बड़े चाचा ने हाँ कर दी है।" "अप्पा कल लड़की वालों को चिट्ठी लिख रहे हैं," "अब मुहूर्त निकलवाया जा रहा है।" फिर उसने बताया। "अप्पा ने दहेज में पाँच हज़ार रुपए की माँग की है," जिसे सुनकर जगन को चिन्ता हुई। अगर उन्होंने मना कर दिया? तो क्या होगा? "वे चाहते हैं कि शादी सितम्बर में हो।" सिर्फ तीन महीने बाद? इतनी जल्दी शादीशुदा हो जाऊँगा? यहाँ तक तो ठीक था कि कोई किसी लड़की के बारे में मन में सोचे कि उससे शादी करेगा, लेकिन इस तरह पूरा-पक्का पति बन जाना बड़ी डरावनी सच्चाई थी। उसने पूछा, "उन्हें शादी की इतनी जल्दी क्यों पड़ी है?"

पिता की स्वीकृति कुप्पम गाँव पहुँच गई। दोनों पक्षों के बीच बहुत से पत्रों का आदान-प्रदान हुआ। इनकी संख्या इतनी बढ़ गई कि उनको सिलसिलेवार सँभालकर रखने के लिए पिताजी ने लोहे का एक मोटा तार लिया, जिसके नीचे लकड़ी की एक चकती लगी थी और ऊपर से वह टेढ़ा था, जिसे कील पर टाँगा जा सकता था, और उसमें एक-के-बाद दूसरा पत्र लगाना शुरू कर दिया—ज़रूरी कागज़ों को सँभालकर रखने की यह पद्धति पुराने ज़माने से चली आ रही है और इसमें लगे पत्र तारीखवार सुरक्षित रहते हैं।

एक शाम लड़की के घर से कई लोग बड़ी-बड़ी पीतल की थालियों में पान, फल, केसर, नए वस्त्र, घिसे हुए चंदन से भरा चाँदी का पात्र, एक चाँदी के थाल में चीनी के ढेर और एक जोड़ी चाँदी के लैंप लेकर घर आए। हॉल में एक दर्जन पंडित जमा हुए। कुछ पड़ोसियों और रिश्तेदारों को भी निमन्त्रित किया गया था, उन सबके बीच नई धोती पहनाकर जगन को बिठाया गया। फिर उन्होंने एक कागज़ निकालकर खोला, जिस पर पहले ही बड़े परिश्रम से विवाह की सूचना लिखी गई थी, और नीचे कई लोगों के नाम थे। उस परिवार के वृद्ध पुरोहित ने खड़े होकर ज़ोर-ज़ोर से, काँपती आवाज़ में, यह पत्र पढ़ा। इसमें लिखा था कि अमुक-अमुक के पुत्र जगन्नाथ का, निवासी..., अमुक-अमुक की पुत्री अम्बिका से, निवासी..., सितम्बर मास...वगैरह-वगैरह। लड़की के पिता ने इसके बाद समारोहपूर्वक यह पत्र लड़के के पिता को पकड़ा दिया, उसके साथ एक लिफ़ाफा भी दिया जिसमें दहेज की आधी रकम के नोट रखे थे, फिर उनसे कहा कि बड़े बेटे से कहें कि इन्हें गिन ले। पिता ने कुछ शब्द कहे और लड़के को लिफ़ाफा पकड़ा दिया, जिसे उसने बड़ी फुर्ती से गिनकर घोषणा की, "पूरे ढाई हज़ार हैं।" जगन के पिता ने धीरे से कहा कि "गिनने की तो ज़रूरत नहीं थी...लेकिन आपने आग्रह किया, इसलिए...।" इस पर लड़की के पिता ने कहा, "रुपए-पैसे के मामलों में पक्का होना ज़रूरी है। मुझे

कैसे विश्वास हो कि मेरी गिनती सही ही होगी। मैं हमेशा पैसे को कई बार गिनवाता हूँ।'' यह सुनकर सब लोग हँस पड़े जिससे माहौल हलका हो गया। इसके बाद सब लोग दावत खाने के लिए उठे, जिसे मशहूर हलवाइयों ने तैयार किया था। दूसरे आँगन में केले के बड़े-बड़े पत्ते लगाये गए, हर मेहमान के सामने चाँदी के बर्तन रखे गए और और उनमें एक दर्जन स्वादिष्ट पकवान, मिठाई और नमकीन की तश्तरियाँ, और हाथी दाँत की तरह चमकते चावल की ढेरियाँ परोसी गयीं। घर के सामने बैठी शहनाई और ढोल बजाने वालों की पार्टी इतने ज़ोर-शोर से बाजे बजा रही थी जिससे सारे शहर को पता चल जाए कि किसी की शादी तय हो रही है। घर के भीतर और बाहर पीतल के बहुत से दीये और गैस के हंडे जलाये गए थे जिनसे निकलती हलके हरे रंग की रोशनी दूर-दूर तक फैल रही थी। जगन को यह सब अपने लिए होता हुआ देखकर आश्चर्य और प्रसन्नता हो रही थी। वह सोच रहा था, ''यह सब मेरे लिए! ये लोग कितनी गम्भीरता से कर रहे हैं—अब बात टूटने की गुंजायश नहीं है।'' देर रात की ट्रेन से लड़की वालों को विदा कर दिया गया। उनके जाने के बाद जगन की माँ और दूसरी औरतें भेंट में आई हुई वस्तुओं को खोल-खोलकर देखने और कीमतों का अंदाज़ा लगाने बैठ गईं। चाँदी के बर्तनों और दूसरी चीज़ों के डिज़ायन और गुण उन्हें पसन्द आए। माँ ने अपना सन्तोष व्यक्त करते हुए जगन से कहा, ''तुम्हारे ससुर कंजूस नहीं निकले, देखो, हर चीज़ कितनी वज़नी है।'' जगन उनके साथ अपने को जोड़कर देखने लगा था, इसलिए यह सुनकर वह भी खुश हुआ।

सितम्बर आया तो घर में ज़बरदस्त गहमाग़हमी शुरू हो गई। जगन समय का हिसाब भूल गया। उसके इम्तहान खत्म हो गए थे, इसलिए पिता ने उसे कालेज से छुट्टी लेकर घर के कामों में हाथ बँटाने की अनुमति दे दी थी। माँ हमेशा यह कहती रहतीं, ''हालाँकि हम लड़के वाले हैं, फिर भी बहुत सारी चीज़ें हमें करने को हैं।'' दुलहन और उसके घर वालों के लिए कपड़ों का इन्तज़ाम करना था, इसलिए माँ और कई रिश्तेदार औरतें एक दिन इकट्ठी होकर यूनिवर्सल साड़ी एम्पोरियम गईं और वहाँ पूरे आठ घंटे लगाकर सैकड़ों साड़ियों, उनकी कढ़ाई-बुनाई और ज़री गोटे की कारीगरी का ध्यान से निरीक्षण किया। जगन ने दर्जी की दुकान पर बैठकर अपने पहनने के लिए सिल्क की शर्टों और काले रंग के सूट का आर्डर दिया जिनके लिए अपने शरीर की सही-सही नाप करवाई—माँ और उनकी परिचित स्त्रियों का विशेष आग्रह था कि वह बरात में ट्वीड का शानदार काला सूट पहनकर ही निकले। जगन को खुद धोती और कुर्ता पहनकर निकलना ही पसन्द था, लेकिन इस दबाव की वह उपेक्षा नहीं कर सका। उसका बड़ा भाई भी इसी मत का था, क्योंकि वह कई साल पहले यह सारा अनुभव झेल चुका था। उसने निमंत्रण पत्र छपाने की ज़िम्मेदारी

भी अपने ऊपर ली, और इस काम के लिए सत्य मुद्रणालय के कई चक्कर लगाए, और निमन्त्रितों की सूची तैयार की। पिता बार-बार पूछते कि अमुक का नाम सूची में है या नहीं, और न होता, तो तुरन्त उसे डलवाते। रात को बारह बजे भी अगर उन्हें कोई नया नाम सूझता, तो वे तुरन्त लड़के को जगाकर नाम डालने को कहते। उनकी इच्छा थी कि दूर-दूर के हर रिश्तेदार और जगन के दोस्तों में से प्रत्येक को निमन्त्रण जाना ही चाहिए। किसी ने कभी भी यह नहीं सोचा था कि वे निमन्त्रणों के मामले में इतनी ज़्यादा सतर्कता बरतेंगे, और उन लोगों को बुलाने का आग्रह करेंगे जिनसे वे कभी एक बार भी मिले थे, या जिनके नाम भी उन्हें आधे-अधूरे ही याद थे, और यह भी निश्चित नहीं था कि वे जीवित भी हैं या स्वर्ग सिधार गए हैं।

कुल मिलाकर तीन हज़ार निमन्त्रण भेजे गए। नतीजा यह हुआ कि कुप्पम गाँव की इस शादी में हर ट्रेन, बस और बैलगाड़ी से जत्थे के जत्थे लोग इकट्ठे होने लगे। जगन का सारा समय इनका स्वागत करने में, और यदि वे बुज़ुर्ग रिश्तेदार हुए तो उनके सामने ज़मीन पर लेटकर प्रणाम करने में बीतता था। पंडितों ने उसे पवित्र अग्नि के सामने बैठकर बहुत-सी क्रियाएँ करने और मन्त्र बोलते रहने को बाध्य किया, जो कठिन होने पर भी उसे अच्छा लगा क्योंकि इसमें वह लड़की का हाथ पकड़े रहता था। उसने लड़की के गले में जब बड़ी-सी फूलमाला पहनाई, तब उसे अपने अपार उत्तरदायित्व का भान हुआ। उसके चारों ओर हवन-कुंड और फूलों और इत्र की जो मिली-जुली घनी महक फैली थी, और ज़ेवरों से लदी और रंग-बिरंगी साड़ियाँ पहने औरतों की हलचल और इन सबके बीच आती-जाती उसकी दुलहन, सब कुछ इतना सुख दे रही थीं कि वह उसे झेल नहीं पा रहा था। उसकी आवाज़ इतनी सूखी नहीं थी, जो उस दिन हारमोनियम के गाने में सुनाई दी थी; उसकी मुस्कान, आवाज़ और हँसी भी बहुत आकर्षक थी, जो मेहमानों से ठसाठस भरे इस घर में इधर-उधर आते-जाते एकाध बात कर लेने में उसे दिखाई दे जाती थी। उसे इतने लोगों का जमावड़ा अच्छा भी नहीं लग रहा था, और जहाँ भी ज़रा-सा मौका मिलता, वह उससे बात करने की कोशिश करता, लेकिन तभी कोई बीच में आ टपकता और आँख दबाकर कहता, "बस, बस, बहुत हुआ, अभी से उसकी साड़ी के छोर से मत लिपटो, सारी ज़िन्दगी पड़ी है उसके साथ गुज़ारने को, उसकी तारीफ़ें करने को–जबकि हम तो इसके बाद तुमसे मिलेंगे ही नहीं।" ऐसे हँसी-मज़ाक शादियों में आम बात हैं, लेकिन जगन को लग रहा था कि उसे बिला वजह शहीद किया जा रहा है, और रिश्तेदार वगैरह जितने कम होते, उतना ही अच्छा था। यह शोर-शराबा, ढोल और शहनाई का वादन, और हँसी-मज़ाक तीन दिन तक चलता रहा, जिसके अंत में एक फोटोग्राफर ने सबको कई लाइनों में बड़े आँगन में बिठाकर और उनके

बीचोंबीच दूल्हे-दुल्हन को स्थापित करके सबके फोटो खींचे। समारोह सामान्यतः शान्तिपूर्वक ही समाप्त हुआ, बस, एक दफ़ा लड़के वालों को मेज़बानों द्वारा दी गई कॉफ़ी के स्वाद को लेकर कुछ समस्या उत्पन्न हो गई, और झगड़ा यहाँ तक बढ़ा कि एक बहुत बुजुर्ग चाचा ने घर जाने की धमकी दे डाली।

आखिरी रात की दावत में भी एक समस्या पैदा हुई। परिवार की परम्परा में सर्वोच्च स्थान प्राप्त 75 वर्षीय बुजुर्ग को (जगन के पिता के चचेरे भाई जो बरहामपुर से शादी में सम्मिलित होने आए थे), भोजन के समय प्रथम पंक्ति में न बिठाकर बच्चों वाली पंक्ति में बिठा दिया गया और उनके सामने जो केले का पत्ता रखा गया, वह बीच से फटा था। इससे ज़बरदस्त संकट उत्पन्न हो गया, लेकिन लड़की के पिता ने बीच में खड़े होकर सबसे माफ़ी माँग ली, तो लोग शान्त हो गए। एक समस्या स्त्रियों के दल में भी पैदा हुई, उन्होंने कहा कि गहनों की सूची में लड़की के लिए जो सोने की करधनी लिखी थी, वह नहीं है; जिसके लिए कहा गया कि सुनार ने बना कर देने में देर कर दी, और फिर जब वह बना कर लाया तो उसे एक ही लम्बी पट्टी के रूप में न बनाकर टुकड़े-टुकड़े सिल्क के धागों से बाँधकर बनाया गया था। स्त्रियों ने कहा कि यह तो सरासर धोखेबाज़ी है। कई ने गुस्से में भरकर आरोप लगाया, 'सोना बचाने की नीयत है इनकी!' उन्होंने तो इस कारण शादी ही रुकवाने की धमकी दे डाली, लेकिन जगन को एक करधनी के लिए इतना तूफ़ान खड़ा करना अच्छा नहीं लगा और उसने अपनी माँ को समझाया, 'यही आजकल का फैशन है, आजकल की लड़कियाँ मोटे-मोटे सोने के गहनों को लटकाना पसन्द नहीं करतीं।' इस पर सब औरतें उसके खिलाफ़ हो गईं और कहने लगीं कि यह तो अभी से जोरू का गुलाम हो गया है; किसी ने कहा कि यह लड़की वालों का बिन पैसे का वकील है। नौबत यहाँ तक पहुँची कि उसका भाई उसे एक तरफ़ ले जाकर समझाने लगा कि अपने को बेवकूफ़ मत बनाओ। औरतों को जैसे वे चाहें, इन बातों से निपटने दो। जिस पर जगन ने हिम्मत दिखाते हुए कहा, 'ये मेरी बीवी की आलोचना कर रहे हैं...बेचारी।' यह सुनकर भाई यह कहकर वहाँ से चलता बना, "तुम तो बीवी के लिए पागल हो गए हो, तुम से बात करना फिजूल है।"

जगन को बीच वाले ब्लाक में कमरा दिया गया था। जब जगन और उसकी पत्नी ने दरवाज़ा बन्द किया, तब वे अपनी व्यक्तिगत दुनिया में पहुँच गए। सम्बन्ध स्थापित करने के समारोह के लिए जगन के पिता ने आग्रह किया कि इस अवसर के लिए कमरा पूरी तरह लड़की वालों द्वारा ही सजाया जाए। कमरे के एक कोने में उसके पढ़ने का प्रबन्ध था—क्योंकि उसे अभी परीक्षा देनी थी। जब वे अकेले होते, जगन सारा समय उसे प्यार करने में बिताता। उसे समय का ध्यान ही नहीं रहता था।

उसे शिक्षा से चिढ़ होने लगी, वह कक्षाएँ गोल करने लगा, जल्दी घर आता और चुपचाप अपने कमरे में घुस जाता, जिसका नतीजा यह हुआ कि वह हर विषय में फेल हो गया, और उसके पिता को कहना पड़ा कि अम्बिका को कम-से-कम छह महीने के लिए मायके भेज दिया जाए—नहीं तो जगन कभी डिग्री नहीं हासिल कर सकेगा। अब घर पर जगन न अपनी बहिन के साथ समय बिताता, न भाई और माँ के साथ, और कमरे में बन्द होकर अम्बिका के लौटने का इन्तज़ार करता रहता। इस बड़े घर में उसे और भी काम करने पड़ते थे, सास को खाना बनाने में मदद करनी पड़ती थी, लोगों को खिलाना पड़ता था, घर की सफ़ाई-सुथराई करनी पड़ती थी, बर्तन साफ़ करने पड़ते थे, और खाना खाते समय भी सास के आने का इन्तज़ार करना पड़ता था। जब घर के दूसरे लोग अपने-अपने कामों में लगे हों, तब बहू पति के कमरे में जा घुसे, यह अच्छा नहीं समझा जाता था; बड़ी बहू ने अपनी सास के आचरण का अनुकरण करके इसकी मिसाल कायम कर दी थी—और सास ने भी पिछले आदर्शों के आधार पर अपना जीवन बनाया था। अम्बिका भी खुद जगन को अपने घरेलू कर्तव्यों के बारे में बताती थी, लेकिन उसे तो अपनी इच्छा से ज़्यादा कुछ नहीं सूझता था। जब भी वह घर आता और कमरे में बैठा पत्नी का इन्तज़ार करता, जो किसी काम में लगी होती, तो वह चुप बैठा कुढ़ता रहता और जब वह आती तो पढ़ने का बहाना बना कर उससे बात भी नहीं करता था। अम्बिका अपने पति को हमेशा प्रसन्न मूड में देखना चाहती थी, इसलिए ज़्यादा-से-ज़्यादा उसकी इच्छाओं का पालन करने का प्रयत्न करती थी। पिता अक्सर उसे डाँटता कि पढ़ाई में ध्यान नहीं लगा रहा है। माँ भी ताना देने से न कतराती, "बेटा तभी तक बेटा रहता है जब तक बीवी नहीं आ जाती," और घर में किसी और से बात न करने के लिए दुखी रहती थी। बहन उसे देख कर कहती, "तुम कौन हो, अजनबी से लगते हो। कब से तुम्हारा चेहरा नहीं देखा।" बीवी ने भी कई दफ़ा कहा, "मेरे लिए इतनी परेशानियाँ क्यों पैदा कर रहे हो? दिखाने के लिए ही सही, दूसरों से बातचीत तो करो।" एक दिन बड़ा भाई उसे बाग़ में ले गया और समझाने लगा, "मैं तुम्हारी स्थिति अच्छी तरह समझता हूँ। मैं खुद इससे गुज़र चुका हूँ। अगर तुम चार घंटे रोज़ अपने कमरे में गुज़ारते हो तो कम से कम एक घंटा घर वालों को ज़रूर दिया करो। नहीं तो सब लोग तुम्हें चाहना बन्द कर देंगे। किसी न किसी बात को लेकर घर से हमेशा उसकी ठनी रहती थी, लेकिन वह अपने नए पतित्व में इतना डूबा हुआ था, कि किसी की परवाह नहीं करता था। फिर काफी दिन तक जब उनके कोई बच्चा नहीं हुआ, तो लोगों ने बातें बनाना शुरू कर दिया, और उसने पत्नी से कहा, "अब लोग देखें कि हम क्या करते हैं या नहीं करते! अब वे हमारे बारे में बातें करना छोड़ देंगे।"

उसकी मर्दानगी का कोई सबूत नज़र नहीं आ रहा था। शादी किए दस साल बीत रहे थे, इण्टर के इम्तहान में तो वह कई साल फेल हुआ ही, अब बी.ए. में भी बराबर फेल होता चला आ रहा था। घर में बच्चा आने की भी कोई आशा नहीं रही थी। उसका बड़ा भाई अपने परिवार के साथ विनायक स्ट्रीट रहने चला गया था, जिसमें अब काफ़ी भीड़ हो गई थी। बहिन की भी शादी हो गई थी और वह अपनी ससुराल चली गई थी। इतना बड़ा घर अब बिलकुल शान्त हो गया था और लोगों को पता भी चलने लगा था कि यह कितना खाली है। जगन की माँ अक्सर शिकायत करती कि घर में बच्चे ही नहीं हैं—जो अम्बिका को पीटने के लिए छड़ी बन गई थी। वह घर का काम करते-करते थक जाती तो कहने लगती, ''लोग बहू से यही उम्मीद करते हैं कि वह दूसरी औरतों की तरह बच्चे पैदा करे; कोई उससे यह नहीं चाहता कि सोना और चाँदी लाकर दे, भले ही सोने की करधनी में उसे धोखा दिया गया हो; दुनिया की लाखों दूसरी औरतों की तरह किसी के क्यों बच्चे पैदा नहीं होते?'' घर के दूसरे हिस्से में काम करती बहू यह सब सुनती लेकिन चुप रह जाती, लेकिन जब जगन घर आता तब उस पर अपनी भड़ास निकालती। कई दफ़ा, जब जगन बी.ए. की अपनी किताब लिए उसके साथ बैठा होता, और वह मेज़ के नीचे अपने पैर हिलाती होती, तो वह मज़ाक के लहज़े में कहती, ''अब मुझे मासिक होने से डर लगने लगा है। शुरू होने वाले हैं...''

''तुम आजकल की और लड़कियों की तरह दिखावा क्यों नहीं करतीं कि मासिक होता ही नहीं?'' लेकिन यह सुझाव बेमतलब था। पुराने ढंग के घरों में, जहाँ तरह-तरह के पूजा-पाठ होते हैं और देवी-देवताओं की भीड़ लगी रहती है, वहाँ मासिक होने के दिनों में स्त्री को सबसे अलग रहना ही पड़ता है, क्योंकि उसके शरीर से निकलने वाली चुम्बकीय किरणों से उनके अपवित्र हो जाने का खतरा पैदा हो जाता है; इसलिए तीन दिन तक उसे घर में काफी दूर कोने में खाना खिलाया जाता है, और उसे घूमने-फिरने की स्वतन्त्रता भी नहीं होती। जगन परेशान होकर चीखने लगा, ''इतने बच्चों से भी इनका पेट नहीं भरा? भाई साहब ने कई परिवारों के लायक बच्चे पैदा कर दिए हैं, और बहिन जी ने भी चार साल में तीन बच्चे पैदा करके परम्परा को कायम रखा है। ये दूसरी ज़रूरी बातों पर ध्यान क्यों नहीं देते?''

''क्योंकि अगर हमें बच्चा हो गया तो उन्हें कहने को कुछ नहीं रहेगा,'' अम्बिका ने कहा, फिर धीरे से बोली, ''मेरी सब बहनों के बच्चे हैं, तुम्हारी माँ का मुझे बाँझ कहना...''

जगन तुरन्त अपने परिवार की वकालत करने लगा, ''हमारे परिवार में भी ऐसी बात नहीं है। तुमने मेरी दादी का ग्रुप फोटो देखा होगा जिसमें उसके अपने बच्चे और उनके बच्चों की भीड़ लगी है। कितने होंगे सब, तुमने गिना है उन्हें?''

"चालीस? पचास?" अम्बिका ने पूछा। "हमारे घर में भी दादी के साथ ग्रुप फोटो है; जानते हो उनके कितने बच्चे, पोते और पड़पोते हैं?"

जगन ने मज़ाक करते हुए पूछा, "सवा सौ तो होंगे ही?"

पत्नी बोली, "मज़ाक मत करो। कुल एक सौ तीन हैं; और, मालूम है, फोटोग्राफर ने चौगुने पैसे लिए।" वह भीतर ही भीतर लाल पड़ती जा रही थी, और यह कहते हुए उसे शर्म भी आई, "हमारा परिवार नपुंसकों का नहीं है।"

जगन को यह बात अटपटी-सी लगी और उसने सिर उठाकर देखा। उसके पास इसका कोई उत्तर नहीं था। पिछले दिनों उसका बिस्तर-प्रेम काफी कम भी हो गया था। यह सब सोचते हुए उसे याद आया कि गर्मी ज़्यादा होने की वजह से वह कई दफ़ा दरी लपेट कर बाहर बरांडे में आ जाता। "मैं यहाँ सोना चाहता हूँ। तुम्हें वहाँ डर तो नहीं लगेगा?" "डर किसका?" अम्बिका पहले तो मज़ाक में पूछती, फिर उसे चिढ़ होने लगी। लेकिन वह उसके मूड पर ध्यान न देता और सोने चला जाता। यह एक तरह से उसकी आदत बन गई थी, सिर्फ जब पत्नी काफी दिनों बाद मायक़े से वापस लौटती, तब वह हफ्ते भर उसके साथ, इसकी परवाह किए बिना कि उसमें शक्ति है या नहीं, अवश्य सोता—इसके बारे में न वह कभी अपने आप से कुछ प्रश्न करता था और न पत्नी से कोई बात करता था। सेक्स के सभी तरीके उसे परेशान करते और थका देते थे, उनके वादे और परिणाम व्यर्थ साबित होते थे, और अन्त में उदासी ही शेष रह जाती थी। वह सोचता था कि पत्नी भी यही मानती होगी। इसके अलावा, उसने एक किताब में पढ़ा था कि प्रकृति ने सेक्स को सन्तान के लिए ही बनाया है, इससे ज़्यादा उसका कोई उद्देश्य नहीं है, कि रक्त की चालीस बूँदों से एक बूँद वीर्य बनता है, ज़्यादा वीर्यपात होने से व्यक्ति की शक्ति क्षीण होती है, और ब्रह्मचर्य का पालन ही जीवन का सर्वोच्च धर्म है।

बच्चा पैदा करना उसके लिए आवश्यक हो गया था और वह समझ नहीं पा रहा था कि इसके लिए क्या करे। अम्बिका को भी बच्चे की चाह होने लगी थी। वह इसके लिए कुछ करना चाहती थी। वह हर वक्त कुढ़ती और जगन को ही दोषी मानती थी। एक दिन जब वह बाहर जाने के लिए दरी लपेटने लगा, तो वह बोली, 'लॉली की मूर्ति के नीचे जाकर क्यों नहीं सोते? वहाँ ज़्यादा ठंडक होगी।' यह सुनकर जगन परेशान हुआ और इसे मज़ाक में उड़ा देने के लिए कहने लगा, 'यह मूर्ति हम लोगों के सोने के लिए तो नहीं बनाई गई है,' हालाँकि यह बात खुद उसके कानों को सही नहीं लगी होगी। अम्बिका ने दोबारा चोट की तो उसने दरी वापस बिछा ली और उसे खींचकर अपने शरीर से सटा लिया, और अंग्रेज़ी फिल्म के 'शेख' की कल्पना करके, जो किसी भी औरत को नहीं छोड़ता, उसके साथ लिपट गया।

एक दिन पिताजी ने अचानक कहा, "अगले मंगल को हम बदरी हिल जा

रहे हैं, मन्दिर में पूजा करने। तुम्हें कालेज से दो दिन की छुट्टी लेनी होगी। तुम्हारी पत्नी भी जाएगी।'' जब पिताजी इस तरह कोई पक्की बात कहते थे, तो किसी बहस की गुंजायश नहीं रह जाती थी। जगन कालेज जाने की तैयारी कर रहा था। पिता पीछे बगीचे में काम कर रहे थे और यह बात कहने के लिए ही यहाँ आए थे, इसी से बात की गम्भीरता का पता चल जाता था। फिर भी जगन ने पूछ लिया, ''वहाँ मन्दिर में क्या करना है?''

पिता ने कहा, ''मन्दिर को सन्तान कृष्ण कहा जाता है। वंध्या स्त्रियों को वहाँ जाकर लाभ होता है।''

जगन शरमा गया। वह पिता को बताना चाहता था कि अम्बिका बाँझ नहीं हो सकती, क्योंकि वह ऐसे परिवार से है जिसके 103 सदस्यों का ग्रुप फोटो उसके घर में टँगा है, लेकिन वह चुप रह गया, क्योंकि अपने पिता या माता किसी से भी इस तरह की बातें नहीं की जा सकतीं। इस साल वह बड़ी मेहनत से पढ़ाई करने में जुटा था, क्योंकि बी.ए. पास कर लेने से उस पर यह आरोप भी ढीला पड़ जाएगा कि उसमें शक्ति की कमी है, और उसकी पत्नी को भी यह दोष दिया जाना खत्म हो जाएगा कि उसके कारण वह पढ़ने में ध्यान नहीं दे पाता है। जब कभी इम्तहान के नतीजे आते और वह फेल हो जाता, तो यह बात इस तरह कही जाती कि अम्बिका को सुनाई दे जाए, और बेडरूम का दरवाज़ा बन्द होते ही वह कहती, 'तुम अपनी किताबें उठाकर होस्टल में रहने क्यों नहीं चले जाते? तुम्हारी माँ यही सोचती हैं कि मैं हमेशा तुम्हारी गोद में पड़ी रहती हूँ, जिससे तुम पढ़ नहीं पाते।'

वह इतनी क्रुद्ध नज़र आती कि उसे शान्त करने के लिए जगन अपनी तरह का मज़ाक सोचकर कहता, ''मैं फेल हो जाता हूँ, तो इसका कारण यह है कि मैं पढ़ाई को ज़रूरी नहीं समझता। और कोई बात नहीं है।''

''तुम्हारी माँ ने कहा कि मैं खुद अपढ़ हूँ, इसलिए तुम्हें भी वैसा ही बना देना चाहती हूँ।''

''जब भी माँ इस तरह की बात कहे, तुम कानों में उँगलियाँ डाल लिया करो।''

''लेकिन तुम ज़रा मेहनत करके पास क्यों नहीं हो जाते?''

''हाँ, यह बात तो सही है,'' यह कहकर उसने पढ़ने में अपनी पूरी ताकत लगा दी। वह कभी क्लास में देर से नहीं पहुँचा, कभी कोई पीरियड मिस नहीं किया, और सभी विषयों की सूची और टाइम टेबिल बनाकर काम करना शुरू किया। वह अपनी डेस्क पर बैठ कर रात को देर तक पढ़ता रहता। लेकिन इस योजनाबद्ध प्रोग्राम में अचानक उसके पिता आ धमके।

जगन ने आग्रहपूर्वक कहा, ''क्या हम इम्तहानों के बाद नहीं जा सकते?''

पिता ने उसकी तरफ़ घूरकर कहा, ''हमने बहुत इन्तज़ार कर लिया है,'' फिर

यह सोचकर कि बहुत सख़्त बात कह दी, धीमी आवाज़ से बोले, "यही महीना है, जब पहाड़ी पर जाया जा सकता है। इसके बाद बारिशें शुरू हो जाएँगी, और कीड़े-मकोड़े पैदा हो जाएँगे। वहाँ तो साल में दस महीने बरसात होती है।"

बस से पहाड़ी तक सब लोग पहुँचे। दल में जगन और उसकी पत्नी और माता-पिता थे। जगन को यह सोचकर अच्छा लगा कि इस बुढ़ापे में पिता उसकी खातिर पहाड़ी पर चढ़ने को तैयार हैं। माँ तो यह सोचकर बहुत खुश थी कि आखिरकार बहू के बाँझपन का कोई तो इलाज मिला। वह बार-बार कहती, "हर काम अपने वक्त पर होता है। नहीं तो मुझे पहले यह क्यों नहीं सूझा--जैसे पिछले साल।" वह बस की एक लम्बी सी सीट पर अपनी छोटी-छोटी पोटलियाँ लेकर बैठे, और इंजन के शोर के कारण माँ चिल्ला-चिल्लाकर अपनी खुशी ज़ाहिर करती रही। अम्बिका ज़रा शरमा रही थी। एक औरत ने माँ से पूछा, "कहाँ जा रहे हैं?..."

"मन्दिर जा रहे हैं बदरी पहाड़ी वाले..."

"अच्छा वक्त है वहाँ जाने का। तुम्हें बच्चों का वरदान मिलेगा।"

"मुझे नहीं," माँ बोली, "बहुत हैं मेरे तो।" यह सुनकर सब हँस पड़े।

औरत के बगल में बैठे आदमी ने सिर घुमाकर कहा, "भगवान प्रसन्न हों तो जुड़वाँ देंगे। मुझे अनुभव है।" सब लोग और ज़ोर से हँसे।

जगन की माँ कहने लगी, "जुड़वाँ कोई नहीं चाहता, दो को पालना मुश्किल होता है। मेरे एक दूर के रिश्तेदार के जुड़वाँ हुए, तो माँ-बाप दोनों पागल ही हो गए। एक जब दूध पीना चाहता, तभी दूसरा भी दूध की माँग करता, और जब एक बन्द करता, तभी दूसरा भी चुप हो जाता। मैं तो यही चाहती हूँ कि मेरी बहू के एक ही बच्चा होवे, और दूसरा उसके कुछ साल बाद।"

"तुम्हारे कितने लड़के हैं?" औरत ने पूछा, और दोनों अपने-अपने परिवारों के बारे में विस्तार से बातें करने लगीं। पीछे की सीट पर एक आदमी बीमार था, और उसकी फ़रागत के लिए बस को बार-बार रोकना पड़ता था। अम्बिका, जैसा घर की बहू को चाहिए, सास के पास बुत बनी बैठी थी, और जगन पिता के बगल में, जो किसी व्यापारी की तरह जो कोई ठेका लेने कहीं जाता है अपनी सीट पर बैठे थे, आँखें बन्द किए जमा हुआ था। जगन को पिता की जगह अपनी पत्नी की बगल में बैठना ज़्यादा अच्छा लगता, लेकिन यह असम्भव था, कि औरतें मर्दों की बगल में बैठें, और अम्बिका के लिए भी अपनी सास के साथ ही रहना उचित था, इसलिए भी जगन को पिता के बगल में बैठना ज़रूरी हो गया। यह सीट बहुत लम्बी थी और खिड़कियों के नीचे एक से दूसरे छोर तक फैली थी। जगन के बगल में एक आदिवासी बैठा था जिस के गले में मोटे रंगीन दानों की एक माला पड़ी थी

और हाथों में एक लकड़ी का छोटा-सा पिंजड़ा था, जिसमें एक पक्षी बन्द था। वह थोड़ी-थोड़ी देर बाद क़ैं-क़ैं की लम्बी आवाज़ें कुछ इस तरह मारता जैसे टूटे हुए दरवाज़े खिसकाए जा रहे हों। जब यह ग़रग़राता, तब सवारियों की बातचीत उस आवाज़ में डूब जाती—इनकी संख्या पचास से ज़्यादा होगी, सवारियों की निश्चित संख्या से दुगनी, कुछ के पास टिकट थे, कुछ के पास नहीं थे, क्योंकि उनके पैसे कंडक्टर की अपनी जेब में जाते, जिनका हिसाब-किताब वह ज़रूरत के मुताबिक बाद में ठीक-ठाक कर लेता था—यह संख्या वह बार-बार जेब से एक छोटा-सा पैड निकाल कर उस पर नोट करता जाता था। टिप्पणियाँ, सवाल-जवाब, सलाह-मशवरे, घोषणाएँ, मर्दों की गपशप, औरतों की तीखी आवाज़ें, बच्चों का रोना और हँसना, इन सबका मिला-जुला शोर उस पक्षी की आवाज़ों में बार-बार गायब हो जाता। जगन के पिता अपनी बगल में बैठे किसान के साथ खाद और कुएँ खोदने की तकनीक के बारे में बड़ी गम्भीरतापूर्वक विचार कर रहे थे, और वह आदमी मूँगफलियाँ खाते-खाते उनके छिलके बस के फर्श पर निश्चिन्त होकर फेंकता जा रहा था। जगन ने पत्नी पर निगाह डाली, उसे वह थकी-थकी लगी, और वह चारों तरफ के शोर और बस के हिलने-डुलने से भी परेशान नज़र आई। वह सोचने लगा कि अगर वह पास बैठी होती, तो वह उसे रास्ते के दृश्य दिखाता, "देखो ये पेड़...वे पहाड़ियाँ, सुन्दर हैं न? जानती हो न कि तुम्हारे लिए ही हम वहाँ जा रहे हैं?" इस पर शायद वह ताना मारती, "तुम्हारे लिए क्यों नहीं? मुझे बच्चे के लिए जादू-टोने की ज़रूरत नहीं है। वह ग्रुप फोटो नहीं देखा?" इस पर वह शायद उसे छेड़ता, पीठ में चुटकी काटता, वगैरह, जिससे या तो झगड़ा होने लगता या हँसना शुरू हो जाता—क्या होता, यह निश्चित रूप से नहीं कहा जा सकता। विवाहित जीवन के इतने साल बीत जाने पर भी वह क्या प्रतिक्रिया देगी, यह वह समझ नहीं पाता था। कई दफ़ा तो वह सहज भाव से सब कुछ स्वीकार कर लेती, लेकिन कई दफ़ा उसी टिप्पणी के लिए वह उसे ज़ोर से नोंच लेती थी। वह सामान्यतया खुशदिल, अच्छाई और नम्रता का नमूना थी, लेकिन अगर दिमाग़ का पारा चढ़ गया तो बेंत की तरह ज़बान से मारना शुरू कर देती थी।

कुछ दिन पहले जगन के पिता ने कहा कि चटनी में कुछ गड़बड़ है; पता चला कि उसमें नमक ज़्यादा पड़ गया है। फौरन इसकी पड़ताल शुरू हुई। सास ने पूछा, "अम्बिका, चटनी में नमक डाला था क्या?" अम्बिका ने किचेन के भीतर से ही मीठी आवाज़ में उत्तर दिया, "हाँ, डाला था, माँ।" माँ बाहर पुरुषों को खाना खिला रही थी। बहू की बात सुनकर उसने हाथ का बर्तन ज़मीन पर पटका और किचेन में घुसकर उससे जवाब तलब किया। "तुमसे नमक डालने के लिए किसने कहा?" उसने सख्ती से जवाब दिया, "पता नहीं," जिस पर बुढ़िया ने चिल्लाना

शुरू किया, "तुममें इतनी अक्ल नहीं है कि पूछ लो कि इसमें नमक पड़ा है या नहीं? कई लोग नमक डालेंगे तो और क्या होगा? अब यह खाने के लायक नहीं है, नाले में डालने के लायक है; इसी तरह इस घर में चीज़ों की बरबादी की जाती है। मैं जानती हूँ...।" जगन के पिता ने कमरे में से आवाज़ दी, "चावल लाओ।" अम्बिका चावल लेकर गई और परोस आई, लेकिन सास की ज़बान चलती रही, "कोई बड़ी खास चीज़ें तो नहीं माँगता, वे तो हमारे लिए हैं ही नहीं, हम तो सोने की करधनी की शक्ल भी नहीं देख सकते, दूसरे हज़ारों देखते हैं, लेकिन दूसरों को ज़रा समझ तो होनी चाहिए...।" वाक्य पूरा भी नहीं हुआ था कि अम्बिका की रोने की आवाज़ सुनाई दी, "मेरी बला से," और थाली वहीं ज़मीन पर पटक कर वह अपने कमरे में चली गई। भीतर से कमरा बन्द कर लिया और खाना खाने से भी इनकार कर दिया, जिससे घर-भर में हलचल मच गई। अम्बिका ने सिर्फ यह कहा कि "मुझे भूख नहीं है," और चुप बनी रही। हफ्ता खत्म होने पर जब वातावरण कुछ शान्त हुआ, उसने जगन से कहा, "मालूम है मैंने माँ से क्या कहा था--आप पर सोने की करधनी का इतना प्रभाव क्यों है? इसका नमक और चीनी से क्या लेना-देना? आपने अपनी ज़िन्दगी में कभी सोने की करधनी देखी भी है...।" इसके बाद सास ने बकना-झकना काफ़ी कम कर दिया, और सोने की करधनी को तो वे एकदम भूल गईं। अब तक उन्हें अम्बिका के गुस्से का अन्दाज़ा नहीं था।

बस ने पहाड़ी के नीचे एक गाँव में सबको उतार दिया। यह शायद दुनिया के नक्शे पर सबसे छोटा गाँव था--झोपड़ियों की दो क़तारें और उनके ही साथ लकड़ी के डिब्बों के बनाए दो स्टेंड जिन पर यात्रियों के उपयोग की छोटी-मोटी चीज़ें--नारियल, केले, पान और फूल-रखे थे।

माँ तो सफ़र से बहुत थक चुकी थीं और वह आराम करने एक पत्थर पर बैठ गईं। पिता नारियल वालों से मोल-भाव करने में लगे थे, क्योंकि उनको यहाँ की कीमतें बहुत ज़्यादा लग रही थीं। अंत में वे मान गए लेकिन शिकायत के लहज़े में बड़बड़ाने लगे, कि आजकल गाँव वाले बहुत बिगड़ गए हैं और ज़बरदस्त ठग हो गए हैं; यह कहकर उन्होंने हवा में घूँसा लहराया। "हम इतनी दूर बीस मील से आए हैं। इसका भी इन्हें बिलकुल लिहाज़ नहीं है। मुझे पता होता कि यहाँ चीज़ें इतनी महँगी हैं, तो मैं वहीं से सब सामान ले आता।" वे बहुत चिढ़ गए लगते थे।

माँ ने उन्हें टोका, "यहाँ ऐसी बातें नहीं कहनी चाहिए। परम्परा यह है..."

"हाँ, हाँ, वेदों में दस हज़ार साल पहले यह लिख दिया गया था कि पृथ्वी पर इस जगह यह अदना नारियल वाली हमें ठगेगी। है न, है न...," यह कहकर उन्होंने अपने बहू-बेटे पर, जो एक पत्थर पर चुपचाप बैठे थे, ऐसी नज़र डाली जिसका अर्थ यह हो सकता था कि ये इतने नपुंसक न होते, तो इतनी ज़्यादा कीमत में

ये नारियल न खरीदने पड़ते। पिता की नज़र से जगन घबरा-सा गया और अपने को सचमुच नपुंसक महसूस करने लगा; लेकिन अम्बिका ने उनकी तरफ सख्ती से देखकर जवाब देने की कोशिश की—कि आपको 103 लोगों का फोटो दिखाऊँ!

जगन भी कायर न होता तो पिता से कहता, ''इतने ज़्यादा पोते-पोतियाँ हैं, फिर भी मन नहीं भरा? और भी क्यों चाहिए? आप लोग मुझे अकेला क्यों नहीं छोड़ देते?'' उधर नारियल वाली कह रही थी, ''बाबू, ज़रा से ज़्यादा पैसों का इतना ग़म मत कीजिए। पोता अपने साथ भारी धन-दौलत लेकर आएगा।''

यह सुनकर बूढ़ा कुछ शान्त हुआ और पूछने लगा, ''तुम्हें कैसे पता कि लड़का ही होगा, लड़की नहीं?'' बुढ़िया बोली, ''इस मन्दिर में जो भी पूजा करते हैं, उन्हें लड़की कभी नहीं होती।''

जैसे नारियल वाली की भविष्यवाणी सफल हुई और माली का जन्म हुआ। अपनी माँ के गाँव में वह पैदा हुआ, और पैदा होते ही, नाइन द्वारा पूरी तरह सफाई किए जाने से पहले ही, उसे सोने, चाँदी और अन्न से तौला गया, जो पूजा के समय किए गए वादे के अनुसार बदरी पहाड़ी पर श्रद्धापूर्वक चढ़ा दिया गया।

अम्बिका तीन महीने बाद जब बच्चे को लेकर ससुराल आई, तो पहली सन्तान होने पर दिए जाने वाले उपहारों के पारम्परिक नियमों के अनुसार उसके नाना-नानी ने ढेर सारे उपहारों से लादकर उसे भेजा।

बड़ी भारी दावत की गई, जिसमें सौ लोगों को निमन्त्रित किया गया। इन्हें घर में तीनों भागों में बिठाकर खिलाया गया। माली बहुत छोटा था और जितने गहने उसके लिए भेजे गए थे, उन्हें पहन नहीं सकता था। भोजन के बाद पान चबाते हुए जगन के पिता बहुत सन्तुष्ट नज़र आ रहे थे। सारा घर मेहमानों की हँसी-खुशी और गपशप से गूँज रहा था। जगह-जगह औरतें अपने दल बनाए हँस-बोल रही थीं। बच्चा एक-से-दूसरे हाथों में घूमता हुआ कभी रोता, कभी चुप हो जाता, उससे यह हलचल बरदाश्त नहीं की जा रही थी। दादा और नाना दोनों एक कोने में जाकर बात करने लगे। एक ने कहा, ''मैं माली के लिए हज़ार रुपए का बैंक में खाता खोल रहा हूँ, जिसमें उसकी हर सालगिरह पर सौ रुपए डाले जाते रहेंगे। पीढ़ियों से हमारे परिवार की यह परम्परा है कि नया बच्चा पैदा होने पर उसके लिए यह निधि बनाई जाए।''

''हमारी भी यही परम्परा है,'' दूसरे ने कहा। ''आखिर हमारा ही यह कर्तव्य है कि नवजात का भविष्य सुरक्षित करने का प्रबन्ध करें।''

''नया पुत्र ही इस तथा अगले जन्मों में परिवार के सौभाग्य का कारण होता है।''

जगन के पिता ने कहा, "मुझे थोड़ा सन्देह था कि जगन के सन्तान नहीं होगी।"

"मुझे कभी यह सन्देह नहीं हुआ। हमारे परिवार में बंध्या कोई नहीं हुआ।"

जगन के चेहरे पर विजय का भाव अंकित था; वह हर मेहमान के सामने जाकर सिर झुकाकर प्रणाम करता और उसका आशीर्वाद लेता। उसके पीछे-पीछे अम्बिका जाती और आशीर्वाद ग्रहण करती। उसका सिर आत्म-सम्मान से ऊँचा उठ गया था, क्योंकि अब उसे परिवार में अपना उचित स्थान मिल गया था। वह यह सोचकर और भी सन्तुष्ट नज़र आ रही थी कि, अगर यह हो सके तो, दोनों परिवारों के ग्रुप फोटोग्राफों में अब एक और व्यक्ति जुड़ सकेगा।

13

अपने अतीत पर विचार करते हुए जगन मूर्ति के पैरों तले सो गया। उसकी नींद तब खुली जब सर फ्रेडरिक लॉली के सिर पर चिड़ियों की चहचहाहट सुनाई दी। जगन ने हड़बड़ाकर आँखें खोलीं और अपने घर पर नज़र डाली, जिस पर सूरज की किरणें पड़ रही थीं। उसकी मुंडेरें दिखाईं दे रही थीं। उसने अपने आप से कहा, "रात से तो ज़रा ज़्यादा साफ़ हैं, लेकिन प्रसन्न नहीं दिखाई दे रहीं। पिछले दिनों की हँसी और रोशनी अब यहाँ नहीं दिखाई देगी। कौन इसे रोशन करेगा? बेटा तो नहीं ही करेगा, और न उसकी वह–उसे क्या कहकर बुलाऊँ? क्या नाम दूँ उसे? जो हो, वे हैं कहाँ? हैं? मुझे तो बताते ही नहीं। दोनों एक जैसे हैं। दोनों में से एक भी ऐसा नहीं है जो घर में रौनक़ लाए, जैसे मेरी माँ थी या मेरी बीवी, जब वह ज़िन्दा थी। इसके बिलकुल खिलाफ़ ये उसे काला कर रहे हैं। शायद मैं यहाँ न रहूँ, तो ये खुश हो सकें।"

जगन को लगा कि अब उसका इस घर में जाना सम्भव नहीं होगा। 'इस पर दाग़ लग चुका है, लेकिन जिस घर को दाग़ लगा है, वह मेरा नहीं, उसका है। फिर मुझे परेशान होने की क्या ज़रूरत है? अब मैं साठ का हो गया हूँ, और दस-पन्द्रह साल ही और जियूँगा। लेकिन माली की मशीन बने या न बने, वह साठ या इससे भी ज़्यादा साल इस घर में रहेगा। ईश्वर उसे लम्बी आयु दे!' जगन ने कल्पना में माली को अस्सी वर्ष की उम्र में देखा और उसका मन द्रवित हो उठा। लेकिन इसके तुरन्त बाद उसे ख्याल आया, 'और तब ग्रेस की क्या स्थिति होगी? यही बनी रहेगी?' शायद माली उसे वापस भेज दे। यही समस्या का सही हल होगा–यदि माली अभी यहाँ फटाफट विवाह कर लेने के सुझाव को ठुकरा देता है, तो।

ये यादें जीते हुए उसे सुइयाँ सी चुभने लगीं। "इस घर में मेरा जीवन शायद समाप्त हो गया है। अगर मैं दस पन्द्रह साल और जिया, तो उसका स्तर कुछ और होगा। साठ की उम्र में मनुष्य का एक तरह से पुनर्जन्म होता है।" शायद इसीलिए

लोग साठवीं सालगिरह खास तौर पर मनाते हैं। उसे याद आया कि उसके पिता और माता, चाचा और चाची और बीसियों दूसरे रिश्तेदारों ने बड़ी धूमधाम से अपनी साठवीं सालगिरह मनाई थी—जैसे उनकी शादियाँ हो रही हों, बैंड-बाजा, तुरही, शहनाई सारे शोर-शराबे और शानदार दावत के साथ तब लोग कुछ न कुछ मनाने और समारोह करने के लिए जैसे हर वक्त तैयार बैठे रहते थे। उसने भी यह सब खूब किया था और अब उसे कोई शिकायत नहीं थी। माली ने अब साबित कर दिया था कि समारोह की कोई ज़रूरत नहीं है, गले में माला डालने की भी नहीं। बिलकुल कोई बंधन नहीं, न कोई ज़िम्मेदारी। आओ, मिलो, साथ रहो, और जब ठीक समझो लात मारकर अलग हो जाओ। जो सख्त लात मारेगा, वही फायदे में रहेगा। लात मारना? यह क्या हुआ? दोनों हरी कार में एक-दूसरे की टाँग में टाँग अड़ाये किस तरह बैठे थे, एक-दूसरे की बुराई करने के बाद? इन घटनाओं पर ताज्जुब करने का कोई मतलब नहीं था, थकान ही होती थी। माली के कार्यों में कोई अर्थ तलाश करना कुछ ऐसा था जैसे किसी आधी-अधूरी लिखी भाषा को समझने की कोशिश की जाए। अब उसे और कुछ जानना-समझना शेष नहीं रहा था। पुरानी घटनाओं के चक्रव्यूह को भेदना अब ज़रूरी नहीं था क्योंकि उसके सामने खड़े कुंडियाँ लगे मकान में अब कोई समारोह या उत्सव नहीं होगा। उसकी साठवीं वर्षगांठ चुपचाप गुज़र जाएगी, किसी को उसका पता भी नहीं चलेगा। यूँ भी विधुर व्यक्ति को कोई समारोह करने का अधिकार नहीं है। वह रिटायर होने योग्य ही रह जाता है। यह कैसा जादुई शब्द है! जिसे हर अतीत से मुक्त होना है, वह निर्द्वंद्व होकर, बिना कोई गलती किए, पूरी सम्पूर्णता से, पिछले जीवन को एकदम समाप्त कर देता है।

लेकिन उसे अब भी एक दफ़ा कुछ ज़रूरी चीज़ें साथ लेने के लिए घर जाना था, इसके बाद वह गौतम बुद्ध की तरह, जो शान्ति की खोज में अकेले घर छोड़कर चल पड़े थे, चल पड़ेगा। सवेरे के पाँच बज रहे थे, इस वक्त वह हमेशा स्नान करता था।

वह घर आया और एक घंटे बाद स्नान-ध्यान करके और नाश्ता करके, हाथ में एक झोला लटकाए, जिसमें उसका चरखा भी था, घर से बाहर निकला। चरखे के बारे में उसका कहना था, "यह मेरा व्रत है जो मैंने गाँधी जी के कारण लिया था," मैंने उनके सामने प्रण किया था कि जीवन में प्रतिदिन चरखा कातूँगा। मैं घर में रहूँ या जंगल में, यह काम मैं रोज़ करूँगा।"

सूरज की रोशनी, ठंडे जल में स्नान और दलिए का नाश्ता करके परित्याग की उसकी भावना कुछ मंद पड़ती सी लगी। घर की चाभी अभी भी उसके हाथ में थी। वह सोचने लगा, "इसे किसी के पास छोड़ जाना चाहिए। इसे अपने साथ

तो नहीं ले जा सकता...लेकिन, क्यों न ले जाऊँ अपने साथ, यह तो पिछवाड़े की चाभी है...सामने की चाभी तो माली के ही पास होगी। अगर वह दरवाज़ा न खोले, तो...जो हो, यह उसका काम है, जो चाहे करे; अब यह उसका घर है। जिस पर भूतों का कब्ज़ा हो सकता है, वे चीज़ों को इधर-उधर फेंकेंगे।'' जगन इन बातों पर पूरी तरह विश्वास तो नहीं करता था, लेकिन वह ऐसे कई खाली पड़े मकानों को जानता था जहाँ ऐसी घटनाएँ होती सुनी जाती थीं। आखिरकार भूत-प्रेतों को भी तो रहने के लिए कोई जगह चाहिए। वह सोचने लगा कि अब उसका जासूसी करने वाला पड़ोसी इन भूतों से जो चाहे पूछताछ कर सकेगा।

फिर भी उसे चाभी की चिन्ता बनी रही। उसे अपने भाई के पास क्यों न छोड़ दिया जाए? इस बहाने से उससे मिलना भी हो जाएगा। वह इस बात पर विचार करने लगा। गफ़ूर की टैक्सी ले, विनायक स्ट्रीट जाए और चाभी भाई के पास छोड़ आए। सालों पहले जब उसने राष्ट्रीय आन्दोलन में भाग लेने का निर्णय लिया था, तब गिरफ्तारी देने से पहले वह सबसे मिला था और उनसे विदा ली थी। उसे याद है, तब उसके भाई की आँखों में आँसू भर आए थे। उसका पूरा परिवार एकत्र हो गया था, सब लोग आधे रास्ते तक उसके साथ आए थे, हालांकि वे उसकी देशभक्ति से सहमत नहीं थे। उसकी इच्छा हुई कि इस अवसर पर भी लोग उसे इसी तरह विदाई दें। जब ये लोग जेल जा रहे व्यक्ति के प्रति इतना सद्भाव व्यक्त कर सकते थे, तो अब संसार का परित्याग कर जाने वाले के प्रति भी उन्हें कुछ-न-कुछ अवश्य व्यक्त करना चाहिए—बल्कि उससे भी ज़्यादा क्योंकि इस प्रकार घर छोड़ना मृत्यु को वरण करने के बराबर है; यद्यपि वह साँस लेगा, खाएगा-पिएगा और कभी-कभी दूसरों से सम्पर्क भी करेगा, लेकिन यह जीवन किसी भी दृष्टि से मृत्यु से भिन्न नहीं होता। उसकी इच्छा हुई कि उसे शानदार भीड़-भाड़ वाली विदाई दी जाए। लेकिन पुराने लोगों में अब एक उसका भाई ही बचा था। उसे भाई की एक झलक देखने की इच्छा होने लगी। कज़िन ने बताया था कि उसके सारे दाँत गिर गए हैं, इसलिए भी वह देखना चाहता था कि अब वह कैसा लगता है। उसे भाई की खरखरी आवाज़ और टुकड़े-टुकड़े में वाक्य बोलने की याद आने लगी, जो बहुत सशक्त आदमी था और सब छोटे भाई-बहिनों का जन्मजात नेता था। गफ़ूर की टैक्सी देखते ही सड़क के सब लोग उसके इर्द-गिर्द उसे देखने इकट्ठे हो जाएँगे, जो एक विदेशी लड़की का ससुर था और घर छोड़ रहा था। भाई शायद उससे कहे कि सड़क पर खड़े होकर ही चाभी मेरी तरफ़ फेंक दो, नहीं तो तुम्हारी साया से ही मेरा घर अशुद्ध हो जाएगा। उसे वहीं से चिल्लाकर बताना पड़ेगा, ''मैं साठ का हो गया हूँ इसलिए आश्रम में रहने जा रहा हूँ। यह मेरा नया जन्म हो रहा है।'' उसे माली के बारे में भी बताना पड़ेगा। ''उसकी शादी के बारे में नया सत्य यह है कि दोनों

की शादी हुई ही नहीं है, दोनों एक-दूसरे के खिलाफ़ भी बोलते हैं और एक साथ टाँग में टाँग अड़ाकर बैठते भी हैं।" इस पर भाई उसे फटकार भी सकता है, 'परिवार की प्रतिष्ठा का नाश करने वाले, तुम दफ़ा हो यहाँ से।" ऐसा हुआ तो टैक्सी के चारों तरफ़ जमा भीड़ उसका मज़ाक उड़ाएगी, उसे रोक लेगी और मार्केट रोड से जाने वाली उसकी बस छूट जाएगी। फिर उसे हमेशा की ज़िन्दगी जीनी पड़ जाएगी, वही रोज़मर्रा की भाग-दौड़। यह तो ग़लत बात होगी। 'इससे अच्छा तो यही है कि चाभी अपने ही साथ रखूँ। आखिरकार पीछे का ही दरवाज़ा तो है।'

सर फ्रेडरिक लॉली की बगल से गुज़रते हुए उसने देखा कि कज़िन साइकिल पर हिलता-डुलता तेज़ी से चला जा रहा है, उसकी चुटिया हवा में उड़ रही है, और साइकिल के पहिए कभी इधर होते हैं, कभी उधर और जैसे किसी चमत्कार से गिरते नहीं हैं और सड़क के बीच आ जाते हैं। वह तो ताज्जुब से उसे देखने लगा, क्योंकि उसने पहले कभी कज़िन को साइकिल चलाते नहीं देखा था। कज़िन उसे देखकर चौंका और लड़खड़ाते हुए उसकी तरफ बढ़ने लगा। जगन टकराने से बचने के लिए पीछे हटा, और कज़िन बारह गज़ दूर आगे बढ़कर नीचे गिर पड़ा, साइकिल वहीं रह गई और वह खुद लुढ़कता हुआ एक गड्ढे में जाकर रुक गया। वह अपने को उठाने लगा, तभी जगन दौड़कर उसके पास आ पहुँचा। "इतने सवेरे यहाँ क्या सरकस कर रहे हो? इस उम्र में मरना है क्या?"

कज़िन हाँफते हुए उठा और बदन में लगी मिट्टी को पोंछते और कोहनी की चोट को सहलाते हुए बोला, "मैं तुम्हारी ही तलाश में जा रहा था, पड़ोसी की यह साइकिल माँग कर। कहो तो इसे मैं तुम्हारे ही घर छोड़ दूँ। अब इस पर मैं वापस नहीं जाऊँगा।"

जगन बोला, "मेरे घर पर तो ताला लगा है और मैं भी वहाँ नहीं जा रहा। यह बात सुनकर कज़िन ने मुख्य विषय पर तुरन्त आ जाना ही ठीक समझा, "मेरे साथ आओ। वकील इन्तज़ार कर रहा है। माली को फौरन मदद की ज़रूरत है।"

"क्या हुआ माली को?"

"कल शाम से जेल में है।"

जगन सड़क के बीच में ही रुक गया और चिल्लाकर बोला, "हे भगवान! क्यों?"

"उसके साथ गाड़ी में शराब की आधी बोतल पाई गई।"

"शिव! शिव! इसीलिए मैं उसे यह भयंकर कार खरीदने से मना कर रहा

था'' वह गाड़ी के खिलाफ़ अपना गुस्सा उतारने लगा, तो कज़िन बोला, ''किसी और ने भी तो बोतल उसमें डाल दी हो सकती है।''

''तुम नहीं समझते। मोटर गाड़ी पर चलने वालों का दिमाग़ खराब हो जाता है।'' जगन को अपना यह तर्क अच्छा लग रहा था। ''अगर वह यह गाड़ी न खरीदता तो सब कुछ सही होता।''

''तुम मुझे टोको मत, मेरी बात सुनो,'' कज़िन ने बेचैनी से कहा। ''उसे फौरन पुलिस लॉक-अप से छुड़ाना है। यह कोई अच्छी जगह नहीं है। हम शाम को ही छुड़ा लाते लेकिन तुम तो एकदम ग़ायब हो गए। कहाँ गए थे तुम?''

''मैं मूर्ति के पास सो रहा था,'' उसे अपनी पत्नी के ताने याद आए जो वह उसके बाहर सोने पर देती थी।

''बड़ा अच्छा वक्त चुना मूर्ति को कम्पनी देने का, जबकि मैं दुनिया भर में तुम्हारी तलाश करता रहा।'' कज़िन ने घूरकर उसे देखा और कहा, ''नहीं तो हम रात को ही छुड़ा लाते।''

''हाय, हाय, बेचारा माली! लॉक-अप में! अब बताओ क्या किया जाए? वहाँ उसे कितनी तकलीफ़ हुई होगी...सात साल की उम्र से वह गद्दे पर सोता आया है, अब उसे मैं कैसे वहाँ से छुड़ाऊँ?'' उसकी आँखों में आँसू उतरने लगे, और उनके बीच से कज़िन उसे टेढ़ा-मेढ़ा, बौना और बदशक्ल दिखाई देने लगा। कज़िन धीरे से बोला, ''अब शान्त हो जाओ, वह भिखमंगा तुम्हें देख रहा है।'' कज़िन बहुत व्यावहारिक आदमी था और जानता था, किस स्थिति में क्या किया जाए। इसीलिए, जगन ने सोचा, शहर भर में उसकी इतनी पूछ है। किसी भी घर में कोई भी संकट हो, गमी हो, शादी हो, दुर्घटना हो, मुकदमा हो, कज़िन सब कामों में सफल रहता है। जगन ने पूछा, ''किस लॉक-अप में है?''

''सब-जेल में, जबतक मुकदमा नहीं शुरू होता। उठो, जल्दी करो, चलकर देखें कि क्या...''

जगन का सिर चक्कर खाने लगा। वह हथेलियों से माथा दबाने लगा। ''अब ज़्यादा कुछ मत कहो। मैं बरदाश्त नहीं कर पा रहा।'' यह कहकर वह मूर्ति के पैरों तले आँखें बन्द करके लम्बा लेट गया।

कज़िन बोला, ''मेरे साथ घर चलो।''

''नहीं,'' जगन ने कहा।

''तुम्हें आराम की ज़रूरत है। फिक्र मत करो। मैं तुम्हारी तरफ़ से सब सँभाल लूँगा...।'' कज़िन ने उसके कंधे थपथपाए और बोला, ''इस तरह हौसला मत खोओ। इस तरह इस छोटी सी बात से पस्त हो जाओगे तो तुम्हारी सारी फिलॉसफ़ी की कीमत ही क्या रहेगी?''

"उस सब जेल में...," जगन कहने लगा। "मैं उस जगह को जानता हूँ; बहुत गन्दी है, लोग वहीं कोने में पेशाब करते हैं...या मेरे उन दिनों से क्या उसमें कोई सुधार हुआ है?" उसने नाक छिनकते हुए पूछा।

"हाँ, हाँ, अब बहुत फ़र्क आ गया है।"

"हाँ, ज़रूर आ गया होगा, मैं जानता हूँ, हालाँकि अंग्रेज़ों के उस ज़माने में..."

कज़िन ने बताया, "मैंने पहला काम यह किया कि वहाँ गया और वार्डरों से बात की। बेटे से भी मिलकर बात की। उसे एक कप कॉफ़ी भी पिलवाई।"

"उसे कुछ खाने को भी दिया? वहाँ वह भूखा ही होगा।"

"उसका खास ख्याल रखा जाएगा। मैं जिला कलेक्टर को जानता हूँ, इसलिए कुछ करवा सकता हूँ। शाम को छह बजे मुझे खबर मिली। मैं सुपरिटेंडिंग इंजीनियर के घर से लौट रहा था, जहाँ मैं उनके बेटे के लिए ट्यूटर लेकर गया था। जनरल पोस्ट ऑफिस के मोड़ पर सुपरिटेंडिंग इंजीनियर साहब के अरदली ने मुझे यह खबर दी। कार मेम्पी की चौकी पर रोकी गई जहाँ नशाबन्दी वगैरह की जाँच की जाती है। उसी इलाके में और पहाड़ियों पर शराब के ग़ैर कानूनी भट्टे चलाए जाते हैं। एक सिपाही ने माली की कार रोकी और उसकी तलाशी ली तो आधी बोतल शराब की मिली। फिर तो तुम जानते ही हो कि क्या हुआ होगा...पुलिस ने गाड़ी जब्त कर ली, गवाहों के सामने बोतल पर सील ठोंकी और गाड़ी पर सवार सबको नशाबन्दी कानून में पकड़ लिया।"

"और कौन थे उसके साथ?"

"दो दोस्त।"

"इन दोस्तों ने ही उसे बिगाड़ा है। गाड़ी कहाँ है?"

"पुलिस ले गई है। जब तक फैसला नहीं हो जाता, उन्हीं के पास रहेगी।"

जगन उठकर बैठ गया और आँखें बन्द करके, हाथ जोड़कर चुपचाप कुछ प्रार्थना करने लगा।

"मैं नहीं जानता था कि बेटा पीता भी है...," यह उसके लिए नई जानकारी थी।

"इस कानून में पकड़े जाने के लिए पीने की ज़रूरत नहीं है। सिर्फ नाक में से बू आनी चाहिए। कुछ बुखार के मिक्सचर भी ऐसे होते हैं जिनसे शराब की बू आती है। अगर डाक्टर लिख दे कि उसने ऐसी दवा की दो खुराकें दी हैं तो..."

"कौन सा डाक्टर लिखेगा यह?"

"अब तुम वक्त बर्बाद मत करो। मेरे साथ चलो। वकील यह सब इन्तज़ाम कर लेगा," कज़िन ने धैर्य खोते हुए कहा।

''हरी गाड़ी पहाड़ियों में किस काम से गई थी?''

''यह मतलब की बात नहीं है।...जो हो, माली बिज़नेस के सिलसिले में कुछ पार्टियों से बात करने वहाँ गया था, पीक हाउस अच्छी जगह है। कोई विदेशियों का प्रतिनिधि भी आने वाला था।''

जगन सचेत हो उठा। ''अच्छा, विदेशियों का प्रतिनिधि! ज़ोरदार शब्द हैं। हिन्दुस्तान में कोई बिजनेस करना नहीं जानता। हमेशा विदेशी होने चाहिए! अच्छा, ठीक है। लेकिन वह बोतल कहाँ से आई?''

''कोई छोड़ गया था। पहाड़ी सड़क पर एक अजनबी ने गाड़ी रोककर लिफ्ट माँगी, फिर बीच में ही उतर गया, शायद वही बोतल छोड़ गया।' यह संभावना सुनकर जगन को लगा कि यह हो सकता है। उसने कज़िन की आँखों में आँखें डालकर देखा कि यह कितना सच बोल रहा है, लेकिन उसने अपनी आँखें हटा लीं और कहा, ''इस दुनिया में सब कुछ सम्भव है। किसी पर कोई भरोसा नहीं किया जा सकता, खास तौर पर अजनबियों पर। जब तुम घर पर नहीं मिले, तो मैं गणेश राव की तलाश में निकला, जो जिले का सबसे अच्छा वकील है। हालाँकि वह गले तक काम में डूबा है, लेकिन उसने हमारा केस ले लिया। वह माली को भी जानता है और उसकी योजना उसे पसन्द भी है। उसने माली के बिजनेस में शेयर खरीदने का वादा भी किया है।''

''उसे क्या लगता है, माली की स्कीम सफल होगी?''

''मुझे इस बारे में बात करने का मौक़ा तो नहीं मिला, लेकिन उसने मशीन की सफलता के बारे में यही कहा, 'हाँ, हाँ, क्यों नहीं हो सकती?' ''

जगन सोचने लगा। कज़िन बो़ला, ''यह सब छोड़ो, हमारा केस बहुत मज़बूत है। सवेरे दो बजे तक हम इसके बारे में बात करते रहे। मुझे सोने का ज़रा भी वक्त नहीं मिला। सवेरे मैंने यह साइकिल ली और तुम से मिलने से पहले चार दफ़ा ज़मीन पर गिरा।''

''अब कभी साइकिल पर मत चढ़ना। नहीं तो मर ही जाओगे,'' जगन ने उपदेश दिया।

''वकील उस सिपाही की तफ़तीश भी कर रहा है, जिसने माली को चौकी पर रोका था। जिस अजनबी ने लिफ्ट ली, वह उसी का आदमी भी हो सकता है। उन्हें तुमसे ही कुछ शिकायत हो सकती होगी।''

''क्यों?'' जगन ने सवाल किया। ''मुझसे क्यों किसी को शिकायत होगी?''

''सौ कारण हो सकते हैं?'' कज़िन ने जवाब दिया। ''आम आदमी बुरा ही होता है। वह तुम्हारी दुकान से मिठाई के मुफ्त पैकेट माँग रहा होगा; आखिरकार

ये सब ग़रीब लोग हैं, इतनी कम तनख़्वाह पाते हैं कि दुकानदारों से माँग-जाँच के ही उनका काम चलता है। तुम्हें अब याद न आ रहा हो, लेकिन तुमने कभी उसे धमकाया ज़रूर होगा।''

''मैंने तो दुकान में कोई सिपाही कभी देखा तक नहीं।''

''या जब तुम आन्दोलन में कानून तोड़ते थे, तब से तुमसे खार खाए बैठा होगा..,'' जगन यह सुनकर हँसा।

''अगर शिकायत की बात हो तो हमें ज़्यादा शिकायत होनी चाहिए।''

''यह भी हो सकता है...''

''लेकिन महात्मा जी ने हमें यह सिखाया है कि किसी से शिकायत नहीं रखनी चाहिए। जो हो, उस ज़माने के सिपाही तो अब तक मर-खप गए होंगे।''

''हो सकता है, उसकी कभी माली के साथ झड़प हो गई हो? ज़्यादातर सिपाही स्कूटर और गाड़ी चलाने वाले लड़कों से खार खाते हैं। खैर, यह जनरल बात है, तुम्हें वकील बताएगा कि क्या कहना है। हमें उसके निर्देश का पालन करना होगा। बस, एक बात है। जिरह हमें वही कहना है जो वह बताएगा। फैसला तुम्हारे बयान पर निर्भर करेगा।''

जगन ने संक्षेप में कहा, ''अगर तुम्हारा कहना सच है तो सत्य की विजय होगी। नहीं है तो मैं कुछ नहीं कर सकता।''

''नहीं, यह मत बोलो। माली को छुड़ाने के लिए जो ज़रूरी होगा, हमें करना पड़ेगा। इस कानून में उसे दो साल की सज़ा हो सकती है।''

''हम उसे बचाने या सज़ा दिलवाने वाले कौन होते हैं?'' जगन ने दार्शनिक भाव से कहा। वह पहले धक्के से काफ़ी हद तक बाहर निकल आया था, और ज़रा ज़्यादा खुलकर बोलने लगा था, हालाँकि आवाज़ का खरखरापन अभी पूरी तरह दूर नहीं हुआ था। ''सच्चाई ही उसे बाहर निकालेगी, अगर जो तुम कह रहे हो, वह सच हो,'' उसने पिछली बात दोहराई।

कज़िन बोला, ''लेकिन वकील को सबूत के सहारे इसे साबित करना पड़ेगा। वह गहराई से सोच रहा है। अगर वह सिपाही का दोष साबित कर देता है, तो हम उसके खिलाफ भी केस ठोक सकेंगे।''

जगन का दिमाग़ अब एकदम साफ़ हो गया था। उसने अपने थैले पर नज़र डाली, उसे उठाया और कहने लगा, ''मैं तुम्हारे सौभाग्य की कामना करता है, तुम्हारे वकील और उसके महान मुवक्किल के भी, और उस बेचारे सिपाही की जिसने उस हरी गाड़ी को रोकने की जुर्रत की—लेकिन मुझसे इसमें शामिल होने की उम्मीद मत करना। मुझे तुम इस सबसे बाहर रखो, अकेला छोड़ दो, मुझे एकदम भूल जाओ, मैं कोई भी सवाल किए बिना चला जाता हूँ।''

"चला जाता हूँ...कहाँ, कहाँ चले जाओगे?" कजिन ने परेशान होकर पूछा।

"मैं अब कुछ नया करने जा रहा हूँ–साठ साल में हर रोज़ वही-वही जो करता रहा, उससे अलग। मैं कहीं और जा रहा हूँ, सिर्फ यह थैला लेकर। मेरी ज़रूरत की हर चीज़ इसमें है...।"

"बैंक की पास बुक भी होगी," कज़िन ने कहा। "सबसे ज़रूरी चीज़...सब कुछ उसी में समा जाता है। लेकिन जा कहाँ रहे हो?"

जगन ने नदी के पार वाली वह जगह बताई। कज़िन चौंक कर बोला, "मैं जानता हूँ, मरघट के बगल वाली जगह...। उस बाल रँगने वाले ने तुम्हें बेचने की कोशिश की होगी? अरे, उससे दूर रहना। वह जादू करता है, तांत्रिक है, काला जादू, और लोहे को सोना बनाने की बात करता है।"

"मैं नहीं जानता कि वह क्या करता है। मैं तो उसे पत्थर में से देवी बनाते देखना चाहता हूँ। अगर वह जगह मुझे पसन्द नहीं आती, तो कहीं और चला जाऊँगा। अब में आज़ाद पंछी हूँ। आज से पहले मैंने इतना निश्चय कभी नहीं किया। मुझे अच्छा लगा कि तुम मेरे जाने से पहले मिल गए, न मिलते तो भी मैं चला जाता। मेरे बिना भी यह दुनिया चलती रहेगी। जब किसी महापुरुष की हत्या कर दी जाती है या वह दिल का दौरा पड़ने से खुद मर जाता है, तब भी इस संसार का कुछ नहीं बिगड़ता। समझ लेना, मुझे दौरा पड़ गया।"

उसने कज़िन को चाभियों का एक गुच्छा दिया और कहा, "दुकान समय पर खोलना और चलाना। बाद में माली ही उसका मालिक होगा। शिवरामन और दूसरों को खुश रखना, किसी को निकालना मत। जब ज़रूरत हो, आश्रम आ जाना, या कुछ बताना-हिसाब करना हो। मैं तुम्हें गाइड कर दूँगा। मार्केट गेट से मेम्पी के लिए सवेरे साढ़े आठ बजे से चार-चार घंटे बाद बसें चलना शुरू हो जाती हैं। मैं जानता हूँ, तुम बिज़ी आदमी हो, लेकिन इस वक्त तुम्हें मेरी मदद करनी है।"

"ठीक है, जो तुम कहोगे, करूँगा," कज़िन उसके शब्दों से घबराया सा लगा। "वकील को शुरू के खर्चों के लिए दो हज़ार रुपए देने हैं। वह जमानत पर बरी करवा देगा। शाम तक माली को बाहर आ जाना चाहिए।"

"जेल की एक खुराक उसके लिए बुरी नहीं होगी। इस वक्त उसे इसी की ज़रूरत है।" यह कहकर जगन ने थैला खोला और उसमें से चेक बुक निकाली। उसे घुटने पर रखकर चेक लिखा और कज़िन को पकड़ा दिया।

"और खर्चा हुआ, तो?" कज़िन ने पूछा।

"दे दिया जाएगा, और क्या! जब ज़रूरत हो, माँग लेना। मैं किसी दूसरे ग्रह पर तो नहीं जा रहा।" कज़िन को जगन के इस परिवर्तन पर आश्चर्य हो रहा था, जिसकी आँखें गीली हो उठी थीं और जो बार-बार यही कह रहा था, "कुछ दिन

की जेल किसी को नुकसान नहीं करती। मुझे साढ़े आठ बजे मार्केट गेट से बस पकड़नी है। मैं ज़्यादा सवाल नहीं करना चाहता, लेकिन वह लड़की कहाँ है?'' यह कहकर वह उठा और थैला कंधे पर लटका लिया।

''उसके मित्रों ने उसे एक लड़कियों के होस्टल में काम दिला दिया है,'' कज़िन बताने लगा, लेकिन जगन ने उसे बीच में ही टोक कर कहा, ''अगर तुम्हें वह मिले तो उससे कहना कि अगर वह कभी अपने देश वापस जाना चाहे, तो मैं टिकट ले दूँगा। यह उसके लिए हमारा कर्तव्य है। वह अच्छी लड़की है।''

❑❑❑